„Mein sollst du sein!"

KATY BUCHHOLZ,

„Mein sollst du sein!"

Bibliografische Information der Deutschen Nationalbibliothek:
Die Deutsche Nationalbibliothek verzeichnet diese Publikation in
der Deutschen Nationalbibliografie; detaillierte bibliografische Daten
sind im Internet über dnb.d-nb.de abrufbar.

TWENTYSIX – der Self-Publishing-Verlag
Eine Kooperation zwischen der Verlagsgruppe Random House und
BoD – Books on Demand, Norderstedt

© 2020 Katy Buchholz

Covergestaltung: Dream Design - Cover and Art
Covergrafik: Adobestock_303824517
Satz, Herstellung und Verlag:
BoD – Books on Demand, Norderstedt

ISBN: 978-3-7407-6398-5

Vorwort

Er macht das, was ihm am besten liegt. Flirten. Frauen egal welchen Alters mit seinem Zahnpastalächeln um den Finger wickeln. Dass die silbernen Schläfen und der grau melierte Dreitagebart anziehend auf das weibliche Geschlecht wirken, nutzt er gerne zu seinem Vorteil.

Aber das Leben meinte es nicht immer gut mit ihm. Zweimal war das Glück zum Greifen nah. Zweimal funkte ihm das Schicksal auf tragische Weise dazwischen. Nach dem Motto „Aller guten Dinge sind drei" sucht er eine neue Seelenverwandte. Sie ist nicht leicht zu finden. Eines Tages kreuzen sich ihre Wege. Prompt fallen ihm die Worte seiner Mutter ein: „Zufälle gibt es nicht" und „Alles ist vorherbestimmt". In diesem Moment wird ihm klar, dass es die richtige Frau für ihn ist. Auch wenn er nicht immer mit dem einverstanden ist, was seine Mutter sagt, in dieser Hinsicht stimmt er ihr zu.

Seit jener Begegnung reift in seinem Kopf ein Plan heran. Keiner ahne etwas.

Aber die Zeit kommt, in der die Herzensdame ihn näher kennenlernt. Dafür wird er sorgen!

Niemand in seinem Umfeld traut ihm, dem attraktiven einundfünfzigjährigen Mann, perfide Gedanken zu. Sie werden eines Besseren belehrt.

Kapitel 1

Seit einer Weile wälzt sich Judith im Bett hin und her. Ihr Blick streift die Uhr auf dem Nachtschrank. Sieben Uhr. „Mmh", stöhnt sie leise und denkt: *Es ist Pfingstsonntag. Warum kann ich nicht einmal richtig lange schlafen? So wie Tommy, das wäre herrlich. Oder zumindest, bis der Wecker klingelt.* Sie dreht sich auf die andere Seite und kuschelt sich tief unter die Zudecke.

Tommy heißt in Wirklichkeit Thomas und ist ihr Bruder. Den fünfunddreißigjährigen Mann darf, außer Judith, keiner mit diesem Spitznamen ansprechen. Er erlaubt es ihr auch nur, weil sie die Ältere von den beiden ist. Bis auf den Familiennamen Schneeganz haben die Geschwister nichts gemeinsam. Er ist einen Meter achtzig groß. Sie nur einen Meter fünfundsiebzig. Er hat kurze braune Haare. Sie hingegen eine lange schwarze Löwenmähne. Während er ein offener Typ ist, der gerne mit Freunden und Bekannten etwas unternimmt, ist sie eher zurückhaltend. Er hat Susanne, seine Dauerverlobte. Sie ist seit einer gefühlten Ewigkeit Single.

Durch das angekippte Fenster dringt das Geräusch eines Flugzeuges, das hoch über dem Haus fliegt. Vögel zwitschern munter ihre Lieder und in der Ferne rumpelt ein Zug auf den Gleisen.

Sosehr es Judith auch versucht, es gelingt ihr nicht, wieder einzuschlafen. Daher beschließt sie, die Zeit sinnvoller zu nutzen, statt sich im Bett hin und her zu wälzen. Mit einem Sprung verlässt sie die warmen Daunen und huscht ins Bad. Keine halbe Stunde später fällt die Haustür hinter ihr ins Schloss.

Hellblauer Himmel, klare frische Luft und Temperaturen um dreizehn Grad begrüßen sie an diesem Morgen. Judith atmet ein paar Mal tief ein, bevor sie auf ihre Schuhe schaut. Letzte Woche hatte sich beim Walken ein Schnürsenkel verselbständigt und sie wäre deshalb fast gestolpert. Ein weiteres Mal soll es nicht passieren. *Doppelknoten links? Erledigt. Doppelknoten rechts? Erledigt.* Sie richtet ihren Blick zum oberen Teil des Vierfamilienhauses. *Fenster geschlossen? Ja*, stellt sie beruhigt fest und läuft los.

Wie an den meisten Sonntagen ist auch heute kaum ein Mensch unterwegs. Erst recht nicht um diese Uhrzeit. Schritt für Schritt saugt Judith die Natur in sich auf. Sie genießt die Ruhe und die warmen Sonnenstrahlen auf dem Gesicht. Ihre Augen schweifen durch die Vorgärten und erfreuen sich an der Blumenpracht. Unterschiedliche Düfte erreichen ihre Nase. *Mmh, das riecht angenehm*, denkt sie. Erinnerungen an ihre Kur werden wach, leider nicht nur positive.

Vor zweieinhalb Jahren bekam ihre Mutter einen Schlaganfall. Ohne zu zögern erklärte sich Judith bereit, sie zu pflegen. Nach etwa zwölf Monaten gestand sie sich ein, dass sie die vierundzwanzig Stunden Betreuung nicht alleine schaffte. Thomas und seiner Verlobten war es unmöglich, ihr zu helfen, was sie den beiden auf keinen Fall übel nahm. Schließlich hatten sie berufsbedingt kaum Zeit für sich selbst, geschweige denn für eine pflegebedürftige, alte Frau. Schweren Herzens entschieden die drei, die Mutter in ein Heim zu geben. Kurz darauf verstarb sie an einem zweiten Schlaganfall. Judith machte sich große Vorwürfe und zog sich immer mehr zurück. Susanne befürchtete, dass die Schwägerin in eine Depression rutschte, und bekniete diese wochenlang, sich Hilfe zu suchen. Judith gab klein bei und konsultierte ihren Hausarzt. Nachdem sie umfassend untersucht wurde, verließ sie die Praxis mit einem Kurantrag in der Hand. Ein halbes Jahr später war es so weit. Sie fuhr zur ärztlich verordneten Erholung nach Bad Münder. Trotz der traumhaften Landschaft folgten sechs Wochen, die anders verliefen als erwartet. In der Zeit, die ihr wie eine Ewigkeit vorkam, raste ihr Gemütszustand wie eine Achterbahn rauf und runter. Zum ersten Mal in ihrem Leben überfiel sie ein Gefühl, das sie bis dato nicht kannte. Heimweh! Es verging kein Abend, an dem sie nicht weinte und ihren Bruder am Telefon anflehte, sie abzuholen. Stundenlang tat er alles, damit sie blieb. Am einzigen freien Tag der Woche machte er sich mit Susanne auf den Weg ins Weserbergland, um die Schwester für ein paar Stunden abzulenken. Es klappte. Aber nur bis zum darauffolgenden Sonnenuntergang, dann ging es von vorne los.

Judith nähert sich jetzt einer Haltestelle. Beim Blick auf die angrenzende Wiese schweifen ihre Gedanken einige Tage zurück. Hier graste eine Schafherde. Die Erinnerung, wie die kleinen Lämmer tollpatschig umhertollten, zaubert ihr ein Lächeln ins Gesicht. Aber nicht lange, denn der Anblick einer Gestalt holt sie rasch in die Realität zurück.

Im Wartehäuschen sitzt ein Mann auf der Bank. Er hält in der rechten Hand eine Zigarette und blickt auf den Boden. Durch die zerzausten Haare und die abgewetzte Kleidung macht er einen ungepflegten Eindruck.

Für den Bruchteil einer Sekunde überlegt Judith, ob sie ihn darauf hinweist, dass der Bus sonntags eine andere Route fährt. Doch Gedanken wie: *Vielleicht wartet er ja gar nicht auf den Bus, sondern nur auf einen Bekannten ... oder: Er sitzt hier, weil er sich ausruhen oder seine Ruhe haben will oder ... oder ... oder ...* Es gibt viele Gründe, warum ein Mensch gewisse Dinge macht. Sie ist verunsichert, daher läuft sie wortlos an ihm vorbei.

Nach dem ersten Drittel der Strecke verlässt sie die Hauptstraße und biegt in eine Wohnsiedlung mit Einfamilienhäusern ein. Es ist eine ruhige Gegend. Aber nicht so ruhig, dass sich Fuchs und Hase gute Nacht sagen. An manchen Tagen sitzt in einem der Vorgärten ein Kaninchen. Heute nicht. Dafür beobachtet Judith am Ende des Weges, wie eine Katze von rechts nach links über die Straße schlendert. Fast zeitgleich bemerkt sie im Augenwinkel ein Eichhörnchen. Es flitzt so schnell an ihr vorbei, dass sie, als sie den Kopf dreht, nur einen buschigen roten Schwanz in der nahestehenden Hecke verschwinden sieht. Begleitet wird das Erlebnis vom Zwitschern und Gurren in den Bäumen und Sträuchern um sie herum. *Bis auf die Tiere scheint die Stadt noch zu schlafen. Keine Hundebesitzer. Keine Sportler weit und breit zu sehen. Das war in der Kur anders.*

In der Tat. Judith dreht zu Hause in unregelmäßigen Abständen alleine ihre Runde, die Kurleitung bevorzugte hingegen zwei- bis dreimal wöchentliches Laufen in der Gruppe. Natürlich immer unter medizinischer Aufsicht. Neben Anwesenheit und Puls wurden vor allem Willens- und Durchhaltekraft kontrolliert. Diejenigen, die ihre Verordnungen, egal in welchem Bereich, nicht ernst nahmen, bekamen einen Vermerk in die Akte. Judith nicht. Sie hielt sich trotz der Eingewöhnungsschwierigkeiten wacker. Für ihr Heimweh machte sie einige der Mitpatienten verantwortlich – zwei Frauen und einen Mann. Es waren die drei, die bei den Mahlzeiten an ihrem Tisch saßen. Von Anfang an hatte Judith das Gefühl, bei dem Trio nicht willkommen zu sein. Das verstand sie nicht. Immerhin hatte sie keinem etwas getan. Jede Person für sich schien auf den ersten Blick vernünftig zu sein. Kam eine zweite oder dritte dazu, war es ein Kampf gegen Windmühlen. Das schmerzte! Dort wollte Judith nicht bleiben. Am liebsten hätte sie die Kur abgebrochen. Tommy ließ das nicht zu. Er war fest davon überzeugt, dass ihr trotz aller Schwierigkeiten der Aufenthalt im Weserbergland guttun würde. Sie sah das anders. Aber ungeachtet dessen versprach sie ihrem Bruder durchzuhalten – jeden Abend aufs Neue, wenn sie miteinander telefonierten. Um so wenig wie möglich Kontakt mit der Mobbingbande zu haben, hielt sich Judith nicht länger als nötig im Speisesaal auf. Hin und wieder verpasste sie sogar absichtlich eine Mahlzeit, was ihr bei dem ungenießbaren Kantinenessen nicht schwerfiel. Allerdings hatte dieses Verhalten negative Auswirkungen auf ihr eh schon grenzwertig geringes Körpergewicht. Nach der ersten Woche schöpfte sie Zuversicht, denn der Kuraufenthalt des Mannes war zu Ende. Obwohl sie ihn nie für den Anführer des Dreiergespanns gehalten hatte, war sie froh über seine Abreise. Vielleicht würde jetzt etwas Frieden einkehren. Doch am selben Abend zerfiel dieser kleine Hoffnungsschimmer zu Staub.

Auf der Höhe, wo die Katze vorhin die Straße überquert

hat, biegt Judith rechts ab und durchläuft ein Stück Gewerbegebiet. Sie weiß, dass die nächste Hauptstraße einige hundert Meter entfernt ist. Trotzdem ist sie erstaunt, wie laut die Geräusche an ihr Ohr dringen. *Wieder ein Motorradfahrer, der viel zu schnell unterwegs ist. Ein Organspender auf zwei Rädern*, denkt sie und schüttelt fassungslos den Kopf. Ihr Blick streift das Bürogebäude einer Autowerkstatt. An seinem Ende steht eine Kleingartenanlage. Auf dem Schild oberhalb des Eingangstores prangen die Worte „Zum grünen Wiesengrund". Beides lässt sie rechts liegen und betritt einen schmalen Sandweg. Über ihn gelangt sie zu ihrem Lieblingsstück der gesamten Walkingstrecke. Mitten in der Stadt – Natur pur. Automatisch atmet sie ein paar Mal tief ein und entschleunigt dabei ihr Tempo. Anschließend überquert sie eine Holzbrücke, deren Buckel über einen halb gefüllten Wassergraben führt. Morgendlicher Nebel hat sich knöchelhoch aufs Wasser gelegt. Dadurch wirkt er geheimnisvoll. Kaum ist sie am Ende der Brücke angekommen, wandern ihre Gedanken erneut ins Weserbergland.

An dem Tag, da der männliche Part der Mobbingbande abreiste, kamen neue Patienten an. Im Gegensatz zu anderen Kurkliniken gab es in dieser keine festen An- und Abreisetage. Die ganze Woche herrschte ein ständiges Kommen und Gehen. Als sich Judith abends ihrem Tisch im Speisesaal näherte, sah sie ein fremdes Gesicht. Zuerst freute sie sich, denn die Frau, welche etwa in ihrem Alter zu sein schien, sah sympathisch aus. Schnell stellte sich heraus, dass alles nur Fassade war. Kaum hatten sich die beiden Mobbingdamen dazugesetzt, ließ sich die Neue von deren Lästereien anstecken. Zwei plus eine macht drei gegen eine. Ein unfaires Spiel! Warum waren manche Menschen so grausam? Judith hatte keine Ahnung. Ihre introvertierte Art ist noch lange kein Freifahrtschein für Gehässigkeiten. Wieder einmal beschränkte sie den Aufenthalt im Speisesaal auf das Nötigste. Mit Tränen in den Augen und dem letzten Bissen im Mund verließ sie den Raum. Sie lief auf ihr Zimmer, schmiss sich aufs Bett und heulte ins Kissen. Wie jeden Abend rief Thomas auch an diesem an. Sie bettelte erneut, er möge sie umgehend abholen. Er brauchte die halbe Nacht, um seine Schwester zu beruhigen. Die andere Hälfte verbrachte er damit, sie zu überzeugen, dass, wenn Anfang der Woche die nächsten beiden Damen aus der Mobbingbande abreisten, alles gut werden würde. Nur widerwillig ließ sie sich überreden, nicht auf der Stelle die Koffer zu packen und abzuhauen. Einige Tage später bereute sie ihre Entscheidung. Es war Nachmittag. Judith lief mit ein paar anderen Patienten in die Innenstadt von Bad Münder. Kurz vor dem Ortseingangsschild trat eine weibliche Person an sie heran. Was dann geschah, setzte dem Mobbing die Krone auf. Die Frau erklärte, dass sie ab der nächsten Mahlzeit nicht mehr mit Judith an einem Tisch sitzen, sondern zu einem der Nebentische wechseln würde. Als Grund gab sie an, mit jemandem zusammen sein zu wollen, der mit ihr gemeinsam die Kur beendete. Judith hielt das für eine Lüge. Am liebsten wäre sie auf dem Absatz umgedreht und heulend zum Kurhaus zurückgelaufen. Aber diesen Triumph gönnte sie der Intrigantin nicht. Deshalb verhielt sie sich so, als sei es ihr egal. Schließlich war An- und Abreisetag. Und wer weiß, vielleicht hatte Thomas recht, sie endlich Glück und am Abend saßen nette Mitpatienten an ihrem Tisch. Was sie zu diesem Zeitpunkt nicht wusste, war, dass sie den Rest des Kuraufenthaltes allein essen würde.

Lautes Bellen holt Judith aus der trüben Erinnerung. Sekunden später stoppt sie abrupt. Aus Angst gebissen zu werden, reißt sie beide Hände nach oben. *Eine falsche Bewegung und er hängt mir am Allerwertesten.* Sie will wissen, wer es auf sie abgesehen hat, dreht sich langsam um und schluckt. Vor ihr steht ein schwarzes Ungeheuer!

Es ist ein Rottweiler. Jeder Muskel seines Körpers ist angespannt. Den Kopf im Nacken, die Ohren leicht angelegt, zieht er knurrend die Lefzen gen Himmel. Sabberfäden bahnen sich rechts und links einen Weg aus dem Maul.

Oh Gott, ist das ein großes Vieh, stellt sie entsetzt fest. *Bloß nicht provozieren! Keinen direkten Augenkontakt!* Ihr Herz rast und das Atmen fällt schwer. Ein dicker Knoten schnürt ihr den Hals zu. Sie versucht, ihn hinunterzuschlucken. Ohne Erfolg. Hilfesuchend schaut sie sich vorsichtig nach allen Seiten um. Außer ein paar Rindern, die auf den Weiden rechts und links neben dem Sandweg grasen, ist niemand in Sichtweite. „Mist", flüstert sie.

Unterdessen lässt die Kampfmaschine auf vier Beinen Judith nicht eine Sekunde aus den Augen.

Eine gefühlte Ewigkeit vergeht, bevor sich endlich eine Frau mittleren Alters nähert. Schon von Weitem ruft sie: „Odin. Aus."

Odin war ein germanischer Gott … ich glaube, des Krieges … der Weisheit und … des Todes, wenn mich nicht alles täuscht. Nach Krieg beziehungsweise Kampfbereitschaft sieht der Köter definitiv aus. Von daher passt der Name, überlegt Judith.

Die Worte der Hundebesitzerin klingen nicht fordernd.

Genauso gut hätte sie „Super, lass uns shoppen gehen" rufen können.

Dem Rottweiler ist es egal. Frauchens Anweisungen verhallen im Nirgendwo und er bewegt sich keinen Zentimeter.

„Kommst du her", versucht sie es ein weiteres Mal.

Der Hund reagiert nicht.

Weisheit? Nein. Dafür müsste er ein gewisses Maß an Gelehrsamkeit haben. Hat er aber nicht! Weder hört er aufs Wort noch lässt er anderweitig von mir ab. Im Gegenteil. Er fixiert mich weiterhin, als wäre ich eine potenzielle Beute.

„Odin. Aus", wiederholt die Besitzerin. Sie tritt an ihn heran und befestigt die Leine am Halsband. Zur Frau in den Sportklamotten sagt sie im flapsigen Ton: „Keine Angst. Der will nur spielen."

Nur spielen? Ja genau ... so sieht er auch aus ... total tiefenentspannt. Wenn du glaubst, dass du alles unter Kontrolle hast, dann bin ich Marilyn Monroe. Judith setzt zu einer Antwort an.

Im selben Moment zerrt Frauchen das Kraftpaket fort und meint: „Komm Odin. Wie oft hab ich dir schon gesagt, dass du keine fremden Leute belästigen sollst."

Nur widerwillig lässt der sabbernde und knurrende Muskelberg von der Sportlerin ab.

„Komm, wir schmeißen jetzt den Papa aus'm Bett", sagt sie und kichert. „Komm schnell. Den Papa ..."

Nachdem der Rottweiler einen gewissen Abstand erreicht hat, stellt Judith erleichtert fest: „Puh, das ist ja noch mal gut gegangen." Kurz darauf äfft sie die Frau nach: „Komm, wir schmeißen Papa aus'm Bett. So ein Blödsinn! Kein Wunder, dass sie den Köter nicht unter Kontrolle hat. Da hätte wer weiß was passieren können." Um die aufkommende Wut loszuwerden, läuft Judith weiter. Am Ende der Weiden gabelt sich der Sandweg. Mit einem kleinen rechten Schlenker erreicht sie nach wenigen Schritten wieder eine Einfamilienhaussiedlung. Zwei Drittel der halbstündigen Walkingstrecke sind geschafft. Sie richtet ihr Augenmerk erneut auf die Vorgärten, die farbenfrohe Blütenpracht und die vielfältigen Düfte der Natur.

In der sechswöchigen Kur hätte ich manches Mal so einen Odin gebraucht. Sicher wäre die Mobbingbande dann netter zu mir gewesen. Vielleicht aber auch nicht. Mit Aggressionen kann weder Respekt noch Vertrauen und schon gar keine Achtung aufgebaut werden, überlegt Judith. Egal welche negativen Erfahrungen sie im Weserbergland gesammelt hatte, im Nachhinein gab sie ihrem Bruder recht. Der Kuraufenthalt hatte auch gute Seiten. Eine davon war, dass sie die Liebe zum Walken entdeckt hatte. An stressigen Tagen half ihr das Laufen, den Kopf freizubekommen.

Nachdem sie um die letzte Ecke gebogen ist, steht sie wieder vor dem Vierfamilienhaus. Mit einem lauten Knurren meldet sich ihr Magen. Sie öffnet die Tür. *Jetzt eine heiße Dusche, dann eine Schale Müsli und dazu eine Tasse Kaffee*, freut sich Judith und huscht ins Haus.

Kapitel 2

Das Telefon klingelt. Es dauert eine Weile, bis sie den Hörer abnimmt.

„Moin. Ich bin's. Susanne", flötet die weibliche Stimme am anderen Ende der Leitung. Die Fünfunddreißigjährige ist die Dauerverlobte von Thomas und heute unüberhörbar gut gelaunt.

„Moin", antwortet Judith. Misstrauisch überlegt sie: *Irgendetwas ist im Busch.* Ihr Argwohn hat einen Grund. Immer, wenn ihre Schwägerin so überdreht ist wie jetzt, führt sie etwas im Schilde. Und zu ihrem Leidwesen hat es meistens mit irgendwelchen Verkupplungsaktionen zu tun. Darauf hat Judith null Bock.

„Was machst du gerade?"

„Ähm … nichts Besonderes. Lesen. Warum fragst du?"

„Thomas hat gekocht. Er sagt, wenn du Hunger hast, sollst du vorbeikommen."

An Feiertagen wie diesen haben die meisten keine Lust, selbst zu kochen. Stattdessen lassen sie sich lieber verwöhnen. Wer nicht innerhalb der Familie, bei Freunden oder Bekannten eingeladen ist, geht aus. Zum Beispiel in die GraftMühle, wo ihr Bruder in der Küche arbeitet.

Hunger? Ja. Appetit? Nein, bemerkt sie und antwortet lustlos: „Ach, ich weiß nicht. Eigentlich wollte ich nicht mehr raus." Judith hat mit dem Fest des Heiligen Geistes und dem Geburtstag der Kirche nichts am Hut. Sie ist Atheistin. Trotzdem heißt das nicht, dass sie ein verlängertes freies Wochenende hat. Im Gegenteil. Als Kundenberaterin, Körbe- und Schalenpflanzerin, Blumenstraußbinderin und Verkäuferin hat sie an den Pfingsttagen allerhand zu erledigen. Dennoch macht ihr die Arbeit als Floristin großen Spaß. Sie ist immer freundlich, denn der Kunde ist König.

„War bei euch so viel los?"

„Ja. Ich bin fix und fertig. Du glaubst gar nicht, wie mir die Füße wehtun", stöhnt Judith. „Wenn ich gewusst hätte, dass die Leute wie bekloppt den Laden stürmen und die Schlange bis zum Schluss nicht ein einziges Mal abreißt, dann wäre ich garantiert nicht heute Morgen walken gegangen."

„Du hast was gemacht?", fragt Susanne ungläubig.

„Ich war vor dem Frühstück eine halbe Stunde walken."

„Vor der Arbeit?"

„Na, und? Ich laufe doch fast jeden Sonntag eine Runde."

„Ja schon, aber heute ist ein Feiertag. Tzzz … du kommst auf Ideen. Ich bin sprachlos. Was hat dich denn da geritten?"

„Keine Ahnung. Ich konnte nicht mehr schlafen und da …"

Susanne schüttelt ungläubig den Kopf und sagt: „So etwas würde mir nie in den Sinn kommen."

Das ist ihr bekannt. *In diesem Punkt bist du genau wie Tommy*, denkt Judith und ist ein bisschen neidisch. Die beiden haben das Glück, überall und zu jeder Zeit die Augen schließen und ohne Probleme ins Traumland gleiten zu können. *Ich würde wer weiß was darum geben, wenn ich ebenfalls so einen gesegneten Schlaf hätte.*

„Wie lange hattet ihr auf?", erkundigt sich Susanne.

„Geplant war von zehn bis ein Uhr. Kurz nach halb vier ist dann endlich der letzte Kunde gegangen. Ich bin gespannt, wie es morgen wird."

„War das die anderen Jahre nicht genauso?"

„Jein. Es war zwar etwas los, aber schon ewig nicht mehr in dem Ausmaß wie vorgestern, gestern und heute."

„Vorgestern? Da war doch Karfreitag. Hattet ihr auf?"

„Nein. Natürlich nicht. Es war nur jede Menge vorzubereiten, weil bereits am Donnerstag fast alles verkauft wurde", erklärt sie und fügt nach einer kleinen Pause hinzu: „Versteh das nicht falsch. Ich bin froh, dass wir zu tun hatten. Noch mehr würde ich mich aber freuen, wenn es die restlichen Monate des Jahres ebenso wäre. Leider wissen heutzutage nur die wenigsten Qualität zu schätzen. Daran haben hauptsächlich die Supermärkte & Co. einen großen Anteil. Mit ihren Billigwaren machen sie nicht nur Fachgeschäften in unserer Branche das Leben schwer."

„Stimmt. Da gebe ich dir recht. Wer hatte Dienst?"

„Alle."

Vor ihrem geistigen Auge sieht Susanne drei Personen im Laden herumwuseln. Die vierte kennt sie nur vom Hörensagen. Ihr ist zwar bekannt, dass die Frau schon älter ist und Elisabeth heißt, aber gesehen hat Susanne sie noch nie. Klirrendes Geschirr reißt sie aus ihren Gedanken. Mit einem mahnenden Blick, dass er leiser sein soll, schaut sie Thomas über die Schulter an.

„Sorry", flüstert er und schenkt ihr ein Lächeln.

Judith nutzt die kleine Gesprächspause, um ein weiteres Mal zu betonen, dass sie lieber zu Hause bleibt.

„Was ist mit dir? Du hörst dich bedrückt an."

„Es ist alles in Ordnung. Ich bin nur kaputt."

„Bist du sicher?"

Mist. Susanne und ihre feine Antenne. Es ist schwierig, ihr etwas vorzumachen, geht es ihr durch den Kopf. Da die Schwägerin ohnehin nicht eher Ruhe gibt, gesteht Judith: „Wie an jedem Feiertag sind meine Gedanken auch heute bei unserer Mutter. Ich vermisse sie."

„Ich weiß. Uns fehlt sie ja genauso", meint Susanne und hofft, dass ihre Worte die Schwägerin trösten. „Komm doch her. Wir machen uns einen harmonischen Abend." Sie merkt, dass Judith immer noch zögert, und fügt hinzu: „Ach komm schon. Wird bestimmt lustig. Außerdem ist es Zeit, dass du wieder unter Leute gehst. Gib dir einen Ruck."

In der Tat. Seit dem Tod der Mutter ist sie nur selten einer Einladung gefolgt. *Susanne hat gewiss recht. Ein bisschen Ablenkung wird mir guttun.* Sie schaut auf die Armbanduhr. Achtzehn Uhr siebenunddreißig. „Na gut, gib mir eine Stunde."

„Jippie."

„Ich bleibe aber nicht lange", fügt Judith schnell hinzu.

„Ja. Okay. Egal. Hauptsache, du kommst." Sie reibt sich in Gedanken die Hände und jubelt: „Da werden sich die Männer freuen." Kaum hat Susanne den Satz ausgesprochen, da ärgert sie sich bereits über ihr vorlautes Mundwerk.

„Welche Männer?", stutzt Judith. „Du hast doch nicht schon wieder vor, mich mit einem der Stammgäste zu verkuppeln? Das war ja klar, dass hinter deiner Frage ein Haken steckt. Du kannst es einfach nicht lassen." Judith ist aufgebracht. „Was sagt Tommy zu der Aktion? Ich wette mit dir, er hat null Ahnung!"

„Beruhige dich. Da gibt es keinen Haken. Hier sind nur die Gäste, die sich fürs Dinner angemeldet haben. Mit den Männern meinte ich lediglich deinen Bruder, Bernd und Darren. Mehr nicht. Versprochen."

Bernd ist Beikoch in der GraftMühle und Thomas' rechte Hand am Herd. Seit einer Weile hat er ein Auge auf die Schwester des Chefs geworfen. Ohne Erfolg. Alle Bemühungen, sie zum Essen oder ins Kino einzuladen, hat Judith immer mit der Begründung, dass er ihr mit seinen achtundzwanzig Jahren zu jung sei, abgelehnt. Aber Bernd hofft, wenn er hartnäckig bleibt, klappt es vielleicht doch eines Tages. Er kann warten.

Darren hingegen ist anders. Er ist der Sohn einer deutschen Krankenschwester und eines irischen Soldaten. Aufgewachsen in Deutschland, spricht er daher akzentfrei. An seinen Vater hat er keine Erinnerung, da dieser ihn im zweiten Lebensjahr verließ und zurück nach Irland zog. Darren liebt den Beruf des Barkeepers und im Gegensatz zu Judith ist er überzeugter Single. Mit seinem langen, roten und leicht lockigen Haar, das er meistens zu einem Pferdeschwanz zusammenbindet, hat er große Ähnlichkeit mit einem Wikinger. Dass er schwul ist, hindert ihn nicht daran, mit beiden Geschlechtern zu flirten. Darauf angesprochen antwortet er immer mit einem Augenzwinkern: „Wenn's den Getränkeumsatz steigert, warum nicht?"

„Das Wort ‚lediglich' macht mir Bauchschmerzen", meint Judith. „Beim letzten Mal, wo ich von dir zum Essen eingeladen wurde, waren auch nur ‚lediglich' ein paar befreundete Stammgäste da. In Wirklichkeit hast du mich, mit dem … Wie hieß der noch gleich?"

„Manfred."

„Ja genau. Manfred – der Guru. Mit dem sollte ich verkuppelt werden. Was für ein Albtraum."

„Ach, so schrecklich ist der gar nicht."

„Du hattest ihn ja auch nicht den ganzen Abend an der Backe. Heilsteine! Klangschalen! Und weiß der Kuckuck alles … Mir klingeln heute noch die Ohren. Nein danke! Mein Bedarf ist gedeckt. Du meinst es gut, ist mir bewusst … aber im Moment bin ich mit dem Single-Leben zufrieden. Niemand will wissen, wo ich hingehe, oder fragt, wann ich zurückkomme. Herrlich! Wenn es sein soll, wird mir eines Tages Mister Right über den Weg laufen. Wenn nicht, dann nicht. Das Glück lässt sich nicht erzwingen."

„Keine Angst. Manfred ist nicht hier. Außerdem hat er jetzt eine feste Freundin."

Gott sei Dank. Obwohl, die arme Frau tut mir leid. Es sei denn, sie ist genauso durchgeknallt wie er. In dem Fall haben sich die Richtigen gefunden, geht es Judith durch den Kopf.

Susanne gibt nicht auf. „Kommst du? Thomas hat sich vorhin gefreut, nachdem ich ihm erzählt hatte, dass ich dich anrufe."

Am liebsten würde sie ablehnen. Aber ihrem Bruder zuliebe willigt sie ein. Aufgrund der unterschiedlichen Arbeitszeiten haben die beiden eh wenig voneinander. Ein Streit würde die Familie belasten. Darauf hat Judith keine Lust. Streitereien sind ihr zuwider. Deshalb versucht sie, die vermeintliche Kuppelattacke zu ignorieren. *Ich werde mir etwas einfallen lassen, wie ich Susanne beibringe, mich künftig mit solchen Aktionen in Ruhe zu lassen*, überlegt sie und antwortet: „Okay, dann bis gleich."

Kapitel 3

Eine Stunde nach dem Telefonat mit der Schwägerin erreicht Judith die alte Wassermühle in der Graft. Einen angrenzenden Parkplatz für Autos gibt es nicht. Das ist ihr egal, denn sie ist ohnehin immer mit dem Rad unterwegs. Aber auch hierfür ist es an Wochentagen schwierig, eine Abstellmöglichkeit zu finden. Erst recht an den Abenden. An Sonn- und Feiertagen hingegen nahezu unmöglich. Heute hat sie ausnahmsweise Glück.

Eine kleine Gruppe von Frauen ist soeben dabei, ihre Räder aus dem Wust von verkeilten Lenkern und Pedalen zu befreien. Die Damen haben es nicht eilig, dafür jede Menge zu erzählen.

Geduldig wartet Judith, bis sie an die freigewordene Lücke herankann. Nachdem sie ihr Zweirad abgeschlossen hat, läuft sie zum Eingang des Gebäudes. Die Holztür mit den eckigen Butzenscheiben öffnet sich und ein älteres Ehepaar schiebt sich an ihr vorbei ins Freie. „Moin", grüßt Judith und huscht dann durch den kleinen Windfang mit den schweren, weinroten Vorhängen, die verhindern, dass sich in der dunklen Jahreszeit die Kälte ins Lokal schmuggelt.

Im gesamten Gastraum bilden weiß gestrichene Wände einen harmonischen Kontrast zu den dunkelbraunen Holzbalken des Ständerwerks. Dazu passt die rustikale, aber mit Charme und Liebe zum Detail ausgesuchte Einrichtung, wie zum Beispiel der Mahlstein, der zu einer Tischplatte umfunktioniert wurde. Während zur linken Hand der Tresen steht, befinden sich rechts auf einem Podest drei Tische mit passenden Stühlen. Diese Ecke ist von einem dunkelbraunen Zaun eingefasst, was an eine kleine Terrasse erinnert. Am Ende des Podestes stehen die restaurierten, aber nicht mehr funktionstüchtigen Zahnräder der Mühle. Links neben den Zahnrädern und gegenüber dem Eingang des Lokals führt eine Holztreppe ins Obergeschoss.

Für einen Moment hält Judith inne und lässt den Blick schweifen. Obwohl sie keinen einzigen Gast im Raum sieht, dringen Wortfetzen an ihr Ohr. Sie sieht in Richtung des Tresens und entdeckt den Barkeeper.

Sein Zeigefinger deutet nach oben.

Stimmt, da war doch was, überlegt sie, setzt sich auf einen der Barhocker und grüßt: „Hallo Darren."

„Hallo Judith."

„Ist das die Veranstaltung, von der Tommy neulich erzählt hat?"

Er nickt und antwortet nach einer kurzen Pause: „Ich sag ihm, dass du da bist."

„Später. Ich möchte erst etwas trinken."

„Mit oder ohne Alkohol?"

„Ohne. Hast du Orangensaft?"

„Du bekommst von mir, was du willst", antwortet er und schenkt ihr ein verführerisches Lächeln. Sein Körper verschwindet kurzerhand hinter dem Tresen. Einen Augenblick später überdeckt ein lautes Klappern das Stimmengewirr aus dem Obergeschoss. Es ist Darren, der alle

Flaschen nacheinander aus dem Plastikkasten nimmt, um deren Inhalt zu prüfen. Leer. Leer. Leer … Nachdem der rote Schopf wieder aufgetaucht ist, verkündet er: „Ich lauf kurz in den Keller und hol Nachschub. Wartest du?"

„Wenn es nicht allzu lange dauert?"

„Du kennst mich doch."

„Eben", neckt sie ihn.

Er schaut die Schwester seines Chefs mit einem gespielt beleidigten Blick an und läuft dann lässig mit dem Kasten in der Hand in Richtung Kellertür.

In der Zeit, in der Judith auf ihr Getränk wartet, beschäftigt sie sich mit einem der Veranstaltungsflyer, die einzeln auf dem Tresen verteilt liegen. Gelangweilt wird das Papier gedreht und gewendet, bis sie auf der Rückseite das Drei-Gänge-Menü entdeckt. *Erbsen-Cappuccino. Roastbeef … bäh, ich esse kein Fleisch. Stattdessen nehme ich lieber Halloumi und dazu den vorgeschlagenen Curry-Spitzkohl, das Kartoffelgratin und den weißen Kräuterschaum. Diese Kombination habe ich zwar noch nie gegessen, klingt aber lecker. Mal sehen, was es zum Nachtisch gibt … Süßer Tod – Variationen von der Birne. Wow … Wenn das nur halb so köstlich schmeckt, wie es sich liest, dann …* Prompt meldet sich ihr Magen mit einem lauten Knurren.

„Na, Schwesterchen. Hat Susanne dich doch überredet herzukommen?"

Aus ihren Gedanken gerissen, sieht Judith vom Flyer auf. „Ja. Deine Verlobte hat es mal wieder geschafft", antwortet sie, läuft ein Stück um den Tresen und begrüßt ihren Bruder mit einer herzlichen Umarmung.

Wie aufs Stichwort eilt in diesem Moment die Überredungskünstlerin die Treppe vom Obergeschoss herunter.

Irritiert schaut sie sich um und fragt: „Hast du Darren gesehen?"

„Ja. Er ist im Keller und holt eine neue Kiste Saft."

„Schön, dass du da bist", sagt Susanne. Sie sieht etwas gestresst aus, was sie aber nicht daran hindert, ihre Schwägerin zur Begrüßung zu umarmen.

In der oberen Etage ist jetzt lautes Gelächter zu hören.

Judith deutet mit dem Finger in diese Richtung und erkundigt sich: „Tolle Stimmung, was?"

Susanne nickt.

„Ausgebucht?"

„Ja. Nein, stimmt nicht. Zwei, drei Leute haben abgesagt." Nach einer kurzen Pause fügt sie hinzu: „Was hältst du davon? Du setzt dich dazu, genießt die Show, und wenn sie vorbei ist, lassen wir den Abend gemütlich ausklingen." Während Judith dabei ist, für eine Antwort Luft zu holen, redet Susanne unbeirrt weiter: „Neben der Treppe sind Stühle frei. Dort kannst du dich hinsetzen. Hunger?"

Judith nickt. „Und wie!"

„Gleich ist der Hauptgang dran. Ich mach dir einen Teller mit, okay? Was möchtest du statt des Roastbeefs? Ein paar Eier oder Tofu?", will ihr Bruder wissen.

„Hast du Halloumi?"

„Hab ich auch."

„Super. Ich freue mich."

In diesem Moment erscheint Darren mit zwei vollen Kästen aus dem Keller. „Was ist denn hier los?", erkundigt er sich und scherzt: „Familienversammlung und ich bin nicht eingeladen?"

„Wer zu spät kommt, den bestraft das Leben", antwortet

Thomas. Auf dem Weg zur Küche klopft er dem Barkeeper kumpelhaft auf die Schulter.

„Ja ja ... alles klar m…"

„Machst du mir die Bestellung fertig?", unterbricht Susanne ihn. „Ich geh inzwischen für kleine Prinzessinnen." Sie legt einen Zettel auf den Tresen und flitzt davon.

„Immer der Reihe nach", sagt Darren, zwinkert Judith zu und stellt ein Glas Orangensaft vor sie hin.

Fünf Minuten später ist Susanne wieder da, schnappt sich das Tablett mit den bestellten Getränken und huscht ins Obergeschoss.

„Ich würd gerne eine rauchen. Passt du einen Moment auf?"

„Kein Problem", versichert Judith. Aber kaum ist der rote Schopf aus der Tür, um seine Sucht zu befriedigen, hört sie über sich einen lauten Knall.

Erschrocken zuckt sie zusammen. *Was war das? Das klang wie ... ein Schuss. Oh mein Gott!*

Sekunden später ertönt ein Poltern.

Sie lauscht.

Totenstille.

Langsam rutscht sie vom Barhocker herunter. Sie guckt in Richtung Tür. Dort steht Darren, der an seiner Zigarette zieht und scheinbar nichts mitbekommen hat. *Sag ich ihm Bescheid oder nicht?* Judith entscheidet sich dagegen und schleicht auf Zehenspitzen die Holztreppe zum Obergeschoss hinauf. Vorsichtig lugt sie über den Treppenabsatz und traut ihren Augen nicht. Auf dem Boden liegt ein lebloser Frauenkörper.

Kapitel 4

Die beiden alten Damen hatten ursprünglich für heute einen schönen Abend geplant. Leider sagte Ella Schierling, die große Ähnlichkeit mit Brigitte Mira hat, ihrer Freundin in letzter Minute wegen einer dicken Erkältung ab. Aus diesem Grund hatte Frau Friese ihren Sohn gebeten, kurzfristig einzuspringen.

Widerwillig stimmt er zu, seine Mutter zu begleiten.

Kennengelernt hatten sich die Damen im vergangenen Jahr, kurz nachdem sich Frau Friese beim Sturz von einer Leiter das rechte Handgelenk gebrochen hatte. Dietmar war mit ihr in der Apotheke am Markt, um Besorgungen zu erledigen. Obwohl er dringend in seiner Massagepraxis erwartet wurde, sah seine Mutter es partout nicht ein, sich zu beeilen.

Bis zum heutigen Tag ist er nicht dahintergekommen, ob ihr Bummeln etwas mit dem Alter oder nicht doch eher mit ihrem Starrsinn zu tun hatte. Mit großer Wahrscheinlichkeit war es eine Kombination aus beidem.

Nachdem damals eine ehemalige Patientin ebenfalls die Apotheke betrat und seine Notlage erkannt hatte, war er gerettet. Sie bot ihm an, seine Mutter später wohlbehalten nach Hause zu fahren. Mit panischen Augen bat Frau Friese ihren Sohn, sie auf gar keinen Fall mit der fremden Person alleine zu lassen. Schließlich wurde oft genug in den Nachrichten berichtet, was mit hilflosen, alten Damen passiert, wenn sie in die falschen Hände gerieten. Alles Betteln und Flehen half nichts. Er dankte, drehte sich um und fuhr los. Ella Schierling versuchte unterdessen, Frau Friese abzulenken. Sie hakte sich bei ihr unter und redete freundlich auf das Nervenbündel ein. Kurz darauf verließen beide die Apotheke, um in das nahegelegene Café einzukehren. Seit dieser Begegnung verging kaum ein Tag, an dem die Freundinnen nicht wenigstens miteinander telefonierten.

Es ist früher Abend. Dietmar und seine Mutter betreten die GraftMühle und stellen sich ans Ende einer kleinen Warteschlange.

„Bist du dir sicher, dass wir einen Platz bekommen?", erkundigt sich Frau Friese.

„Ja, wir sind angemeldet."

„Gut", antwortet sie, stutzt und fragt dann: „Woher wissen die, dass wir angemeldet sind?"

Da sind sie wieder, die Anzeichen der Zerstreutheit. Sie machen sich immer öfter und gerade in den Abendstunden bemerkbar. Vor ein paar Monaten bestätigte der Hausarzt Dietmars Verdacht. Seine Mutter hat Altersdemenz. Er schenkt ihr ein undefinierbares Lächeln und antwortet: „Wir haben Eintrittskarten." Kurz darauf sind die beiden an der Reihe.

Eine Frau Mitte dreißig begrüßt sie mit den Worten: „Herzlich willkommen. Mein Name ist Susanne und ich werde heute Abend für Ihr Wohlergehen sorgen."

Dietmar mustert sie unauffällig von oben bis unten. *Circa ... einen Meter siebenundsiebzig oder achtundsieb-*

zig groß, dazu lange, braune Haare und gut gebaut … nicht übel. Wenn du wüsstest, was ich für mein Wohlergehen brauche, dann … Bei dieser Vorstellung fällt es ihm schwer, sich ein Grinsen zu verkneifen. *Ich werde dich im Auge behalten. Schauen wir mal, vielleicht wird es ja doch noch ein interessanter Abend.*

Nachdem ihre Namen auf der Gästeliste abgehakt sind, wird ihnen ein Begrüßungsgetränk angeboten. Zur Auswahl stehen ein Glas Schaumwein oder ein alkoholfreier Cocktail. Seine Mutter entscheidet sich für den Sekt, er hingegen für das Gebräu mit der giftgrünen Farbe.

„Ihre Jacken können Sie dort vorne aufhängen", erklärt Susanne und deutet auf einen Nebenraum. „… dann bitte einmal die Treppe rauf. Sie werden oben erwartet."

Am oberen Absatz angekommen, empfängt sie ein großer, schlanker Mann mittleren Alters. Die Kleidung eines Butlers und die Sprechweise lassen keinen Zweifel aufkommen, dass er zum Schauspielensemble gehört. Er heißt die Gäste mit überschwänglicher Gestik und Mimik herzlich willkommen. Nachdem er jedem eine gefaltete Karte in die Hand gedrückt hat, deutet er grob in die Richtung, wo sich der jeweilige Sitzplatz befindet.

Ein paar Minuten später nehmen Dietmar und seine Mutter an ihrem zugewiesenen Tisch Platz.

Frau Friese lässt ihren Blick durch den Raum schweifen. Nach einer Weile tippt sie ihrem Sohn auf die Schulter, erkundigt sich mit gedämpfter Stimme: „Siehst du das?", und guckt ihn mit einem fragenden Gesichtsausdruck an.

Er schaut sich ebenfalls um, hat aber keine Ahnung, was sie meint. „Nein. Was denn?"

„Fast alle Stühle sind belegt", flüstert sie beeindruckt.

„Ja, und? Ist doch gut für den Veranstalter."

„… und für die Gaststätte", fügt sie hinzu: „Ich hätte nicht gedacht, dass es so voll wird."

„Und ich hätte nicht gedacht, dass du für solch eine Veranstaltung etwas übrighast", entgegnet er ungläubig.

„Das war Ellas Idee, nicht meine", verteidigt sich seine Mutter heftig. „Ich wäre nie im Leben … freiwillig … zu … Wie heißt diese Aufführung noch mal?"

„Krimidinner."

„Ja, genau … Krimidinner … also, ich wäre doch sonst nie zu so einem Dinner gegangen. Und schon gar nicht alleine."

Ich weiß, deshalb hast du mich ja mitgeschleppt, meint er zerknirscht. Für seine ehemalige neunzigjährige Patientin gibt es mehr als einen gelegentlichen Kaffeeklatsch mit Gleichgesinnten. Sie ist der Meinung, dass man gerade im Alter sein Leben genießen soll, so gut und so lange es eben möglich ist. Eine Veranstaltung wie zum Beispiel das Krimidinner ist eine ausgezeichnete Abwechslung vom sonstigen Alltag. Vorm geistigen Auge sieht er, wie Frau Schierling auf seine Mutter einredet, damit sie ihren letzten Lebensabschnitt genießt. Ansonsten würde sie nur zu Hause sitzen und darauf warten, bis der Sensenmann an die Tür klopft.

„Schließlich weiß man nie, ob sie einen nicht auch ermorden", fügt Frau Friese hinzu.

Aus seinen Gedanken gerissen fragt er irritiert: „Wer sollte dich denn umbringen wollen?"

„Keine Ahnung. In den Nachrichten wird doch laufend berichtet, dass Leute umgebracht wurden."

Das eine hat mit dem anderen nichts zu tun, denkt Dietmar, schüttelt ungläubig den Kopf und erkundigt sich: „Kann es sein, dass du zu viel ‚Tatort‘ guckst?"

„Ich weiß nicht, wie diese Fernsehsendung heißt. Aber sie ist spannend, wenn auch manchmal etwas zu brutal für meine Begriffe. Zum Glück liegen die Kinder dann schon im Bett. Die kriegen ja sonst Albträume."

„Welche Kinder?"

„Na, die von den Nachbarn."

„Ach die meinst du. Kommt drauf an, wie alt die Gören sind."

„Ich hätte dir früher nicht erlaubt, dass du Nachrichten guckst, wo ein gewisser … wie hieß der denn noch gleich … ach, egal, jedenfalls wo ein Mann das Gehirn einer lebenden Person isst", antwortet sie und beobachtet dabei akribisch die Leute um sich herum.

Wie ein emsiges Bienchen schwirrt Susanne hin und her, um die Getränkebestellungen der Gäste aufzunehmen.

Da es zwecklos ist, seiner Mutter den Unterschied zwischen der Sendung ‚Tatort‘, der Thrillerfigur Hannibal Lecter und normalen Nachrichten zu erklären, beschließt er, ihre Anmerkung zu ignorieren. Sein Blick fällt auf die Karte vor ihm auf dem Tisch. Es ist das gefaltete Stück Papier, welches ihm der Butler vorhin gegeben hat. Dietmar schlägt sie auf und liest: „Hugo aus dem Wald. Langjähriger Bekannter von Mimi. Gehört dem Jagdverein an." *Ach du Scheiße. Jetzt soll ich bei dem Schmierentheater auch noch mitmachen.* Genervt atmet er geräuschvoll aus. *Auf gar keinen Fall! Am besten werde ich es Mutter anhängen*, beschließt er, grinst hämisch und fragt sie: „Wer bist du denn? Zeig mal." Er nimmt ihre Karte, überfliegt sie und muss sich zusammenreißen, um nicht laut loszuprusten.

„Was steht da?"

„Fräulein Florentine Morgenröte. Freundin von Mimis Schwester. Gehört dem Gesangverein an. Na dann, viel Spaß. Du kannst doch gar nicht singen."

„Wer sagt das?", erkundigt sie sich empört.

„Ich."

„Mein Junge, du hast ja gar keine Ahnung."

„Mag sein. Aber der Nachbarsköter scheint welche zu haben. Denn jedes Mal, wenn du singst, fängt er an zu jaulen. Und das macht er bestimmt nicht, weil …"

Beleidigt knufft Mutter Friese ihrem Sohn unsanft an den Arm.

„Aua."

Doch bevor sie noch etwas sagen kann, ertönen die leisen Klänge eines Akkordeons. Einen Augenblick später poltern drei Personen mit lautem Getöse die Treppe zum Obergeschoss hinauf. Zwei Männer und eine Frau.

Mit übertriebener Mimik und Gestik erklärt die Dame dem Publikum, dass es Mitte der sechziger Jahre sei und sich alle in einem Herrenhaus auf einer einsamen Insel, weit weg vom Festland, befinden. „Die legendäre Krimiautorin Mimi Durst … das bin ich", berichtet die Schauspielerin. Sie tippt sich dabei mit dem Zeigefinger auf die stolzgeschwellte Brust und liest aus einer Einladungskarte vor. „… hat zum fünfzigsten Geburtstag eingeladen." Wie ein Pfau schreitet sie von einer Ecke des Raumes zur anderen. „Bei dieser Gelegenheit wird sie ihren neuen Roman ‚Das letzte Mahl' vorstellen … Ist das nicht aufregend?", fragt sie das Publikum und fächert sich wie eine Diva mit einer Hand Luft ins Gesicht. „Aber, bevor ich verrate, worum es im Buch geht, schlage ich vor, wir stoßen erst einmal auf meinen Ehrentag an. James, den Champagner bitte."

Der Butler steuert einen Beistelltisch an, auf dem statt einer Flasche des teuren Gesöffs ein billiger Sekt steht. Er dreht sich um und erkundigt sich emotionslos: „Möchte der Kommissar Konar auch ein Glas?"

„Ich heiße Konen", beschwert sich der neben dem Geburtstagskind stehende korpulente Mann. Er trägt einen hellbraunen Anzug und, wie es für Ermittler der Polizei in den sechziger Jahren üblich war, einen Trenchcoat.

Natürlich ist James der Name des Schnüfflers bekannt. Trotzdem sagt er immer Konar, wobei er das „a" in die Länge zieht und sich freut, weil der Kommissar darüber verärgert ist. „Wollen Sie nun? Oder wollen Sie nicht?", hakt der Butler nach.

„Selbstverständlich will ich."

Der Diener füllt die Gläser und reicht sowohl Mimi als auch dem Kommissar ein Getränk. Bevor es ihm möglich ist, sich diskret zurückzuziehen, wird er von der gnädigen Frau bedrängt, sich ebenfalls etwas einzuschenken. Nur widerwillig gibt er der Ladyschaft nach.

„Prost", ruft das Geburtstagskind überschwänglich und streckt dabei den Alkohol in die Höhe.

„Prost", antworten der Kommissar und James sowie die Gäste fast im Chor.

Nachdem sich die Gastgeberin davon überzeugt hat, dass ihr Angestellter sein Glas vollständig geleert hat, fängt sie an zu singen: „Ohne Krimi geht die Mimi nie ins Bett ..." Genau wie beim Trinken animiert sie wieder das Publikum dazu, mitzumachen.

„Ist das nicht aufregend?", fragt Frau Friese begeistert und strahlt ihren Sohn von der Seite an.

Nicht wirklich. „Schön, dass du dich amüsierst, Mutter."

„Schade, dass Ella das nicht miterlebt."

„Ja, zu schade", pflichtet er ihr wehmütig bei. *Dann wäre mir dieses Gejaule erspart geblieben.*

Kaum haben die Schauspieler singend das Obergeschoss verlassen, macht sich die übliche Geräuschkulisse aus Gesprächsfetzen, Gelächter und Stühlescharren breit.

Gerade als sich Dietmar überlegt, unter welchem Vorwand er sich der öden Veranstaltung entziehen kann, läuft Susanne erneut in sein Blickfeld.

Sie eilt von einem Tisch zum anderen und serviert die Vorspeise. Es gibt Erbsen-Cappuccino. Die in hohen Gläsern angerichtete Suppe sieht ansprechend aus.

Er fängt an, die Kellnerin intensiver zu beobachten. *Was für eine Augenweide*, geht es ihm durch den Kopf und plant: *Wenn ich Mutter nachher zu Hause abgesetzt habe, komme ich zurück. Mal seh'n, vielleicht zeigst du mir, wo du wohnst und dann …*

Susanne verschwindet über die Treppe ins Untergeschoss, um nur einige Minuten später mit weiteren Suppen zu erscheinen. Dieses Prozedere vollzieht sie so lange, bis alle Gäste die Vorspeisen vor sich stehen haben.

Zu den Gesprächsfetzen und dem Gelächter gesellt sich jetzt ein neues Geräusch dazu – das Klirren von Löffeln in Gläsern.

„Das soll Cappuccino sein?", wundert sich Frau Friese. „Den kenn ich aber anders."

„Mutter, das ist kein Cappuccino, wie du ihn am Nachmittag zu einem Stück Torte trinkst. Das ist eine Erbsensuppe mit …"

„Wenn das eine Suppe ist, warum wird sie dann nicht auf dem Teller serviert?"

„Das macht man jetzt so. Das ist moderne Küche. Nun fang endlich an zu essen, bevor die Suppe kalt wird. Schau mal, die anderen sind bereits fertig und du bist nur am Quasseln."

Kaum haben die Gäste aufgegessen, wird das Geschirr abgeräumt. Dietmar beobachtet Susanne dabei, wie sie weitere Getränkebestellungen aufnimmt. Sein Blick folgt ihr, bis sie abermals im Untergeschoss verschwunden ist.

Ein paar Minuten später erscheinen die drei Schauspieler erneut, um die Show mit lautem Getöse weiterzuführen. Statt der Einzelheiten zum Krimi erfahren die Teilnehmer etwas über Mimis Reisen und ihren labilen Gesundheitszustand.

Frau Friese ist von der Darbietung so begeistert, dass sie wie ein kleines Kind auf dem Stuhl hin- und herrutscht.

Ihr Sohn hingegen langweilt sich sprichwörtlich zu Tode. *Boa, hoffentlich ist der Quatsch hier bald vorbei. Am liebsten würde ich …* Ein lauter Knall reißt ihn aus seinen Gedanken. Irritiert schaut er auf und sieht Mimi auf dem Boden liegen.

Im Raum ist es mucksmäuschenstill. So still, dass man eine Stecknadel fallen hören könnte.

Ein paar Minuten später schiebt sich vorsichtig am Treppenabsatz eine schwarze Löwenmähne nach oben.

Wow … ich glaub, ich träume. Der Abend ist gerettet, freut sich Dietmar und streicht die Bedienung namens Susanne auf nimmer Wiedersehen aus seinem Gedächtnis. Sie kommt nicht mehr als Zielobjekt infrage. *Was für ein Anblick*. Die vor Schreck weit aufgerissenen Augen, die den leblosen Körper auf dem Boden anstarren, erregen ihn. In dem Moment, da wohlige Wärme durch seine Glieder strömt und es eng in der Hose wird, ist er sich sicher, dass er soeben die Person gefunden hat, nach der er seit Ewigkeiten sucht. *Hallo, meine Schöne. Es wird Zeit, dass wir uns kennenlernen.*

Kapitel 5

Mit einem Buch und unter eine Wolldecke gekuschelt, hat Judith es sich auf dem Balkon bequem gemacht. Neben ihr auf dem Tisch steht ein Pott Kaffee. Auf dem Schoß liegt Leni.

Ihre Augen sind geschlossen. Es hat den Anschein, als schlafe die Katze ganz fest. Stattdessen döst sie, denn hin und wieder bewegt sich eines ihrer Ohren um zu lauschen. Alles ist in Ordnung. Ihr gleichmäßiges Schnurren drückt nicht nur Zufriedenheit, sondern auch Sicherheit aus. Leider war das nicht immer so. Das kleine braun-schwarze Knäuel ist knapp sechs Wochen alt und ein Findelkind.

Vor vierzehn Tagen hörte ein junges Paar beim Abendspaziergang im hohen Gras etwas herzerweichend schreien. Sie folgten dem Geräusch und fanden fünf verängstigte Katzenbabys, die sich an ihre tote Mutter kuschelten. Schnell sammelten sie die halb verhungerten und vor Kälte zitternden Wesen ein. Am liebsten hätten sie alle behalten. Aber der Platz in ihrer Wohnung reichte nicht aus. Deshalb hielten sie es für besser, nur zwei der Kitten selber aufzupäppeln. Die anderen drei wurden bei Freunden und Tierliebhabern untergebracht.

Auf diesem Weg kam Leni zu Judith. Es ist ihr erster Stubentiger. Und hätte sie sich ein Haustier aussuchen können, wäre die Wahl eher auf einen Hund gefallen. Aber in dieser Situation stellte sich die Frage nicht. Das miauende Häufchen sah elendig aus und brauchte dringend Hilfe. Also tat sie, was getan werden musste. Sie schloss das Waisenkind in ihr Herz und entschied sich, am selben Abend einen Tierarzt aufzusuchen. Er diagnostizierte, dass das Knäuel mit großer Wahrscheinlichkeit erst vier Wochen alt sei und Glück im Unglück hatte. Hätte die Kleine nicht so laut geschrien, dann wären die Kätzchen innerhalb der nächsten Stunden verhungert. Leni hatte quasi sich und ihren Geschwistern das Leben gerettet. Das war erschreckend!

Bei Temperaturen um siebzehn Grad Celsius tummeln sich vereinzelt weiße Schleierwolken am hellblauen Himmel. Während aus dem nahestehenden Baum das Gurren einer Taube zu hören ist, jagt zeitgleich ein Schwarm Mauersegler lauthals am Balkon vorbei.

Leni hebt kurz das Köpfchen, gähnt, streckt ihre Glieder und kugelt sich erneut ein, um weiterzudösen.

Judith lässt den aufgeklappten Roman auf die Brust sinken. Sie lehnt den Kopf an, schließt ihre Augen und genießt die warmen Sonnenstrahlen im Gesicht. *Was für ein herrlicher Tag. Alles ist friedlich. Ach, könnte es doch immer so sein*, schwärmt sie. Nach einem Schluck aus dem Kaffeepott nimmt sie das Buch wieder auf, blättert eine Seite um und liest weiter. Es dauert nicht lange, bis sie tief in der Geschichte versunken ist.

Plötzlich klingelt das Telefon.

Judith zuckt erschrocken zusammen. „Mensch, immer wenn's spannend ist", brubbelt sie vor sich hin. Sie hebt die Katze auf den Arm, läuft mit ihr ins Wohnzimmer und meint scherzhaft: „Na Lenchen, wollen wir wetten, dass das Susanne ist? Wehe sie hat keinen wichtigen Grund, uns zu stören", nimmt den Hörer ab und meldet sich mit ihrem Namen: „Schneeganz."

Niemand antwortet! Stattdessen ist nur das Rauschen der Leitung zu hören.

„Hallo? Wer ist da?"

Schwere Atemzüge: „Ein … Aus … Ein … Aus …"

Der Magen verkrampft. Panik steigt in ihr auf. *Oh mein Gott. Ein Perverser. Was mache ich denn jetzt?*

In dem Moment, in dem Leni Frauchens Anspannung merkt, springt sie vom Arm und verschwindet im Schlafzimmer.

Als hätte derjenige, der sich am anderen Ende der Leitung befindet, ihre Gedanken gehört, ertönt nun ein leises, aber höhnisch klingendes Kichern. Kurz darauf flüstert eine männliche, angsteinflößende Stimme: „Hallo, meine Schöne."

In der Hoffnung, dass er sich gleich für den Irrtum entschuldigt, sagt Judith: „Sie haben sich ver…"

„Das glaub ich nicht", unterbricht er sie in einer Art dämonischem Singsang. „Du heißt Judith Schneeganz … siebenunddreißig Jahre alt … arbeitest als Floristin und … bist Single. Bruder Thomas ist Koch und Schwägerin Susanne Kellnerin. Beide arbeiten in der GraftMühle. Vor einiger Zeit ist eure Mutter an einem Schlaganfall gestorben. Im Gegensatz zu den anderen beiden leidest du immer noch darunter. Dein Freundeskreis ist überschaubar und du hast seit kurzem eine Katze. Hab ich recht?"

Augenblicklich macht sich ein dicker Kloß in Judiths Hals breit. Sie schluckt … und schluckt … und … Es dauert eine gefühlte Ewigkeit, bis er endlich verschwunden ist. „Ja", antwortet sie wie hypnotisiert. Judith hat keine Ahnung, wer diese fremde Person ist, geschweige, woher er so viel über ihr Privatleben weiß.

„Also bin ich bei dir doch richtig, stimmt's?" Bevor sie eine Chance zum Antworten hat, fügt er hinzu: „Du sahst gestern Abend bezaubernd aus."

Judith wird übel. „Woher …"

„Woher ich das weiß?", beendet er ihre Frage. „Hi, hi, hi … ganz einfach, ich habe dich beobachtet."

„Beobachtet? Wo denn?"

„Das spielt keine Rolle."

„Was wollen Sie von mir?"

„Das wirst du rechtzeitig erfahren", wispert die Stimme, die an den geisteskranken Klaus Kinski in einem Edgar-Wallace-Film erinnert. Mit dem Versprechen: „Keine Angst, meine Schöne. Ich melde mich bald wieder", beendet er das Gespräch.

Judith schnappt nach Luft. Sie legt den Hörer auf, plumpst auf einen nahestehenden Sessel und lässt alles Revue passieren. *Hallo, meine Schöne … verwählt … nein … beobachtet … wo … spielt keine Rolle … melde mich bald wieder …* Jeder einzelne Gesprächsfetzen löst bei ihr großes Unbehagen aus. *Am liebsten würde ich sofort weit weglaufen. Aber wohin? Der Typ hat recht. Mein Bekanntenkreis ist ohne Zweifel sehr überschaubar. Und außerhalb von Delmenhorst ist die Anzahl … gleich null. Also, wer ist dieser Kerl? Warum hat er es ausgerechnet auf mich abgesehen?*, fragt sie sich. *Und, vor allem, wer hat ihm die ganzen Informationen …*

Es klingelt.

Erneut zuckt Judith erschrocken zusammen. Verstört schaut sie das Telefon an. Für einen kurzen Augenblick wägt sie ab: *abnehmen oder nicht? Was ist, wenn es wieder dieser Perverse ist?* Sie atmet ein paar Mal tief durch und überlegt: *Ich habe mal gehört, dass Angriff die beste Verteidigung ist … Okay, ich versuch es. Der wird jetzt was erleben.* Sie drückt auf den roten Knopf und brüllt: „Lassen Sie mich in Ruhe. Sonst rufe ich die Polizei."

„Wow, wow, wow … langsam mit den wilden Pferden", sagt Susanne.

Judith ist erleichtert, eine weibliche Stimme zu hören. „Gott sei Dank. Du bist's."

„Was ist passiert? So aufgelöst habe ich dich ja schon lange nicht mehr erlebt. War irgendetwas auf der Arbeit? Und was hat das mit der Polizei zu tun?"

„Nein. Nein. Das hat nichts mit der Arbeit zu tun. Es ist nur … ach, egal."

„Nun drucks nicht so herum. Erzähl."

Judith überlegt, ob sie sich ihrer Schwägerin anvertrauen soll. Beim letzten Mal wurde sie hinterher wochenlang aufgezogen. Und das nur, weil sie damals den Verdacht hegte, dass ein Kunde ein Auge auf sie geworfen hatte. Auf einen neuen Spießrutenlauf hat sie keine Lust.

Susanne lässt nicht locker.

„Na gut", willigt sie schließlich ein. „Aber nur, wenn du mir versprichst, dass es unter uns bleibt."

„Versprochen."

„Also …"

Wie geplant bringt er seine Mutter nach dem Krimidinner umgehend heim. Sie ist dermaßen aufgedreht, dass es länger dauert als erwartet, ehe er sich von ihr loseisen und zur GraftMühle zurückkehren kann.

Nachdem Dietmar das Auto auf dem Parkplatz der Graftwiesen abgestellt hat, durchquert er mit festen Schritten den angrenzenden Park. Sein Weg führt ihn an einer uralten Trauerweide vorbei, deren ausladende Zweige bis ins Wasser der Außengraft reichen. Die am Ufer befestigten Tretboote wippen leicht auf und ab und warten darauf, gefahren zu werden.

Am historischen Gebäude angekommen, öffnet er die Holztür mit den eckigen Butzenscheiben und betritt den Gastraum.

„Na, etwas vergessen?", wird er von Susanne, die am Tresen lehnt, empfangen. Sie schenkt ihm ein Lächeln. Es wirkt nicht mehr so frisch, wie jenes, das sie vor ein paar Stunden auf den Lippen hatte, aber trotzdem genauso ehrlich.

Verneinend den Kopf schüttelnd sagt er: „Ich wollt noch einen Absacker trinken." Nach einem Blick auf seine Armbanduhr erkundigt er sich: „Geht das? Oder macht ihr jetzt zu?"

„Kein Problem. Suchen Sie sich einen Platz aus." Mit einer ausladenden Handbewegung fügt sie hinzu: „Freie Auswahl."

Dietmar schaut sich um. „Ich möchte euch aber nicht vom Feierabend abhalten. Wenn niemand mehr da ist, dann …"

„Nein, nein. Alles in Ordnung. Oben sitzen ein paar Nachzügler. Eine Handvoll Senioren."

Schade. Zu gerne hätte er die Frau mit der schwarzen Löwenmähne noch einmal gesehen. Vor seinem geistigen

Auge erscheint ihr panischer Gesichtsausdruck hervorgerufen durch den Anblick der vermeintlichen Leiche von Mimi. Ein Lächeln huscht über seine Mundwinkel. *Diese Schönheit muss ich unbedingt wiedersehen. Koste es, was es wolle!* Die Erfahrung hat ihn gelehrt, dass das weibliche Geschlecht redefreudig ist. *Es wäre doch gelacht, wenn ich der Kellnerin nicht das eine oder andere Geheimnis entlocke.* Er setzt sich zu ihr an den Tresen.

„Sie sehen nicht so aus, als sei Sekt Ihr Lieblingsgetränk. Also, was darf es sein?"

„Herrengedeck."

Susanne sieht den Barkeeper auffordernd an.

„Kommt sofort", sagt Darren. Ein paar Minuten später stellt er ein Bier und ein Korn vor den Gast hin.

Dietmar bedankt sich mit einem kurzen Kopfnicken. Um nicht mit der Tür ins Haus zu fallen, lauscht er eine Weile dem Gespräch zwischen der Kellnerin und dem Mann mit dem langen, roten Pferdeschwanz. Schnell merkt er, dass es nicht sonderlich interessant ist. Es werden einfach keine hilfreichen Informationen geliefert, die ihn seinem Ziel näher bringen. Daher beschließt er, sich mit einzuklinken. Nach und nach lenkt er nun das Thema in die gewünschte Richtung.

Susanne ist in Plauderlaune, denn es hat sich seit langer Zeit kein Gast so charmant mit ihr unterhalten. Und schon gar nicht so ein gutaussehender Mann. Trotz der Euphorie bleibt sie ihrem Kodex „*Frag mich, was du willst, aber Adressen und Telefonnummern werde ich an fremde Personen nicht weitergeben*" treu.

Dietmar ist mit dem Ergebnis dessen, was er in Erfahrung gebracht hat, nicht zufrieden. Was soll's. Für den Anfang reicht es. Den Rest findet er wieder alleine heraus.

Und in der Tat. Noch in derselben Nacht ist er seinem Glück ein Stück näher gekommen. Es war ein Klacks. Sie machte es ihm, genau wie andere Frauen, die ihm in den letzten Jahren auffielen, leicht. Auch dieses Mal hat er ohne große Mühe die Telefonnummer herausgefunden. Dafür brauchte er nur das örtliche Telefonbuch aufzuschlagen. Unter dem Buchstaben S fand er heraus, wonach er gesucht hatte.

Nachdem Dietmar es sich zu Hause bequem gemacht hat, wählt er ihre Nummer.

Es dauert eine Weile, bis der Hörer abgenommen wird und sich eine Frau mit „Schneeganz" meldet.

Er ist mucksmäuschenstill und genießt das Rauschen der Leitung.

Irritiert erkundigt sich die weibliche Stimme am anderen Ende: „Hallo? Wer ist da?"

Er antwortet nicht. Nur seine schweren Atemzüge sind zu hören: „Ein … Aus … Ein … Aus …" Bei der Vorstellung, wie Panik in ihr aufsteigt, ertönt sein leises aber höhnisch klingendes Kichern. Kurz darauf flüstert er angsteinflößend: „Hallo, meine Schöne."

„Sie haben sich ver…"

„Das glaub ich nicht", unterbricht er sie. „Du heißt Judith Schneeganz … siebenunddreißig Jahre alt … arbeitest als Floristin und … bist Single. Bruder Thomas ist Koch und Schwägerin Susanne Kellnerin. Beide arbeiten in der GraftMühle. Vor einiger Zeit ist eure Mutter an einem Schlaganfall gestorben. Im Gegensatz zu den anderen beiden leidest du immer noch darunter. Dein Freundeskreis ist überschaubar und du hast seit kurzem eine Katze. Hab ich recht?"

„Ja", antwortet sie überrascht.

„Also bin ich bei dir doch richtig, stimmt's?" Bevor sie etwas sagen kann, fügt er hinzu: „Du sahst gestern bezaubernd aus."

„Woher …"

„Woher ich das weiß?", beendet er ihre Frage. „Hi, hi, hi … ganz einfach, ich habe dich gestern Abend beobachtet."

„Beobachtet? Wo denn?"

„Das spielt keine Rolle."

„Was wollen Sie von mir?"

„Das wirst du rechtzeitig erfahren", wispert er. „Keine Angst, meine Schöne. Ich melde mich bald wieder. Versprochen!" Daraufhin beendet er das Gespräch. *Wie gerne hätte ich Mäuschen gespielt, um ihr Gesicht zu sehen. Die Verwunderung, die binnen Sekunden langsam in Panik umschlägt, wenn sie nur das Rauschen der Leitung und meinen Atem hört.* Seine Fantasie lässt ihn den Mund zu einem sadistischen Grinsen verziehen. Er weiß genau, was er mit ihr vorhat. *Aber jetzt noch nicht. Erst wenn der richtige Zeitpunkt gekommen ist. Und dieses Mal wird nichts schieflaufen. Versprochen!*

Kapitel 6

„Bist du sicher, dass dir die Stimme nicht bekannt vorkam?", erkundigt sich ihre Schwägerin.

„Ja, bin ich."

Für ein paar Minuten herrscht Schweigen, dann hakt Susanne nach: „Und was ist mit Florian? Könnte er dir einen Streich gespielt haben?"

„Nein, das glaube ich nicht. Sein Akzent hätte ihn verraten." Judith kichert. „Stell dir mal vor, wie das klingen würde. In etwa so: ‚Hallöle, mai Schöne … verwähld … hanoi … bobachded … schbield koi Rolle … meld mi bald wiedr …' oder so ähnlich. Ein Wunder, das man bei dem Geschwafel keinen Knoten in die Zunge bekommt."

Florian Ritter arbeitet mit Judith zusammen im Geschäft „Blumenwelt". Er ist fünfundzwanzig Jahre alt, knapp einen Meter siebenundsechzig groß, hat kurzes blondes Haar, ist schlank und Brillenträger. Vor vier Jahren hatte er Stuttgart verlassen und war der Liebe wegen nach Delmenhorst gezogen. Diesen Schritt hat er bis heute nicht bereut, obwohl er seine Heimatstadt ab und zu vermisst. Vielleicht ist das ein Grund, warum er den schwäbischen Akzent, zum Bedauern der Arbeitskollegen, nicht ablegt.

„Stimmt", pflichtet Susanne ihr bei. „Ich finde den Dialekt auch scheußlich. Was ist mit einem eurer Kunden? Gibt es da jemanden, dem du es zutraust?"

Die meisten sind seit Jahrzehnten aus der Pubertät und dementsprechend weit entfernt von solch einem geschmacklosen Scherz, überlegt sie und antwortet: „Nein, das kann ich mir genauso wenig vorstellen."

„Wer könnte sonst noch infrage kommen?"

„Keine Ahnung. Wenn ich das wüsste, wäre ich schlauer. Mir fällt absolut niemand ein. Dir?"

„Nein. Mir auch nicht."

„Vielleicht ist es einer deiner Bekannten, mit denen du mich ständig verkuppeln willst", sagt Judith. In ihrer Stimme schwingt eine Mischung aus „Ich kann es nicht leiden, wenn du das tust" und Scherzhaftigkeit mit.

Vor ihrem geistigen Auge taucht Manfred, der Guru, auf. *Nee, der war es nicht. Bei dem hätte ich im Hintergrund Walgesänge gehört oder der Gestank eines Räucherstäbchens wäre durchs Telefon in die Nase gekrochen oder beides.*

Susanne überlegt, ob der nette, gutaussehende Gast von gestern Abend, mit dem sie über Gott und die Welt plauderte, etwas damit zu tun hat. *Ach nein, der sah viel zu seriös aus. Ich gebe zu, ich habe das eine oder andere über meine Familie erzählt. Er hat aber nie eine direkte Frage zu Judith gestellt. Außerdem, woher sollte er ihre Telefonnummer kennen? Von mir jedenfalls nicht,* stellt sie fest und schiebt den Gedanken, dass er ein potenzieller Kandidat für den seltsamen Anruf sein könnte, beiseite. „Da gäbe es schon ein paar, die gerne mit dir ausgehen würden."

„Ja nee, lass mal …"

„Die sind aber alle total harmlos. Kein Einziger knallt

wegen einer Absage durch. Zumindest traue ich es niemandem zu."

„Trotzdem …"

„Okay. Ich habe verstanden. Sagst du wenigstens Bescheid, sobald sich der Kerl wieder meldet?"

„Mach ich. Besser wäre es, wenn er mich in Zukunft in Ruhe lässt."

„Ja, das wünsche ich dir auch. Ich drücke die Daumen."

„Danke. Ach, Susanne …"

„Ja?"

„Versprich mir, dass dieses Gespräch unter uns bleibt."

„Meinst du nicht, dass dein Bruder davon wissen sollte?"

„Nein! Auf gar keinen Fall! Ich möchte nicht, dass er sich Sorgen macht."

Susanne überlegt einen Augenblick, bevor sie antwortet: „Du kennst ihn. Er liest in dir wie in einem Buch. Früher oder später wird er merken, dass dich etwas belastet und dann … Er wird sauer sein, dass wir ihn außen vor gelassen haben. Heimlichkeiten kann er auf'n Tod nicht ab."

„Das ist mir bewusst", gibt Judith mit Bedauern zu. „… aber darum kümmern wir uns, wenn es so weit ist."

„Wir?"

„Ich! Ich werde mich darum kümmern, okay? Wer weiß, vielleicht habe ich ja auch Glück und es war doch nur ein geschmackloser Scherz. Dann hat sich alles erledigt und Tommy braucht sich nicht umsonst aufzuregen." Judith hat keine Ahnung, wen sie zu überzeugen versucht, die Verlobte ihres Bruders oder sich selbst.

Gegen dieses Argument hat Susanne keinerlei Einwand – zumindest im Moment nicht. „Okay, ich bin einverstanden.

Wir behalten es vorerst für uns. Die Betonung liegt aber auf vorerst."

„Ja klar. Super. Danke schön."

Kurz darauf beenden die Frauen das Telefonat.

Erst jetzt fällt ihr auf, dass Susanne gar nicht den Grund für ihren Anruf genannt hat. *War wohl nichts Wichtiges und wenn doch, dann wird sie sich wieder melden. So wie immer.*

Für einen Moment überlegt Judith, ob sie sich erneut auf den Balkon setzen und weiterlesen soll. Da sie aber innerlich aufgewühlt ist, entscheidet sie sich dagegen. In der Hoffnung, dass der Fernseher für Zerstreuung sorgt, schaltet sie ihn an und lümmelt sich aufs Sofa.

Auf leisen Pfoten kommt Leni ins Wohnzimmer und schlendert geradewegs zum Fenster. In der Ecke, gegenüber der Balkontür, steht ihr Kratzbaum. Wie immer macht es sich der kleine Stubentiger oben in der Hängematte bequem. Von hier aus hat sie den idealen Überblick.

Judith öffnet die Augen, dreht sich um und … *Wie komme ich denn hier her?*, überlegt sie. Eben war sie zu Hause und jetzt ist sie mitten auf dem Marktplatz.

Um sie herum stehen Menschen.

Viele Menschen.

Menschen ohne Gesichter.

Menschen, die sie umkreisen. Langsam. Schritt für Schritt.

Menschen, die sie anstarren. Ungeniert!

Menschen, die ihr zuflüstern: „Du wirst beobachtet" … „Er weiß alles über dich" … „Du entkommst ihm nicht" …

Immer bedrohlicher schließt sich der menschliche Kreis um sie.

„Ich weiß, was du getan hast", sagt eine gesichtslose Gestalt und macht dabei einen energischen Schritt auf sie zu.

Sie zuckt erschrocken zusammen.

„Du bist schuld", ruft ein anderer und zeigt anklagend mit dem Finger auf sie.

„Du hast ihm Hoffnung gemacht", wird sie vom Nächsten beschimpft.

Judith setzt an, um sich mit Worten zu verteidigen, bekommt aber nicht einen Ton heraus. Daraufhin probiert sie es mit Händen und Füßen. Ohne Erfolg!

Ihr Gehampel beeindruckt die gesichtslosen Gestalten nicht im Geringsten. Im Gegenteil. Immer dichter ziehen sie den Kreis. Dieses Mal kommen sie sogar so nah, dass Judith deren faulen Atem riecht. Augenblicklich verkrampft sich ihr Magen. Sie versucht, die Luft anzuhalten, hält es jedoch nicht lange durch. Ihr wird so übel, dass sie kurz davor ist, sich zu übergeben. Als ob das nicht schon schlimm genug ist, wird sie nun auch noch hin und her geschubst.

„Du bist schuld!"

„Er weiß alles über dich!"

„Du hast es nicht anders verdient!"

„Du wirst beobachtet!"

„Ich weiß, was du getan hast!"

„Du hast ihm Hoffnung gemacht!"

„Du entkommst ihm nicht!"

Judith ist am Ende. Auf dem Boden kauernd, hält sie sich die Ohren zu und versucht erneut zu schreien. Dieses Mal klappt es. Sie schreit, so laut sie kann und …

Vor einer halben Stunde hat Leni ihre Hängematte gegen einen der Sessel eingetauscht. Sie liegt auf dem Rücken, alle vier Pfoten von sich gestreckt. Dabei genießt sie die Wolldecke, unter welche sich Frauchen oft abends beim Fernsehen kuschelt, auf ihrem Fell. Ein erbärmlicher Schrei lässt sie aus ihrem Dämmerzustand aufschrecken. Mit großen Augen und buschigem Schwanz springt die Katze mit einem Satz hoch und verschwindet aus dem Zimmer.

Schweißgebadet und nach Atem ringend setzt sich Judith auf. Es ist inzwischen dunkel geworden. Das Wohnzimmer, welches nur durch das Licht des Fernsehers beleuchtet wird, und ein panisch flüchtendes Fellknäuel sind nicht hilfreich bei der Orientierung. Es braucht einen Moment, bis Judith begreift, dass sie zu Hause ist und nicht auf irgendeinem Marktplatz steht. Sie schaltet die Stehlampe neben dem Sofa an.

Im Flimmerkasten enden die Zwanzig-Uhr-Nachrichten. *Wow … da bin ich aber lange weggenickt*, stellt sie überrascht fest. *Und dann dieser komische Traum. Total gruselig!*

Der anschließende Wetterbericht kündigt für die kommende Woche unbeständige Aussichten an.

Sie fängt an zu frösteln. Erst jetzt bemerkt sie, dass die Balkontür immer noch offen steht. Judith hat das Gefühl, ein Laster hätte sie überrollt. Sie reckt sie in der Hoffnung, dass ihre Glieder aufhören zu schmerzen. Ohne Erfolg. Das anstrengende Pfingstwochenende fordert seinen Tribut. Weil sie zu erschöpft fürs Abendessen ist, beschließt sie, trotz der frühen Stunde ins Bett zu gehen. *Einmal vernünftig ausschlafen und schon sieht die Welt viel besser aus*, geht es ihr durch den Kopf. Mit letzter Kraft rappelt sie sich hoch, schlurft zur Balkontür und schließt diese. *Fernseher aus, Lenchen mit Futter versorgen und dann …* Gähnend steuert sie ein paar Minuten später auf das Schlafzimmer zu.

Kapitel 7

Ja, dieses Mal wird es anders. Dieses Mal wird nicht das Geringste schieflaufen. Schon zwei Mal wurden Frauen, die ihm viel bedeuteten, aus seinem Leben gerissen. Ein drittes Mal wird das nicht passieren. Dafür sorgt er.

Die Erste hieß Maria. Sie verunglückte nur wenige Stunden nach ihrer Verlobung. Der einzige Mensch, den Dietmar je aufrichtig geliebt hatte, wurde ihm auf tragische Art genommen. Von heute auf morgen war alles vorbei. Dabei gab es keine Anzeichen, dass das Schicksal so erbarmungslos zuschlagen würde. Zu diesem Zeitpunkt war er in der Hauptstadt auf einem Seminar. Spontan überraschte ihn seine Freundin und blieb das ganze Wochenende. Die Tage waren wunderschön. In den Nächten bekamen beide nicht genug voneinander. Sie waren überglücklich. Die Zeit schien stehengeblieben zu sein und sie fühlten sich unbesiegbar. Vollgepumpt mit Glückshormonen fragte er sie kurz vor der Heimreise, ob sie seine Frau werden wolle. Mit dem schönsten Strahlen in den Augen nahm sie den Antrag an, dann fuhr Maria los. Doch sie kam nie zu Hause an. Auf halber Strecke verließ ihr Auto die Straße und kollidierte ungebremst mit einem Baum auf der anderen Seite der Fahrbahn. Der Wagen hatte einen Totalschaden. Die

Insassin war auf der Stelle tot. Die Ursache für den Unfall wurde nie aufgeklärt.

Am Abend wartete Dietmar vergebens auf den Anruf seiner Liebsten. Weil er keine Ahnung hatte, was passiert war, war die Sorge groß. Die ganze Nacht tigerte er im Hotelzimmer auf und ab. Maria war eine zuverlässige Person. Aus diesem Grund sah es ihr gar nicht ähnlich, sich nicht zu melden. Gegen fünf Uhr siebenundvierzig klingelte endlich sein Handy. Erleichtert hob er ab. Doch seine Euphorie bekam einen Fausthieb in die Magengrube. Er brauchte eine Weile, um zu begreifen, was der Polizist ihm mitteilte. Maria war tödlich verunglückt. Dass die Geliebte von einem auf den anderen Moment aus dem Leben gerissen wurde, hatte er nie überwunden.

Seine Mutter war bei der Traumabewältigung alles andere, nur keine Hilfe. Sie sah in der Freundin ihres einzigen Kindes eine Konkurrentin, die es darauf abgesehen hatte, ihr den Buben wegzunehmen. Deshalb hasste sie die junge Frau von Anfang an. Am liebsten hätte sie Maria zum Teufel gejagt. Doch die ließ sich nicht vertreiben. Daher griff Mutter Friese zu Plan B. Sie verpasste fortan keine Gelegenheit, um die Neue an der Seite ihres Sohnes zu verunglimpfen.

Für Dietmar, der zwischen den Stühlen saß, war der Machtkampf der beiden ein unerträglicher Zustand. Trotzdem wünschte er sich die Zeit zurück. Bis heute hat er das Verlangen, sie ein letztes Mal zu sehen. Er will ihr sagen, wie unendlich er sie geliebt hat. Wie verankert die Liebe zu ihr immer noch in seinem Herzen ist. Es gibt keinen Tag, an dem er nicht an sie denkt. Sie fehlt ihm. Inzwischen sind vier Jahre vergangen.

Durch den Herzenswunsch, sie bei sich zu haben, entstand eine Idee. Diese setzte sich mit der Zeit tief im Gehirn fest – nahm Form und Gestalt an. Eines Tages war es so weit. Er machte sich daran, sein Vorhaben umzusetzen. Es dauerte lange, bis er eine Frau fand, die seiner Maria nicht nur äußerlich, sondern auch vom Charakter ähnelte.

In dem Moment, in dem Dietmar Lydia zum ersten Mal sah, hüpfte sein Herz vor Freude. Kurzerhand entschied er, dass sie die Auserwählte sei. Seinem Glück würde nun nichts mehr im Wege stehen – zumindest glaubte er das zu diesem Zeitpunkt.

Er wollte die Sache langsam angehen lassen. Daher beschloss er, sich erst einmal genauer über sie zu informieren. Ganz in seinem Sinne fand er schnell heraus, dass sie in einem Optiker-Geschäft, unweit der Massagepraxis, arbeitete. Akribisch studierte er in seiner Freizeit Lydias Tagesablauf, indem er ihr überallhin folgte. Nach Hause … zum Sportstudio … ins Café … ebenso dorthin, wo sie sich mit Freunden traf. Er war, wenn auch mit gebührendem Abstand, immer in ihrer Nähe. Es kam der Zeitpunkt, da reichte es nicht aus, sie nur aus der Distanz zu beobachten. Er wollte mehr! Ihre Telefonnummer zu organisieren, war ein Klacks. Daher beschloss er, sie noch am selben Abend anzurufen.

Lydias Stimme am anderen Ende der Leitung zu hören war erregend. Es dauerte nicht lange, bis die Anrufe ihren Reiz verloren. Er beschloss ihr näher zu sein als bisher. Der Entschluss, in die Wohnung einzubrechen und ihre Unterwäsche zu stehlen, ließ ihn erstmals eine Grenze überschreiten. Ungeahnte Glücksgefühle durchfluteten seinen Körper. Eine neue Ebene war erreicht, denn jetzt hatte er die Macht, alles tun zu können, ohne dabei erwischt zu werden. Doch stellte er relativ schnell fest, dass sich das Erlebnis des ersten Rausches verflüchtigt hatte. Wie jeder Süchtige suchte auch Dietmar eine Lösung, um den Drogenkonsum zu erhöhen. Nur so, hoffte er, war es möglich, die Flut der Glücksgefühle länger zu spüren. Also beschloss er, sie ganz zu besitzen. Ein paar Tage später verschaffte er sich erneut Zutritt zu ihren vier Wänden. Als sie nach Hause kam, betäubte und entführte er sie. Im Nachhinein hielt er sie wochenlang in einem alten Bunker gefangen, der sich in den Wäldern rund um Delmenhorst verbarg. Bis … ja bis sie ihn durch eine Unachtsamkeit außer Gefecht setzte. Beim Betreten des Bunkerraumes schlug sie ihm mit voller Wucht einen harten Gegenstand auf den Kopf. Er sackte zusammen und blieb leblos am Boden liegen. Nachdem er zu sich gekommen war, war sie fort. Wütend folgte er ihr ins Unterholz, fand sie aber nirgends. Erst nach Tagen erfuhr er aus der Zeitung, dass Lydia verunglückt war. Dort stand, dass sie versucht hatte, eines der Autos auf der nahen Schnellstraße anzuhalten. Es hieß: „… Sie bemerkte das herankommende Fahrzeug zu spät. Der hupende Sattelzug konnte nicht mehr rechtzeitig bremsen. Ihr zierlicher Körper flog, wie eine Gummipuppe, im hohen Bogen zur Seite und landete am Straßenrand. Mit einem lauten Quietschen kam der Laster ein paar Meter weiter zum Stehen. Der Fahrer umklammerte das Lenkrad. Er stand unter Schock und war nicht in der Lage, es loszulassen. Ein Motorradfahrer, der von der gegenüberliegenden Straßenseite das Geschehen beobachtet hatte, wendete und eilte zum Unfallort. Aber es war zu spät. Nachdem Polizei und Rettungswagen eingetroffen waren, stellte der Notarzt nur noch ihren Tod fest." Zum zweiten Mal hatte Dietmar Pech. Zwar hatte er Lydia nicht auf die gleiche Art geliebt wie Maria, trotzdem war er davon überzeugt, dass es funktionierte. Er brauchte ein Jahr, um über das Versagen, seine Mission nicht zu Ende geführt zu haben, hinwegzukommen.

Dietmar ist sich sicher, eine höhere Gewalt hat vorherbestimmt, dass er eine weitere Chance bekommt. Es kann gar nicht anders sein. Denn sonst hätte ihn am Abend, an dem er seine Mutter zum Krimidinner begleitete, nicht dieses Gefühl durchströmt. Ein Gefühl, auf das er schon so lange wartet.

Seine Neuentdeckung ist bereits ein paar Tage her. Aber erst heute schafft er es, in der Mittagspause kurz bei ihr vorbeizuschauen. Zu Dietmars Unmut ist seine Mutter immer noch sehr eigensinnig in Bezug auf ihr Auto. Obwohl sie es aus Altersgründen seit Jahren nicht mehr nutzt, bekommt er nur zu bestimmten Anlässen die Erlaubnis, es zu nehmen. Nämlich dann, wenn sie von A nach B gefahren werden will. Damit er es sich nicht heimlich aus der Garage holt, hütet sie den Schlüssel wie ihren Augapfel.

Mit dem Rad dauert die Fahrt zwar länger, jedoch macht es ihm nichts aus. Er hat, durch den regelmäßigen Besuch im Fitnessstudio, Kondition aufgebaut. Von seiner Massagepraxis führt der Weg in südöstlicher Richtung. Hier ist ein Viertel, in dem sich das Gewerbegebiet mit Einfamilienhäusern mischt. Vor dem Geschäft mit der großen Fensterfront und der individuellen Dekoration hält er an. Er parkt das Rad und schließt es ab. *Ja, dieses Mal wird es anders. Dieses Mal wird nichts schieflaufen*, denkt er und läuft durch die offenstehende Tür des Blumenladens.

„Moin, kann i Ihna helfa? Odr gugga Se erschd?", erkundigt sich Florian.

Dietmar gibt ihm zu verstehen, dass er sich erst umschaut. Er schlendert durch den verwinkelten Laden und lässt dabei den Blick schweifen. In der Hälfte des Verkaufsraumes, in der die unterschiedlichsten Grün- und Blühpflanzen arrangiert wurden, entdeckt er eine weibliche Person. Sie hat ihm den Rücken zugedreht. Ihre schwarze Mähne ist zu einem Pferdeschwanz zusammengebunden. Trotzdem haben sich einzelne Strähnen aus dem Haargummi befreit und stehen teilweise wie kleine Antennen vom Kopf ab. Neben ihr steht ein Mann, der, so vermutet Dietmar, kein Kunde ist. Er erkennt es daran, dass sich die beiden angeregt unterhalten und obendrein sehr vertraut miteinander wirken. *Ich bin mir sicher, den Rotschopf schon einmal gesehen zu haben*, überlegt er. Es dauert einen Moment, bis ihm einfällt, woher er den Kerl kennt. *Stimmt, der Barkeeper.* An dem Abend, an dem er auf einen Absacker zur GraftMühle zurückging, fand er den Mann bereits unsympathisch. Ständig hatte er aufgepasst, dass die Kellnerin nicht zu viel ausplauderte. Und jetzt das. Dietmar gefällt es gar nicht, dass die beiden so eng beieinanderstehen. Am liebsten würde er dazwischenfunken und … Aber das kann er nicht. Er muss sich zusammenreißen, um nicht zu verderben, was noch gar nicht richtig angefangen hat.

Um herauszufinden, worüber sie sich unterhalten, pirscht er sich Schritt für Schritt und so unauffällig wie möglich an sie heran. Genau in dem Moment, wo er in Hörweite kommt, laufen Judith und ihr Gesprächspartner zur Tür. *Mist! Du funkst mir ständig dazwischen, Macker.* Wütend ballen sich seine Hände zu Fäusten. *Das geht so nicht weiter.*

Wenn sich das nicht schleunigst ändert, dann wirst du es bereuen. Er nähert sich dem Ausgang, an dem die beiden stehen.

„Judith, Delefo für di."

Dietmar zuckt erschrocken zusammen und dreht sich um. Kaum zwei Meter von ihm entfernt steht der junge Mann, der ihn vorhin beim Betreten des Ladens freundlich, aber mit einem fürchterlichen Akzent begrüßt hat.

Der Florist schenkt dem Kunden ein „Es-tut-mir-leid-Lächeln" und widmet sich dann wieder seiner Arbeitskollegin. „Es isch dai Brudr. Ich han ihm gsagd, dess du im Kundengeschbräch bisch. Er sagd, du sollschd ihn zurüggrufa."

„Danke, Florian. Ich komme gleich", antwortet Judith. Sie wendet sich noch einmal ihrem Gesprächspartner zu und meint: „Ich sollte Tommy lieber nicht so lange warten lassen."

„Alles klar. Wir seh'n uns."

„Ja. Bis die Tage", sagt sie und verabschiedet sich von Darren mit einer herzlichen Umarmung.

In Dietmar kocht die Wut. Wenn er könnte, wie er wollte, dann … aber ein Blick auf die Armbanduhr verrät, dass die Mittagspause zu Ende ist. Beim Verlassen des Ladens steht Judith so nah an der Tür, dass er ihr Parfüm riecht. Am liebsten hätte er gestoppt und an ihr geschnüffelt, wie ein Straßenköter an einer läufigen Hündin. Stattdessen mahnt er sich zur Geduld, schließt das Fahrradschloss auf, steigt auf den Drahtesel und fährt zurück zur Massagepraxis. Den ganzen Nachmittag zermartert er sich vergeblich das Gehirn, welche Lektion für den Barkeeper angemessen wäre, damit dieser künftig die Finger von seiner Herzensdame lässt. Erst beim Verlassen der Praxisräume hat er die zündende Idee.

Bei Ankunft in der Graft ist es kurz nach Mitternacht. Keine Menschenseele weit und breit zu sehen. *Sehr gut.* In der Ferne sind nur ein paar betrunkene Nachtschwärmer zu hören. An einer Baumgruppe hält er inne. Von hier aus hat er einen direkten Blick auf den Eingang der Graft-Mühle. Dietmar kauert sich hin. So bleibt er unentdeckt, kann aber trotzdem beobachten, wer, wann das Gebäude verlässt.

Die Luft hat sich abgekühlt. Der Himmel ist bedeckt und es fängt an zu nieseln. In den Büschen sitzt eine Gruppe von Nachtigallenmännchen. Sie zwitschern aus voller Kehle. Ihr Gesang ist abwechslungsreich und dient hauptsächlich zur Anlockung einer Brutpartnerin.

Für derlei Romantik hat der Masseur im Moment nichts übrig. Er ist ganz auf seine Mission „Ausschalten des Konkurrenten" konzentriert.

Die Tür öffnet sich. Die Kellnerin und ein gleichaltriger Mann verlassen die Gaststätte.

Dietmar wird etwas neidisch, denn das Paar wirkt sehr vertraut miteinander. Er guckt ihnen hinterher, wie sie Hand in Hand die Hauptstraße überqueren, am Standesamt vorbei und über den menschenleeren Marktplatz schlendern. Kurz darauf bewegt sich erneut die Tür und endlich erscheint die Person, auf die er die ganze Zeit gewartet hat.

Der Barkeeper sieht im fahlen Licht der Außenlaternen, die rechts und links neben dem Eingang hängen, erschöpft aus. Er entfernt erst das Gummi aus seinen Haaren und schließt dann die Eichentür ab. Danach macht er sich auf den Weg zum Parkplatz, in Richtung Graftwiesen. Dabei steckt er sich eine Zigarette an.

Gerade als der Rothaarige an der Baumgruppe vorbeikommt, springt Dietmar ohne Vorwarnung aus seinem Versteck. Mit einem Satz reißt er den Widersacher zu Boden. Er presst sein ganzes Körpergewicht so fest auf ihn, dass die Arme eingeklemmt sind, und verteilt ein paar Fausthiebe ins Gesicht.

Darren hat keine Ahnung, wie ihm geschieht. Er versucht, den Schlägen auszuweichen, was ihm durch die eingeschränkte Beweglichkeit nur bedingt gelingt.

„Wenn du sie nicht in Ruhe lässt, dann bring ich dich um", droht Dietmar.

Der Barkeeper antwortet nicht.

„Hast du mich verstanden?"

„Alter, ich weiß gar nicht, von wem du redest."

„Lüg nicht. Ich hab euch doch heute zusammen geseh'n. Halt dich von ihr fern! Sie gehört mir!" Um seinen Worten Nachdruck zu verleihen, drischt er weiter auf sein Opfer ein. „Hast du das kapiert?"

„Ja", keucht Darren, dreht den Kopf nach links und spuckt das Blut, was sich im Mund gesammelt hat, aus.

Dietmar steht auf, klopft sich den Sand von den Hosenbeinen und verschwindet zufrieden in der Dunkelheit.

Darren rollt auf die Seite und schimpft: „Wichser!" Nach einer Weile setzt er sich langsam auf. Sein Gesicht brennt und der Schädel brummt. Um den metallischen Geschmack des Blutes loszuwerden, spuckt er erneut auf den Boden. Vorsichtig tastet er die Nase ab, ob diese gebrochen ist. „Aua … Wenn du Eier in der Hose hättest, dann hättest du wie ein Mann gekämpft! Auge um Auge! Und nicht wie

ein Mädchen … aus dem Hinterhalt", ruft er dem Angreifer wütend hinterher. Ein stechender Schmerz signalisiert
seinem Kopf, dass er sich nicht aufregen soll. „Aua." Ihm
ist schwindlig, daher dauert es einen Moment, ehe er sich
hochgerappelt hat. Nur taumelnd und mit kleinen Schritten
erreicht er nach einer gefühlten Ewigkeit sein Auto.

Kapitel 8

Dem hab ich's gezeigt, freut sich der Masseur mit einem triumphierenden Grinsen. Er betritt die Wohnung und mit Schwung fällt die Tür hinter ihm ins Schloss. *Ich bin mir sicher, ab sofort lässt der Möchtegern- Wikinger die Pfoten von meiner Braut.*

In seiner verzerrten Wahrnehmung ist Dietmar davon überzeugt, ein friedlicher Mensch zu sein. Es sei denn, er wird provoziert. Der kleinste Verdacht, wie zum Beispiel, ein Nebenbuhler hat es auf seine Frau abgesehen, reicht aus, um rotzusehen. So wie in der Mittagspause. Am liebsten hätte er gleich an Ort und Stelle für klare Verhältnisse gesorgt. Doch das wäre taktisch unklug gewesen.

Bereits in der Schulzeit hatte er gewisse Lektionen gelernt. Eine davon war, dass Strategie und Zeitpunkt darüber entscheiden, wer am Ende als Sieger aus dem Kampf hervorgeht. Oder, dass Diskussionen oft nur mäßigen Erfolg bringen. Fäuste hingegen lassen keinen Zweifel aufkommen – zumindest bei den meisten.

„Im Krieg und in der Liebe ist alles erlaubt", ist ein Zitat von Napoléon Bonaparte. Dietmar hat nicht die geringste Ahnung, ob der französische General, Diktator und Kaiser das wirklich gesagt hat, trotzdem gefallen ihm die Worte.

Also, warum sie nicht für die eigenen Zwecke nutzen? Dank eines ausgeklügelten Plans hatte er den Zweikampf gewonnen. Wäre er ein Silberrücken, hätte er im Nachhinein laut gebrüllt und sich dabei auf die Brust getrommelt. Ist er aber nicht. Stattdessen verließ er den Park ohne großes Aufsehen im Schutz der Dunkelheit. Früher trug man Duelle mit Waffen aus. Für derlei Spielzeug hat er nichts übrig. Deshalb entschied sich Dietmar für Fäuste. Mit Erfolg, wie er findet. Der Barkeeper rief ihm zwar irgendetwas hinterher, das war ihm jedoch egal. Die Angelegenheit wurde geklärt. Er hatte dem Widersacher klargemacht, wer das Sagen hat. *Gewiss liegt der Penner immer noch am Boden und heult nach seiner Mama*, denkt er und freut sich über den Triumph.

Ein Blick auf die Uhr verrät, dass er längst im Bett sein und schlafen müsste. Aber es klappt nicht. Er ist zu aufgewühlt. Aus diesem Grund setzt er sich in einen Sessel und lässt den Tag Revue passieren. Prompt schweifen die Gedanken zu Judith und einem bestimmten Moment. Er verließ den Blumenladen und sie stand unmittelbar an der Eingangstür. Dietmar schließt die Augen. Er ruft sich den Augenblick ins Gedächtnis, wo sich ihm eine unerwartete Chance bot. Leicht nach vorne gebeugt, kam er mit seinem Kopf ganz nah an ihren Körper. Vorsichtig sog er das Parfüm, das sie umgab, in sich auf. *Mmh …*

In dem Moment, in dem er erneut genussvoll den Duft, der ihm immer noch in der Nase hängt, tief einatmet, verschwindet die Welt um ihn herum.

Er sieht nichts mehr.

Er hört nichts mehr.

Er fühlt sich wie in einem Traum.

Ein Traum, in dem nur er und Judith existieren.

Ein Traum, der sogleich eine angenehme Reaktion in ihm weckt. Erst strömt ein warmes Kribbeln durch seinen Körper, dann wird es eng und hart in der Hose. *Ich will mehr. Jetzt!* Er greift zum Hörer und wählt ihre Nummer.

Es dauert, bis sie am anderen Ende der Leitung abnimmt.

Ihre liebliche Stimme verstärkt das Lustgefühl in seinen Lenden.

Judith braucht eine Weile, um zu begreifen, dass das Klingeln, welches sie hört, nicht vom Wecker, sondern vom Telefon kommt. Es ist mitten in der Nacht und sie hat keine Ahnung, wer um diese Uhrzeit nach ihr verlangt. Schlagartig ist sie hellwach. *Ach du meine Güte, Tommy.* Sie springt aus dem Bett, rennt über den Flur ins Wohnzimmer, greift zum Hörer und fragt aufgeregt: „Was ist passiert?"

Niemand meldet sich. Stattdessen ertönt nur ein monotones Rauschen.

„Hallo? Susanne? Bis du das? Was ist denn los? Ist was mit Tommy? Sag doch was."

Aber nicht die Stimme ihrer Schwägerin, sondern schwere Atemzüge dringen an ihr Ohr. „Ein … Aus … Ein … Aus … Ein … Aus …"

Oh mein Gott. Schon wieder der Perverse. Genau wie beim ersten Anruf steigt erneut Panik in ihr auf. *Warum lässt mich dieser Kerl nicht in Frieden?*

Der Horror geht weiter! Wie beim letzten Mal ertönt ein leises, aber höhnisch klingendes Kichern. Kurz darauf flüstert eine männliche, angsteinflößende Stimme: „Hallo, meine Schöne."

Ein eiskalter Schauer läuft ihr den Rücken herunter. „Lassen Sie mich in Ruhe! Oder ich rufe die Polizei!"

Ohne darauf zu reagieren, sagt er im strengen Ton: „Du warst böse … sehr böse. Wenn das ein weiteres Mal vorkommt, dann werde ich dich bestrafen! Hast du das verstanden?"

„Was? Ich? … Ich habe doch gar nichts gemacht", verteidigt sie sich stotternd. „Was wollen Sie von mir?" Ihre Panik wird größer.

„Das wirst du rechtzeitig erfahren", wispert die Stimme, die wieder an den geisteskranken Klaus Kinski in einem Edgar-Wallace-Film erinnert. „Aber eines verrate ich dir schon heute. Egal was kommt, du gehörst mir! Mir allein!"

Entsetzt über seine Worte beendet Judith abrupt das Gespräch. Fassungslos steht sie da und starrt den Apparat mit weit aufgerissenen Augen an. Die Sekunden kommen ihr unendlich lang vor. Dabei fahren ihre Gedanken und Gefühle Achterbahn. Sie versucht, beides unter Kontrolle zu bekommen. Ohne Erfolg. Plötzlich glaubt sie, ein Geräusch zu hören. *Was war das?* Ihre Sinne, die aufs Äußerste geschärft sind, achten auf den kleinsten Laut.

Auf der Straße knattert ein Mofa am Haus vorbei.

Aus der Wohnung nebenan dringt Musik.

Judith ist bekannt, dass die Frau aus der Nachbarwohnung oft mit Depression zu kämpfen hat. In solchen Phasen wird stets das Radio auf volle Lautstärke gestellt. Sie hat schon öfter versucht, mit ihr zu reden. Leider blockt die Nachbarin sämtliche Gespräche ab. Nicht einmal auf schriftlichem Weg ist an sie heranzukommen.

Im Badezimmer raschelt und kratzt es jetzt.

„Lenchen bist du das?", erkundigt sich Judith ängstlich.

Kein Mauzen ist als Antwort zu hören.

Ich muss herauszufinden, was das Scharren verursacht hat. Vorher bekomme ich kein Auge zu. Sie huscht in die Küche und sucht etwas zur Verteidigung. In einer der Schubladen wird sie fündig. Auf Zehenspitzen nähert sie sich langsam den Geräuschen. An der Nasszelle angekommen, späht sie vorsichtig um den Türrahmen.

Das Licht der Straßenlaterne reicht aus, um mehr als nur vage Umrisse im Raum zu erkennen.

Es ist nichts Ungewöhnliches zu sehen. Judith atmet erleichtert aus. „Puh … Vielleicht habe ich mich vertan und das Kratzen kam von draußen. Ich muss dringend schlafen, sonst werde ich noch paranoid", sagt sie zu sich selbst. Bevor das Messer wieder in der Küchenschublade verschwindet, kontrolliert sie vorsichtshalber, ob alle Türen und Fenster verschlossen sind.

Auf dem Weg zum Bett läuft sie erneut am Badezimmer vorbei. Blitzschnell springt sie jemand von hinten an und umklammert das linke Bein. Zeitgleich bohren sich ein paar Spitzen in die Wade. „Aua … spinnst du? Das tut doch weh!" Zu ihren Füßen sitzt Leni und schaut sie mit großen Kulleraugen und einem „Ich-bin-mir-keiner-Schuld-bewusst-Blick" an. „Du brauchst gar nicht so unschuldig zu gucken", schimpft Judith, pflückt das kleine Fellknäuel vom Bein und setzt es zurück auf den Boden.

Das Kätzchen protestiert mit Mauzen.

„Du kannst meckern, wie du willst. Jetzt wird nicht gespielt. Ich bin müde."

Unbeeindruckt, was ihre Mitbewohnerin möchte, startet Leni umgehend den zweiten Versuch ihres Fangspiels.

„Aua … Es reicht!" Judith schnappt sich das Energiebündel und läuft mit ihm ins Schlafzimmer. Nachdem sie sich unter die Bettdecke gekuschelt hat, setzt sie die Kleine auf den Brustkorb und fängt an, sie zu kraulen.

Zufrieden macht es sich das Kätzchen bequem. Aber erst nach einer ausgiebigen Schmuseeinheit gibt es Ruhe und schläft ein.

Kapitel 9

Der Wetterfrosch im Radio hat am Morgen nicht gelogen. Hellblauer Himmel und strahlender Sonnenschein lautet das Versprechen. Mit dem Konzert aus munterem Vogelgezwitscher, Temperaturen um achtzehn Grad und einem lauen Lüftchen steigt die Anzahl an leicht bekleideten Sonnenanbetern.

Es ist elf Uhr siebenundvierzig. Am liebsten würde sie es sich mit einem Buch auf dem Balkon gemütlich machen. Zu ihrem Bedauern ist ihr dieses Vergnügen erst in ein paar Stunden vergönnt. Bis dahin hat sie noch allerhand Arbeit vor sich, denn es ist Pflanzzeit.

Zwischen Ostern und Pfingsten ist Hochsaison für Frühlingsblüher. Im Anschluss an die scheinbar endlos graue Jahreszeit ist die Sehnsucht der Leute auf etwas Farbe sehr groß. In Parkanlagen, Gärten, Pflanztöpfen und -körben sowie Balkonkästen ändert sich nach und nach das Aussehen. Sogar einige Gräber auf den Friedhöfen bekommen bunte Farbtupfer. In diesem Jahr zieht sich die Pflanzzeit in die Länge. Immer wieder kommen Nachzügler, denen urplötzlich auffällt, dass sie offensichtlich die Einzigen sind, die ihr Heim noch nicht verschönert haben.

„Ist das alles?", fragt ein Ehepaar enttäuscht und deutet dabei mit dem Kopf in Richtung Außenanlage.

„Was wollet Sie no bblanza? Garde? Friedhof? Kübl?", erkundigt sich Florian.

„Balkonkästen", antwortet die Frau. Sie kann es sich nicht verkneifen, „Seine Eltern kommen heute aus dem Urlaub zurück, und wenn nicht alles in Ordnung ist, dann gibt es wieder Ärger" hinzuzufügen. Ein hörbarer Unterton lässt vermuten, dass zwischen Schwiegereltern und Schwiegertochter eine gewisse Spannung herrscht.

„Dann werd i mol seha, ob i ebbes dun kann, um Ihne den Ägr zu erschbara", sagt der Florist aufmunternd und folgt dem Ehepaar auf die Außenanlage.

Judith widmet sich der nächsten Kundin. „Moin Frau Schierling. Das Gleiche wie immer?"

„Moin. Ja, Kindchen."

Sie läuft zu dem Teil des Ladens, wo die Schnittblumen stehen. Jeden Morgen werden die Vasen von ihr oder den Kollegen nicht nur erneuert, sondern auch liebevoll auf unterschiedlich hohen Podesten aus Stein arrangiert. Mit sieben roten Papageientulpen und einem Bund Heidelbeersträucher kehrt sie zum Verkaufstresen zurück.

„Als mein Mann noch lebte, hat er mir jede Woche Blumen geschenkt", schwärmt die alte Dame.

Judith hat den Satz schon oft gehört. Trotzdem findet sie es bezaubernd von ihrer Kundin, dass sie aus Liebe zu ihrem verstorbenen Gatten die Tradition weiterführt. *Gut zu wissen, dass es noch wahre Liebe gibt*, denkt sie.

Die einen Meter fünfundfünfzig große Frau schaut der Floristin zu, wie diese den Strauß binnen weniger Minuten zusammenstellt. „Ich bin immer wieder von Ihren kleinen Kunstwerken begeistert. Unter uns …", sagt Ella Schierling und beugt sich etwas vor, „… ich habe es auch mal probiert."

„Und?"

Mit einer abwertenden Handbewegung gesteht sie lachend: „Die reinste Katastrophe. Es sieht einfacher aus, wie es in Wirklichkeit ist. Na ja, man kann nicht alles können, stimmt's?"

„Stimmt. Trotzdem bin ich mir sicher, dass es gar nicht so grauenvoll aussah", entgegnet Judith und zwinkert zur Aufmunterung mit einem Auge. Nachdem der Strauß fertig gebunden und in Papier gewickelt ist, erkundigt sie sich: „Haben Sie noch einen Wunsch?"

„Ach Kindchen, Wünsche habe ich einige, aber … nun ja, lassen wir das", antwortet Frau Schierling etwas wehmütig.

Florian, der inzwischen das Ehepaar zufriedenstellend bedient hat, kommt jetzt mit einer Kiste aus dem Binderaum. Im Vorbeigehen sagt er: „Judith, edschuldig, dess i schdöra muss. Abr … d Beschdellunga. Mir müssa los. Die Chefin meggerd scho."

„Alles klar. Danke. Ich komme gleich."

„Okay, i warde im Karra uf di."

„Oh, halte ich Sie von etwas Wichtigem ab? Nicht, dass Sie meinetwegen Ärger bekommen."

„Nein, nein. Alles in Ordnung, Frau Schierling", meint Judith und wirft einen unauffälligen Blick auf die Wanduhr. „Wir haben Zeit."

„Dann bin ich ja beruhigt", antwortet die alte Dame erleichtert und tätschelt dabei den rechten Arm der Floristin. Ein paar Minuten später verlässt sie den Laden.

Judith gibt der Chefin Bescheid, dass sie jetzt losfahren, eilt nach draußen und springt ins Auto.

„Wird ja au Zeid! Was haschd du no so lang gmachd?"

„Sorry, ging nicht schneller."

„Wenn dai Schwägerin gloi meggerd, dess mir zu schbäd sind, noh kannsch ihr erklära, warum."

„Ja, kein Problem. Aber ich kann mir nicht vorstellen, dass Susanne meckert. Im Gegenteil. Sie ist froh, dass wir nichts zu ihren ständigen Änderungswünschen sagen. Andere Blumenläden nehmen schon längst keine Bestellung mehr von ihr an."

Die Verlobte ihres Bruders gehört zu den Menschen, welche manchmal mit ihrer Perfektion über die Stränge schlagen. Das Streben nach Vollkommenheit steht ihr hin und wieder im Weg. So kommt es vor, dass es heute „hü" und morgen „hott" heißt. Das ist mitunter anstrengend. Aber ihr direktes Umfeld hat sich inzwischen damit abgefunden.

„Dai Word in Goddes Ohr", entgegnet er, lässt den Motor an und fährt los.

Fünfzehn Minuten später hält der Wagen vorm Eingang der GraftMühle.

Florian steigt aus, eilt zur Heckklappe und öffnet sie. Er hat sich vorgenommen, die Blumen ohne weiteren Zeitverlust hineinzutragen, den Rest der Bestellung auszuliefern, um dann so schnell wie möglich zum Laden zurückzufahren.

Judith huscht ins Haus. Kurz darauf bleibt sie wie angewurzelt stehen, schnappt nach Luft und fragt erschrocken: „Was ist dir denn passiert?"

Darren, der gerade die Bestände des Tresens auffüllt, schaut fürchterlich aus. Die linke Gesichtshälfte ist deutlich geschwollen. Außerdem leuchten bis unters Jochbein die verschiedensten Blau- und Gelbtöne. Der Nasenrücken ist, im Gegensatz zum restlichen Gesicht, glimpflich davongekommen. Auf ihm sind nur ein paar Schrammen. Dafür prangt sowohl an einer Augenbraue als auch an der Unterlippe eine verschorfte Kruste. „Du solltest den anderen sehen", scherzt er. „Nein, Spaß beiseite. Hast du jemandem erzählt, dass wir zusammen sind?"

Judith läuft langsam auf ihn zu. „Nein. Warum?"

„Weil der Idiot, der mich hinterrücks überfallen hat, meinte, ich soll die Finger von dir lassen. Du gehörst ihm."

„Hä … Ich gehöre gar keinem. Ich bin Single und außerdem, du stehst doch gar nicht auf Frauen."

„Wir beide wissen das. Der Typ aber scheinbar nicht. Für mich klang der wie ein eifersüchtiger Ehemann."

„Komisch. Hast du ihn erkannt?"

„Nein, dafür war es zu dunkel."

„Schade", sagt sie und überlegt: *Ist es möglich, dass es zwischen Darrens Überfall und dem Irren, der ständig bei mir anruft, einen Zusammenhang gibt?*

„Wo bist du mit deinen Gedanken?", erkundigt sich der Barkeeper.

Doch bevor sie dazu kommt, ihren Verdacht zu äußern, wird sie von Florian unterbrochen.

„Judith, du Drödeldande. Wenn des so weidr gohd, noh …", meckert er beim Betreten des Lokals. „Wow … wem sai Fauschd hedd noh dai Aug ufgehalda?"

„Scherzkeks. Darren hat sich nicht geprügelt. Er wurde überfallen."

„Echd? Wann?"

„Vor ein paar Tagen", antwortet der Barkeeper.

„Wo? Hier oder auf dem Parkplatz?", erkundigt sie sich.

„Weder noch. Ich hatte gerade das Lokal abgeschlossen und war auf dem Weg zum Auto. Urplötzlich sprang einer hinter den Bäumen hervor, riss mich zu Boden und schlug ohne Vorwarnung zu."

„Haschd au guad ausgedeild? Ich mai, siehd der andre schläwwr aus, als du?"

Darren schnaubt verächtlich und antwortet: „Wie denn? Der Typ saß auf mir drauf und hatte meine Arme eingeklemmt."

„Audsch …"

„Warst du beim Arzt?", fragt Judith besorgt.

Darren macht eine abwertende Handbewegung. Doch bevor er hinzufügen kann, dass das nicht notwendig sei, bemerkt er, wie sich ihre Augen mit Tränen füllen. Rasch kommt er hinter dem Tresen vor, nimmt sie herzlich in den Arm und sagt: „Es sieht schlimmer aus, als es ist. Wirklich."

„Hast du mal in den Spiegel geguckt?", schluchzt sie.

„Ja, hab ich. Und du kannst mir glauben, wenn ich sage, es geht mir gut, dann geht es mir auch gut."

„Ich will ja ned drängeln, abr mir han no mehr Beschtellung auszuliefern."

„Wo müsst ihr noch hin?"

„Zwoi verschiedene Friedhöfe – Berdigung ond Dauf."

Erst jetzt fällt Judith auf, dass es ungewöhnlich still im Haus ist. Sie wischt sich mit dem Ärmel über die Augen und fragt: „Bist du alleine?"

„Ja. Die beiden sind noch mal los, um ein paar Besorgungen zu holen", antwortet Darren. „Müssten aber jeden Augenblick zurück sein." Gemeint sind Susanne und Thomas.

„So viel Zeit haben wir nicht. Wo willst du die Blumen hin haben?"

Dass Judith und Florian nicht zum Plaudern vorbeikamen, war ihm klar. Von einer Lieferung hat ihm keiner was gesagt. *Typisch*, ärgert er sich und fragt: „Privat oder …"

„Nein, für hier."

„Viele?"

Sie schüttelt den Kopf. „Nur eine Kiste mit Traubenhyazinthen für die Tische draußen und ein paar Sträuße für drinnen."

„Okay. Stellt sie doch erst mal an die Seite", sagt er.

Nachdem die beiden die Blumen in die kleine Nische rechts neben dem Eingang gestellt haben, fahren sie weiter, um den Rest auszuliefern. Auf dem Rückweg halten sie an einem Bäcker. Bevor es zum Laden zurückgeht, holen sie sich ein paar belegte Brötchen zum Mittagessen raus.

Der Nachmittag verläuft wie gewöhnlich. Abgesehen vom Bedienen der Kunden bewässern sie innen und außen alle Pflanzen. Fertigen Sträuße und Pflanzkörbe beziehungsweise -schalen für den Verkauf an. Zum Schluss werden die Bestellungen für den nächsten Tag erledigt.

Kurz vor Feierabend kommt die Chefin aus ihrem Büro, tritt an den Verkaufstresen und macht ein ernstes Gesicht.

Judith befürchtet, einen Anschiss zu bekommen, weil die Auslieferung vor der Mittagszeit länger gedauert hat als erwartet.

„Hast du einen Verehrer?", fragt Monika in einem Ton, der nicht zu deuten ist.

Monika Pfeiffer ist eine etwas übergewichtige, laute Fünfundfünfzigjährige, die nicht gut auf das männliche Geschlecht zu sprechen ist. Sie ist der Meinung, dass alle Mannsbilder Frauen ausnutzen. Deshalb dreht sie den Spieß um und zieht jedem, der nicht bei drei auf dem Baum sitzt, sprichwörtlich das letzte Hemd aus. Eines Tages wurde sie gefragt, warum sie die Männer so behandelt. Ihre Antwort lautete: „Die Kerle wollen's doch gar nicht anders. Also … zack."

„Ich? … Nein. Wie kommst du darauf?", stottert Judith.

„Das hier hat jemand für dich abgegeben." Monika überreicht ihr eine in Geschenkpapier einwickelte Schachtel.

„Bist du dir sicher, dass die für mich ist?"

„Ja. Zumindest hat das der Junge gesagt."

Judith überlegt, wer das gewesen sein kann, und fragt nach einer Weile: „Welcher Junge? War das ein Kunde von uns?"

„Nicht dass ich wüsste. Bist du gar nicht gespannt, was er dir geschenkt hat?"

„Mich interessiert eher, wer …"

„Ein Knabe von etwa zehn Jahren. Zufrieden? Los … schau doch mal rein", meint Monika ungeduldig.

Warum schenkt mir ein Zehnjähriger etwas, fragt sich Judith und öffnet das liebevoll eingewickelte Präsent. Zum Vorschein kommt eine Schachtel Pralinen. Ihr wird flau im Magen. *Da steckt garantiert eine erwachsene Person dahinter.* „Wann hat er das abgegeben?"

„Gerade eben, wo du auf'm Klo warst."

„War er alleine?"

„Ja. Warum?"

Sie hat keine Lust, ihrer Chefin von den nächtlichen Anrufen zu berichten. Deshalb antwortet sie so gelassen wie möglich: „Ach, nur so."

„Also doch einen heimlichen Verehrer. Ich wusste es. Erzähl. Ist er Single? Oder verheiratet? Sieht er gut aus? War das sein Sohn? …"

„Da gibt es nichts zu erzählen", erwidert Judith und stellt

fest, *mein Gott, bist du wieder neugierig.* „Ich lege den Süßkram hinten auf den Tisch, dann könnt ihr ihn aufessen.“

„Das sind aber deine! Magst du sie denn nicht?“, fragt Monika verwundert.

„Nein danke. Ist nicht meine Sorte“, lügt sie. In Wirklichkeit nimmt Judith keine Geschenke von Personen an, die sie nicht kennt. Mit den Worten „Außerdem teile ich gerne mit euch“ läuft sie zur großen Glasfront und guckt einen Moment nach draußen. *Wo steckst du? Bist du da draußen und beobachtest mich? Wann haben sich unsere Wege gekreuzt? Und was willst du von mir?* So viele Fragen, auf die sie keine Antwort hat. Es ist niemand Verdächtiges vor dem Laden zu sehen, daher dreht sie sich um und verschwindet im Aufenthaltsraum.

„Wohnst du in der Gegend?“, fragt Dietmar den Zehnjährigen, der mit einem Fußball kickend auf ihn zukommt.

„Nein“, antwortet der Junge und läuft vorbei.

„Lust, dir etwas Taschengeld zu verdienen?“

Er dreht sich um. Weitere Schritte rückwärts laufend, schaut er den Mann mit den grau melierten Haaren und gestutztem Vollbart skeptisch an.

„Keine Angst. Nichts Schlimmes. Versprochen. Du sollst nur für mich ein Geschenk abgeben.“

Neugierig bleibt er stehen und fragt: „Wo?“

„Da drüben.“ Dietmar deutet auf den Blumenladen.

„Was krieg ich dafür?“

„Einen Zehner.“

„Warum machst du das nicht selber?“

„Du kennst doch die Mädels.“ Er macht einen auf Kumpel und zwinkert verschwörerisch mit einem Auge. Dabei hofft er, den Kleinen für sein Vorhaben zu begeistern. „Sie lieben es, überrascht zu werden."

Der Knirps überlegt kurz und kontert: „Okay. Für 'nen Zwanziger mach ich's."

„Abzocker", schimpft Dietmar. Ihm ist bewusst, dass ohne das Kind der Plan platzt. Zähneknirschend stimmt er dem Deal zu. Er überreicht ihm eine in Geschenkpapier eingepackte Schachtel und schickt ihn mit ein paar Anweisungen los. In der Zeit, in der der Junge auf dem Weg zur gegenüberliegenden Straßenseite ist, betritt er ein nahegelegenes Geschäft. Hier werden Gartenmöbel aus den unterschiedlichsten Materialien von günstig bis teuer angeboten. Um nicht aufzufallen, gibt er vor, ein Kunde zu sein, der sich erst einmal in Ruhe umschaut. In Wirklichkeit positioniert er sich so, dass er vom Fenster aus alles sieht. Er beobachtet, wie der Junge den Blumenladen betritt und auf den Verkaufstresen zusteuert. Anschließend drückt er einer Frau, die nicht wie Judith aussieht, das Geschenk in die Hand. „Hey, du Rotzlöffel. So war das aber nicht vereinbart", sagt Dietmar lauter als gewollt.

„Haben Sie etwas gefunden?"

Erschrocken zuckt er zusammen, dreht sich um und sieht in das erwartungsvolle Gesicht des Verkäufers. „Ähm … Nein, noch nicht", stottert er. „Ich bin unschlüssig, was am besten zu mir passt."

„Wünschen Sie eine Beratung? Ich kann …"

„Nein. Danke. Im Moment nicht."

„Okay." Enttäuscht über die Abfuhr zieht sich der Verkaufsberater zurück.

Dietmar dreht sich wieder zum Fenster um und stellt fest, dass der Junge verschwunden ist. Nur die Frau, der er das Geschenk gegeben hat, steht am selben Ort. „Mist!", schimpft er im gedämpften Ton, um kein Aufsehen zu erregen. Seine Hände ballen sich zu Fäusten. Er ist wütend, weil nicht alles nach Plan läuft. *Am liebsten würde ich dem Verkäufer eine aufs Maul hauen.* Macht er natürlich nicht, denn sonst gefährdet er sein Vorhaben.

Gerade als er sich abwenden und verschwinden will, erscheint Judith im Verkaufsraum des Blumenladens. *Na schau mal einer an. Wen haben wir denn da*, freut sich Dietmar. *Was gäbe ich darum, jetzt Mäuschen spielen zu können …* Beim Beobachten, wie sich die beiden Frauen miteinander unterhalten, malt er sich aus, worüber beziehungsweise über wen sie sprechen. Sofort macht sich ein warmes Kribbeln in seinem Körper breit. „Mmh", stöhnt er leise.

Nach einer Weile überreicht die Ältere das eingepackte Präsent.

Judiths verwunderter Gesichtsausdruck gefällt ihm. *Darauf habe ich gewartet. So mag ich es*, geht es ihm durch den Kopf. Sein Mund verzieht sich zu einem vielsagenden Lächeln. *Der Abend scheint doch vielversprechend zu werden. Mal sehen, welche Überraschung noch auf mich wartet.*

Judith verneint mit einem Kopfschütteln, dann packt sie zögerlich das Geschenk aus. Einen Augenblick später bewegt sie sich auf die große Glasfront zu und schaut hinaus, um kurz darauf zu verschwinden.

Nein, nein, nein … geh nicht! … Verdammt!

Fünf Minuten vergehen. Sie verlässt mit einer Jacke bekleidet den Blumenladen, steigt aufs Fahrrad und fährt los.

Er beschließt, ihr zu folgen.

Nach knapp einer halben Stunde stoppt sie vor einem

Vierparteienhaus. Judith schließt die Tür auf und schiebt den Drahtesel ins Gebäude.

Dietmar hält in einiger Entfernung ebenfalls an. *Okay*, denkt er. *Hier wohnst du also. Schöne Gegend. Gefällt mir auch. Aber …* Zu seinem Bedauern stellt er fest, dass es keine Möglichkeit gibt, sich zu verstecken. „Mist", flucht er.

Vor gut einem Jahr hatte er mehr Glück. Zu diesem Zeitpunkt war Lydia Maierknopf die Favoritin. Die Optikerin zu beobachten war kinderleicht. Sie wohnte in einem der Stadtteile, in denen vereinzelt Mehrfamilienhäuser stehen. Direkt vor ihrem Wohnkomplex befanden sich Parkplätze, die teilweise mit einer Hecke umzäunt waren. Es war nicht immer schmerzfrei, aber trotz der Dornen, die einige Büsche besaßen, war dies das ideale Versteck für heimliche Observationen.

Dietmar beschließt, hinter dem Vierparteienhaus zu gucken, ob es dort besser aussieht. Leider nicht. Kein einziges Gestrüpp, um Judiths Wohnung unauffällig zu beobachten. Nur eine Rasenfläche, auf der Metallpfähle stehen, die mit Wäscheleinen bespannt sind. *Verfluchte Scheiße! Warum läuft denn nicht einmal was nach Plan?* Enttäuscht kickt er einen kinderfaustgroßen Stein, der in seiner Nähe liegt, weg. Dieser landet mitten auf dem Rasen. Bevor Dietmar den Hinterhof verlässt, beschließt er: *Okay … ich werde mir was anderes einfallen lassen … egal wie, ich bekomme das, was ich will.* Daraufhin läuft er zum Fahrrad zurück und fährt ebenfalls nach Hause.

Kapitel 10

Seit Tagen gehen Körper und Geist getrennte Wege. In der Zeit, in der sich seine Hände mit den Rheumabeschwerden eines Patienten beschäftigen, träumt er davon, bei Judith zu sein. *Mit ihr zusammen in einem Raum … ganz alleine … und ich atme ihren Duft … welch herrliche Vorstellung!* Diese Gedanken erinnern ihn an eine, in der Vergangenheit bewährte, Vorgehensweise, die er noch am selben Abend umsetzt.

Dietmar fährt zum Wohnhaus seiner Herzensdame. Die Anspannung ist groß. Er parkt das Rad an einem Zaun nahe dem Kiosk, der auf der Ecke zur Hauptstraße steht. Anschließend schlendert er die knapp fünfzig Meter zum Haus hinüber. Den Blick richtet er dabei auf die Fenster der obersten Etage.

Alles ist dunkel.

So hat er es erwartet. Laut gründlicher Recherchen verbringt Judith jeden Freitagabend ein bis zwei Stunden bei ihrem Bruder in der GraftMühle. Heute ist Freitag und es ist Abend. Ideale Bedingungen für sein Vorhaben. Die Aussicht, sich jetzt ungestört Zugang zu ihren vier Wänden zu verschaffen, lässt seinen Adrenalinspiegel in die Höhe schnellen.

Die Eingangstür des Vierparteienhauses scheint defekt zu sein, denn sie ist nur angelehnt. Für Dietmar optimal. Er schubst sie auf und schleicht im Schutz der Dunkelheit die Treppen hinauf. Vor ihrer Wohnung bleibt er stehen, legt sein Ohr an die Tür und lauscht.

Stille.

Perfekt! Außer sein Herz, das vor lauter Aufregung fast aus der Brust springt, ist nichts zu hören. *Super!* Jetzt muss er nur noch die Tür ohne Einbruchspuren öffnen. Auf diese Situation hat er sich mit einem Spezialwerkzeug vorbereitet.

Vor einigen Monaten stürzte seine Mutter. In dieser Zeit war sie auf intensive Betreuung angewiesen. Um sich im Notfall jederzeit Zutritt zu ihrer Wohnung zu verschaffen, brauchte Dietmar einen eigenen Schlüssel. Da gab es nur ein Problem. Frau Friese hatte vor Jahren den zweiten Haustürschlüssel verloren, was sie mit aller Macht abstritt. Im Gegenteil. Hartnäckig behauptete sie, dass ihr Sohn ihn habe und deshalb kein Ersatzschlüssel angefertigt zu werden brauche. Er hatte null Bock auf lange Diskussionen, daher ließ er sie im Glauben, die Sache sei erledigt. In Wirklichkeit sorgte er sich ihretwegen. Übers Internet besorgte sich Dietmar ein Elektro-Pick-Set, welches er seitdem stets bei sich trägt und das bereits zum Einsatz kam. Zwar nicht bei seiner Mutter, dafür aber an Lydia Meierknopfs Wohnungstür.

Mit diesem Werkzeug wird heute erneut das Glück versucht. Er holt es aus der Jackentasche und setzt es am Schloss an. Es dauert keine Minute, dann ist die Tür offen. Er schlüpft in Judiths Wohnung und schließt sie leise hinter sich. Dietmar hält für einen Moment inne, um mit tiefen Atemzügen ihren Duft in sich aufzusaugen. „Mmh …

welch …" Plötzlich berührt ihn etwas am Bein. Starr vor Schreck fummelt er die mitgebrachte Taschenlampe heraus und leuchtet auf den Boden.

Ein winziges, schwarz-braunes Fellknäuel mit großen Knopfaugen schaut erwartungsvoll hinauf.

„Na du kleiner Racker", sagt er im gedämpften Ton, beugt sich runter und streichelt einen Moment das Katzenbaby. Anschließend begibt er sich auf Entdeckungsreise. Raum für Raum dringt er tiefer in Judiths Privatsphäre ein. Küche. Bad. Schlafzimmer. Überall versucht er, sich die Frau mit der schwarzen Löwenmähne vorzustellen, zum Beispiel, wie sie am Herd kocht oder wie sie unter der Dusche steht oder wie sie im Bett liegt und schläft. Genau wie damals bei Lydia macht Dietmar jede Menge Fotos. Sie dienen ihm nicht nur zur Erinnerung, sondern auch als Material für seine Collagen. Er bastelt sie zu Hause, um damit die Wände zu dekorieren. *Diese Andenken werden mir wieder die Zeit versüßen, wenn ich nicht in deiner Nähe bin.* Behutsam öffnet er den Kleiderschrank im Schlafzimmer und hält erneut inne.

Im Hausflur sind Stimmen zu hören.

Er schaltet die Taschenlampe aus, huscht aus dem Zimmer, versteckt sich im Flurschrank und lauscht auf das, was passiert.

Um den Abend gemütlich ausklingen zu lassen, fährt sie normalerweise freitags zu ihrem Bruder in die GraftMühle. Aber heute hat sie keine Lust auf Gesellschaft. Aus diesem Grund ruft sie kurz vor Feierabend bei ihm an und sagt ab.

Darren, der das Telefonat entgegennimmt, wundert sich. In all den Jahren, in denen er Judith kennt, hat sie noch nie ein Treffen abgesagt. Er erkundigt sich, ob sie okay sei.

„Ja. Mach dir nicht immer so viele Sorgen. Es ist alles in Ordnung. Ich muss mir nur über einiges klar werden und dazu benötige ich Ruhe."

„Kann ich dir helfen?"

Sie überlegt einen Augenblick und antwortet: „Im Moment nicht, aber danke fürs Angebot."

„Du weißt, wenn du jemanden zum Reden brauchst …"

„… dann melde ich mich bei dir", beendet sie seinen Satz, verabschiedet sich und legt auf. Der Gedanke, dass Darren immer ein Ohr für sie offen haben wird, zaubert ihr ein Lächeln ins Gesicht.

Judith kommt zu Hause an und merkt, dass sie zu aufgewühlt ist, um im Sessel vor der Glotze abzuhängen. *Ich muss unbedingt den Kopf frei kriegen*, überlegt sie. *Meine übliche Runde walken wird mir guttun.* Im Handumdrehen werden die Arbeitsklamotten gegen eine knielange Jogginghose, Shirt, Sport-BH und -schuhe getauscht.

Im Gegensatz zu den Morgenstunden an den Wochenenden ist die Strecke am Abend belebter. Da sind Kinder, die mit Kreide auf den Gehwegen malen. Radfahrer, die einzeln oder in kleinen Gruppen auf einer Tour unterwegs sind. Inlinefahrer, die keinen Gedanken daran verschwenden, was passiert, wenn sie mit fehlenden Ellbogen- und Knieschützern stürzen. Spaziergänger, mit und ohne Hunde, die die Abendstunden genießen.

Es gibt einen weiteren Unterschied – die Gerüche. Morgens riecht die Luft erdig und nach den Blumen der Vorgärten. Am Abend ist es eher eine Mischung aus schwachem Blumenduft, gemähtem Rasen, stinkenden Auspuffgasen und lecker Gegrilltem. Je nachdem, an welcher Straßenecke man gerade vorbeikommt.

Immer wenn Judith läuft, hat sie das Gefühl, einen Teil der aktuellen Probleme unterwegs zu verlieren. Das ist äußerst befreiend. Obwohl ihre Gedanken rotieren und sie bisher keine Ahnung hat, wie sie mit dem mutmaßlichen Stalker umgehen soll, tut ihr die halbe Stunde walken auch an diesem Abend gut. *Mutmaßlich? Nein, eher höchst wahrscheinlich! Erst kamen die nächtlichen Anrufe und jetzt die Pralinen. Beides spricht dafür, dass mir irgendjemand nachstellt. Dazu kommt der Überfall auf Darren und die Aufforderung, dass er eine bestimmte Frau in Ruhe zu lassen hat. Gibt es einen Zusammenhang? Wenn ja, wer steckt dahinter? Solange ich das nicht weiß, brauche ich nicht zur Polizei zu latschen. Immerhin wurde oft genug in den Medien gezeigt, dass Anzeigen gegen unbekannt zu einer hohen Prozentzahl im Sand verlaufen. Ob es was bringt, wenn ich den Stalker ignoriere? Vielleicht habe ich Glück und ich verschwinde aus seinem Blickfeld. Ach, wäre das schön.*

Am Ende der Walkingrunde angekommen, betritt sie ihr Vierparteienhaus. Auf der Treppe begegnet sie einem Nachbarn. Judith grüßt höflich und schließt dann die Wohnungstür auf.

Kurz darauf kommt Leni angelaufen. Vor Hunger laut miauend, schleicht die Samtpfote so lange um Frauchens Beine, bis diese ihr endlich etwas zu fressen hinstellt.

Judith läuft den Flur hinunter und betritt am Ende den Raum auf der linken Seite. Es ist das Bad. Hier zieht sie die durchgeschwitzten Klamotten aus. Nach einer ausgiebigen Dusche huscht sie ins gegenüberliegende Schlafzimmer. In dem Moment, in dem sie das Handtuch vom Körper streift, hört sie ein polterndes Geräusch. *Was war das?* Erschrocken verharrt sie in der Bewegung und vergisst für einige

Sekunden zu atmen. Das Herz schlägt ihr bis zum Hals. Judith lauscht.

Alles still.

Plötzlich ertönt ein furchteinflößendes Scharren. Es klingt, als würde jemand einen Schneeschieber über den Gehweg ziehen. *So weit ich mich erinnere, schneit es im Sommer nicht – zumindest habe ich es in Deutschland noch nicht erlebt. Also gehe ich davon aus, dass das Kratzen kein Schneeschieber ist,* überlegt sie. Und sie hat mit ihrer Annahme recht. Nur wenige Minuten später hört sie ein Gebläse. Jetzt fällt bei ihr der sprichwörtliche Groschen. *Na klar, meine spezielle Nachbarin. Statt lauter Musik ist heute der Sauger dran. Toll!* Etwas genervt, aber trotzdem erleichtert atmet Judith auf. *Wenigstens dauert das Staubsaugen, im Gegensatz zur Musikdauerschleife, nicht die ganze Nacht.*

In dem Moment, in dem sie sich umdreht, streift ihr Blick den Kleiderschrank. „Hä … hatte ich den nicht zugemacht?" Judith ist irritiert. Jeden Morgen, bevor sie das Haus verlässt und zur Arbeit fährt, wird kontrolliert, ob alles geschlossen ist. Fenster. Türen. Die Schubladen nicht zu vergessen, denn Unordnung ist ihr zuwider. *Heute früh war ich später dran als sonst. Vielleicht war ich ja doch …,* überlegt sie. *Ach nein, gewiss wäre mir etwas aufgefallen, als ich mich vorhin zum Walking umgezogen habe.* Verunsichert schaut sie Leni an und fragt: „Warst du das?"

Die Kleine hat es sich nach dem Fressen auf Frauchens Bett bequem gemacht. Müde blinzelt sie mit den Augen, reckt und streckt sich … gähnt gelangweilt und kugelt sich dann aufs Neue zusammen, um weiterzudösen.

Judith zieht die Schublade ein Stückchen heraus und guckt erwartungsvoll hinein. Auf den ersten Blick erkennt sie nicht, ob etwas fehlt. Sie schließt sie wieder und schlüpft in bequeme Kleidung.

Erneut ertönt ein lautes Poltern. Es scheint genau wie vorhin aus dem Flur zu kommen.

Vorsichtig lugt Judith um den Türrahmen.

Nichts.

„Hallo? Ist da jemand?"

Keine Antwort.

Sie sieht zum Bett hinüber und stellt fest: „Okay, du warst es schon mal nicht."

Leni liegt immer noch auf demselben Platz. Vom Lärm aufgeschreckt, schaut sie Frauchen mit fragenden Augen an.

„Wer dann?" Damit sie sich bei einem Angriff verteidigen kann, beschließt Judith, sich zu bewaffnen. *Aber womit,* überlegt sie. *Kissen? Nein! Zu weich! Buch? Nein! Was sonst? Mist! Im Schlafzimmer finde ich nichts, was auch nur annähernd geeignet ist.* Sie huscht zurück ins Bad.

Zahnbürste? Nein! Nagelfeile? Ja. Vielleicht. Auf jeden Fall muss ich auf Anhieb genau dorthin treffen, wo es wehtut. Ob ich das schaffe? Keine Ahnung. Viel Zeit zum Überlegen bleibt mir im Ernstfall nicht. Weil sie dort ebenfalls keine passende Waffe findet, beschließt Judith weiterzugehen. Vorher hält sie kurz inne und lauscht.

Außer dem monotonen Geräusch des Staubsaugers ist nichts Verdächtiges zu hören.

Mit dem Rücken an der Wand arbeitet sie sich Schritt für Schritt bis zur Küche vor. *Hier werde ich sicher fündig.* Sie öffnet vorsichtig eine der Schubladen und greift zur Teigrolle. *So weit, so gut. Und nun?* Um sich Gewissheit zu verschaffen, hat sie keine andere Wahl. Sie muss alle Räume durchsuchen.

Zwischen Küche und Wohnungstür ist eine kleine Abstellkammer. Sie beschließt, damit anzufangen. Judith atmet ein paar Mal tief durch. Mit hocherhobenem Nudelholz reißt sie die Tür auf und … ist irritiert. Mit dem, was sie dort sieht, hat sie nicht gerechnet.

In der Kammer ist ein einziges Chaos! Die Halterung, wo Besen, Mopp und Kehrschaufel dranhingen, wurde aus der Wand gerissen. Jeglicher Kram liegt auf dem Boden.

Schleierhaft, wie das passieren konnte, ist sie froh, die Ursache für die unheimlichen Geräusche zu kennen. *Gott sei Dank ist der Spuk jetzt vorbei.* Das Klingeln des Telefons reißt Judith aus ihren Gedanken. Sie läuft ins Wohnzimmer, hebt ab und meldet sich mit ihrem Namen: „Schneeganz."

„Susanne hier. Stör ich?"

„Nein. Nein. Was kann ich für dich tun?"

„Nichts. Darren sagte, du kommst heute nicht und, da wollte ich … Bist du okay?"

Beinahe rutscht Judith „Ja. Warum?" heraus. Zum Glück beißt sie sich rechtzeitig auf die Zunge. Sie mag ihre Schwägerin. Susanne hat nur die Angewohnheit, sie zu unpassenden Zeiten in lange Gespräche zu verwickeln. Darauf hat Judith im Moment gar keine Lust, deshalb antwortet sie: „Alles gut. Es war nur ein anstrengender Tag und irgendwie ist mir nicht nach Gesellschaft." Um von sich abzulenken, erkundigt sie sich: „Wie geht es Darren? Ich habe vorhin vergessen, ihn darauf anzusprechen."

„Du kennst ihn. Wenn man ihn fragt, dann hat er ja nie was."

„Stimmt", pflichtet Judith ihr bei. „Und in Wirklichkeit?"

„Ich denke, im Großen und Ganzen gut. Obwohl, die

Schwellungen und blauen Flecke immer noch zu sehen sind."

„Na, Gott sei Dank. Also … ich meine, dass es ihm besser geht, nicht, wegen der Verletzungen", stottert sie.

„Ja, ist mir klar, was du sagen willst. Aber trotzdem … ist das nicht grauenvoll, dass ihn jemand mitten in der Nacht und dann ohne Vorwarnung überfällt? Zum Glück wurde er nicht ausgeraubt. Stell dir mal vor, was er für Laufereien gehabt hätte, nur um die Papiere neu zu beschaffen."

„Ja. Nicht auszudenken."

„Hat Darren dir Näheres darüber erzählt?", erkundigt sich die Schwägerin. „Ich meine, was der Irre wollte? Oder warum er ihn überfallen hat? Aufs Geld hatte es der Täter offenbar nicht abgesehen, das hat er nicht angerührt."

„Nein", lügt Judith. Sie hat keine Lust, über den Stalker zu reden. Vielleicht eines Tages, aber nicht heute. Zuerst braucht sie Beweise, dass das eine mit dem anderen zusammenhängt oder nicht. Dennoch ist sie neugierig, inwieweit er ihr etwas gesagt hat oder sie einen Verdacht hegt. „Dir?"

„Nein, mir auch nicht." In Susannes Antwort schwingt Enttäuschung mit.

„Weiß der Geier, was der Typ für Probleme hat. Ich bin mir sicher, dass Darren ihn nicht provoziert hat."

„Das glaube ich auch nicht", meint sie und versucht es ein letztes Mal. „Willst du nicht doch kurz vorbeikommen?"

„Nein. Heute nicht."

„Morgen?"

Sie gibt ja eh nicht eher Ruhe bis ich zusage, überlegt Judith.

„Da ist Samstag und du hast frei. Wir könnten zusammen frühstücken. Was meinst du?"

„Okay."

„Super, ich freue mich. Bis dann", jubelt Susanne und legt auf.

Kapitel 11

Seine Nase gräbt sich in die weiche Mikrofaser ihres Büstenhalters. „Mmh", stöhnt er leise. Genüsslich saugt er den Duft mit tiefen Atemzügen ein. Vor seinem geistigen Auge erscheint das Bild, wie der hell- und dunkelblau gepunktete Stoff mit der zarten abgesetzten Spitze ihre wohlgeformten Brüste umschmeichelt. Von dieser Vorstellung kann Dietmar gar nicht genug bekommen. Er schnüffelt so lange an der Unterwäsche, bis ihm schwindlig wird.

Das Gefühl des Rausches verstärkt sich mit der Erinnerung, wie er in den Besitz der Kostbarkeit gelangte. Wie er sich dafür in Judiths Abwesenheit Zutritt zu ihrer Wohnung verschaffte. Wie er ihre vermeintlich sicheren vier Wände entweihte, indem er Raum für Raum erkundete und dabei ein Foto nach dem anderen knipste.

Aber auch der Schreck, als er plötzlich Stimmen vor der Wohnungstür hörte, ist noch nicht vergessen. Genauso wie die Erleichterung, nachdem sich kurze Zeit später herausgestellt hatte, dass es blinder Alarm war. Nicht Judith, sondern vermutlich eine Nachbarin war es, die sich mit einer anderen Person auf dem Hausflur unterhielt.

Eine ähnliche Erfahrung hatte er schon einmal erlebt. Genau wie damals lässt die heutige sein Herz höherschlagen und das Blut in den Adern pulsieren. Dietmar schließt die Augen. Er träumt davon, die Nächte mit der Liebsten zu verbringen. Ihre zarte Haut zu streicheln, während sie im Bett neben ihm liegt. Er steigert sich so tief in die Fantasien, dass er meint, nicht nur ihre frisch gewaschenen Haare zu riechen, sondern ebenfalls ihren Körper an seinem zu spüren. *Ich will mehr*, beschließt er, greift zum Telefon und wählt die Nummer.

Ihre Stimme ertönt: „Ja?"

„Hallo, meine Schöne ...", flüstert er lüstern.

Ihr Bruder hat recht, wenn er sagt, dass es ungesund ist, immer zu Hause zu hocken. Sein Rat lautet, sich wieder unter die Leute zu begeben. Natürlich ist Judith bewusst, dass er nur ihr Bestes im Sinn hat. Aber musste er sie denn gleich zu einem Blind Date überreden? Einerseits hat sie selber schuld. Sie hätte nein sagen können. Andererseits hat er so lange auf sie eingeredet, bis sie seinem Drängen nachgab. Jetzt ist sie in einem Lokal, das sie nicht kennt, und trifft sich mit einem Mann, über den sie nicht die geringsten Informationen hat. Nicht einmal den Namen.

Aus den Lautsprechern ertönt gedämpfte Musik. Es ist eines der unbekannten Klavierstücke, die gerne in Restaurants abgespielt werden, um die Gäste zu unterhalten.

Ein großer, breitschultriger Mann mit schütterem Haar, dunklem Anzug, weiß gestärktem Hemd und schwarzer Fliege nähert sich dem Tisch, an dem Judith sitzt. Ohne ein Wort stellt er vor ihr einen Teller ab, der mit einer Cloche bedeckt ist.

„Was ist das?" In dem Moment, da ihr der Gedanke in den Kopf schießt, kommt er auch schon wieder aus dem

Mund heraus. Gleichzeitig ist sie irritiert. *Mmh ... Täuscht sie sich oder kitzelt ein leichter Duft köstlich riechender Speisen, die sie gar nicht bestellt hat, ihre Nase?* „Ähm ... ich habe ...“

Der Kellner füllt eines der beiden eingedeckten Gläser mit Rotwein und antwortet: „Ihre Verabredung hat das Menü mit unserem Koch zusammengestellt.“ Nicht nur seine Mimik und Gestik, sondern genauso der Tonfall erinnert stark an den eines alten Butlers.

Woher will er, wer auch immer er ist, wissen, was mir schmeckt?, überlegt sie und fragt dann lauter als gewollt: „Wo zum Teufel ist ... er?“

„Es liegt mir fern, das zu beantworten gnädige Frau. Der junge Herr ließ mich während des Anrufs über seinen Aufenthalt im Unklaren. Er hat mir lediglich aufgetragen, Ihnen etwas auszurichten.“ Bevor sie fragen kann, um welche Nachricht es sich handelt, fährt er fort. „Der junge Herr war sich sicher, dass die Verspätung nicht allzu lange dauern wird. Dennoch möge die gnädige Frau bereits mit dem Essen beginnen.“

„Aber ...“

Der Kellner dreht sich um und entfernt sich ohne ein weiteres Wort.

Tolles Date, schimpft Judith enttäuscht in sich hinein. Unbehagen steigt in ihr auf. Sie ignoriert das Bauchgefühl. Schließlich ist es unhöflich, aufzustehen und wegzugehen, obwohl sie bisher nicht mit ihrer mysteriösen Verabredung gesprochen hat. Deshalb beschließt sie zu bleiben. *Wenigstens noch eine halbe Stunde. Wenn er bis dahin nicht aufgetaucht ist, verschwinde ich.*

Mit einem unüberhörbaren Knurren meldet sich ihr

Magen. Sie greift zum Glas und nimmt einen kräftigen Schluck. Die Flüssigkeit in ihrem Mund schmeichelt nicht dem Gaumen, sondern schmeckt eher metallisch und leicht salzig. Es ist … Blut. *Igitt!* Prompt spuckt sie alles zurück und schaut sich hilfesuchend nach dem Kellner um.

Der Gastraum ist menschenleer.

Komisch. Eben war er doch da … gleich dort neben dem Eingang. Bevor Judith aufbricht, um ihn zu suchen, entschließt sie sich dazu, erst den grauenhaften Geschmack loswerden. *Wasser! Wo ist welches? Ich muss mir damit den Mund ausspülen.* In der Zeit, in der sie sich nach allen Seiten umschaut, streift ihr Blick das Gedeck vor sich. Erneut meldet sich ihr Magen, dieses Mal mit einem drängenden Knurren. *Was da wohl drunter ist?*

Das Spiel des Klavierstückes sowie seine Lautstärke nehmen jetzt an Intensität zu.

Obwohl eine innere Stimme sagt: „Tu es nicht", hebt Judith die Cloche hoch. Keine zwei Sekunden später bereut sie ihre Entscheidung. Was sie sieht, ist alles andere, aber nicht lecker.

Auf dem Teller ist ein großer Haufen wuselnder, in sich schlängelnder Insekten. Würmer. Maden. Nicht jene, die in gewissen Lokalen als Delikatesse angepriesen, frittiert und zum Verzehr angeboten werden. Nein! Es sind die glitschigen, dicken, fetten, bräunlichen oder weißen Vielfraße, welche sich im verwesenden Fleisch am wohlsten fühlen.

Erschrocken und mit vor Ekel verzerrtem Gesichtsausdruck springt Judith auf. Der Stuhl kippt so schnell um, dass die Lehne mit einem lauten Knall auf dem Boden landet. Sie ist auf dem Weg, das Lokal zu verlassen, kommt aber nicht weit. Jemand steht vor ihr und versperrt den

Ausgang. Es ist der Kellner. Sie sieht ihn vorwurfsvoll an und ist entsetzt. Dieser Mann hat nichts mit dem gemeinsam, der sie noch vor ein paar Minuten bedient hat. Im Gegenteil.

Der einst akkurat sitzende Anzug hängt jetzt schmutzig und zerlumpt über seine breiten Schultern. Vom blütenweißen Hemd ganz zu schweigen. Zudem ist es mit zahlreichen Stockflecken übersät. Das Gesicht – eine einzige Totenfratze. Ohne Haut und Haare. Aus dem von Zahnstumpen besetzten Mund dringt fauliger Atem. Wo vorhin der Knorpel des Nasenrückens war, klafft nun ein Loch. Starr guckt der Kellner vor sich hin. Er sieht furchterregend aus.

Ihr wird übel. In dem Moment, wo er sich langsam nach vorne beugt, befürchtet sie, dass ihr seine Augäpfel entgegenfallen und …

Schreiend und schweißgebadet schreckt sie aus dem Schlaf.

Leni, die sich vor einer Weile an Frauchens Seite gekuschelt hat, springt erschrocken auf und verkriecht sich umgehend unterm Bett.

Judith setzt sich auf und ringt nach Atem. Was für ein unheimlicher Traum. Da sie das Gefühl hat, den metallischen Geschmack noch immer im Mund zu spüren, ist sie erstaunt, wie real er war. Sie greift zum Wasserglas, das auf dem Nachttisch steht, und nimmt ein paar Schlucke.

Durch das geöffnete Fenster dringt das Geräusch eines Zuges, der in der Ferne über die Gleise rumpelt.

Im näheren Umkreis trällern zwei betrunkene Kerle ein altes, einst von Hans Albers gesungenes Seemannslied. „Auf der Reeperbahn nachts um halb eins, ob du 'n Mädel hast oder hast keins …" Ihr Gesang ist nicht schön, aber unüberhörbar. „Komm doch, liebe Kleine, sei die Meine, sag nicht nein! Du sollst bis morgen früh um neune meine kleine Liebste sein …"

Glas klirrt. Es klingt wie das Zerbrechen einer Flasche auf dem Asphalt. Anschließend scheint einer der beiden Sänger mit einem Fahrzeug kollidiert zu sein, denn nur Sekunden später dröhnt eine Alarmanlage los. Sein Versuch, die Hupe mit Worten zum Aufhören zu bewegen, scheitert kläglich. „Pssst … nicht so laut …", lallt er das Auto an.

Kurz darauf stimmt ein Hund bellend ins Konzert mit ein.

Ein Anwohner, der sich um seine wohlverdiente Nachtruhe betrogen fühlt, reißt das Fenster auf und brüllt: „Ruhe! Ich werd dir gleich von wegen ,… morgen früh um neune'! Ich will schlafen! … und schalt endlich das verdammte Ding aus! Sonst komm ich runter und mach dir Beine!"

Es dauert einige Minuten, bis der Besitzer des Kraftfahrzeugs aus seinem Bett kriecht, um die Sirene auszuschalten.

Unterdessen torkeln die Betrunkenen singend weiter: „… Wer noch niemals in lauschiger Nacht … solchen Reeperbahnbummel gemacht, ist ein armer Wicht, denn er kennt dich nicht, mein St. Pauli, St. Pauli bei Naaacht."

Langsam kehrt wieder Ruhe ein.

In dem Moment, in dem sich Judith erneut einkuschelt, um weiterzuschlafen, hört sie ein Klopfen. Es kommt von der Wohnungstür. Verwundert schaut sie auf den Wecker. Es ist null Uhr achtundvierzig. *Nanu, wer will denn um diese Uhrzeit etwas von mir?*, überlegt sie und schlägt die Bettdecke beiseite.

Das Klopfen wird energischer.

Im Dunkeln und auf Zehenspitzen schleicht sie über den

Flur. Da sie nur selten Besuch bekommt, hat sie ihn bisher nicht oft gebraucht. Jetzt ist sie froh, dass die Vormieterin den Spion einbauen ließ. Vorsichtig späht sie hindurch und … ist erleichtert.

„Judith", ruft eine gedämpfte, aber bekannte Stimme.

„Moment." Sie schließt auf und öffnet die Tür. Vor ihr steht Darren. Er sieht müde aus. Verwundert fragt sie ihn: „Was machst du hier … mitten in der Nacht? Ist etwas passiert?"

„Ich hab mir Sorgen gemacht", antwortet er und lehnt sich mit der rechten Schulter gegen den Türrahmen.

„Um mich? Das brauchst du nicht. Ich habe dir doch erklärt, weshalb ich nicht vorbeigekommen bin." Ohne eine Antwort abzuwarten, wechselt sie das Thema. „Sag mal, wie bist du überhaupt ins Haus gekommen? Die Tür …"

„… war nur angelehnt. Keine Ahnung warum, scheint kaputt zu sein."

„Immer noch? Nach meiner letzten Information sollte sie bis zum Wochenende repariert sein. Vielleicht hilft es, wenn ich mich offiziell beschwere." Judith ärgert sich. „Der alte Hausmeister ist in Rente gegangen. Laut Hausverwaltung ist der neue derzeit im Urlaub und kommt deshalb erst in ein paar Wochen. Für den Übergang wurde zwar kommissarisch jemand ernannt, aber das klappt hinten und vorne nicht. Weiß der Geier, was die sich dabei gedacht haben. Ich kann doch nicht …"

„Lässt du mich reinkommen oder …"

„Ja, na klar. Wo sind nur meine Manieren?" Sie hält ihm die Tür auf und deutet mit einer Handbewegung, dass er sich ins Wohnzimmer setzen soll. „Möchtest du etwas trinken?"

„Nein danke", antwortet er. „Ich bleibe nicht lange."

Judith sieht Darren fragend an.

Doch bevor er zu Wort kommt, klingelt das Telefon.

Sie läuft zum Apparat, nimmt den Hörer ab und fragt: „Ja?"

„Hallo, meine Schöne", flüstert eine männliche Stimme.

Erschrocken und ohne zu antworten, legt sie hastig auf.

Keine Minute später läutet es erneut.

Mit angstgeweiteten Augen starrt sie auf den Kasten, hebt aber nicht ab.

„Was ist los? Willst du nicht rangehen?"

„Nein", meint sie energisch und zieht den Stecker aus der Telefondose.

Jetzt schaut Darren Judith fragend an.

„Bleibst du heute Nacht hier?", erkundigt sie sich. In ihrer Stimme schwingt eine Mischung aus Verzweiflung, Unsicherheit und Angst mit.

„So schlimm?"

Judith nickt.

Mit drei Schritten ist er bei ihr und nimmt sie in den Arm. „Möchtest du darüber reden?"

Jetzt gibt es kein Halten mehr. Wie auf Knopfdruck bricht der Damm und ihr Körper fängt an zu beben. Schluchzend und mit Tränen in den Augen berichtet sie ihm vom Martyrium der letzten Wochen. Die ständigen Telefonanrufe eines Irren! Wie massiv sie der Überfall auf ihn belastet! Ihre Bedenken, dass es da eine Gemeinsamkeit mit dem Anrufer gibt! Die Pralinen des Unbekannten, die aber von einem Zehnjährigen im Laden abgegeben wurden! Die unheimlichen Geräusche, die sich dann doch, Gott sei Dank, als harmlos entpuppten. Der Verdacht, dass jemand in ihre

Wohnung eingebrochen ist und die Schubladen im Schlafzimmer durchwühlt hat!

*Die Ärmste! Ich habe ja schon vermutet, dass ihr irgend-
etwas auf der Seele liegt. Aber nie im Leben wäre ich auf so
etwas gekommen*, überlegt Darren. Kurz darauf fragt er:
„Hast du das der Polizei gemeldet?"

Sie schüttelt den Kopf.

„Warum nicht?", hakt er nach.

„Was soll ich denen denn sagen? Ich habe ja nicht die
geringsten Beweise. Der Anrufer? Kann einer sein, der sich
verwählt hat."

„So oft? Nein, ich schätze nicht! Und wenn du ehrlich
bist, dann denkst du es genauso wenig."

„Es kommt nicht darauf an, was ich vermute, sondern,
was sich beweisen lässt."

„Stimmt. Ich bin trotzdem davon überzeugt, dass die
Polizei dir glaubt. Immerhin wusste der Typ zu viele Details aus deinem Leben."

„Ja, schon. Aber es ändert nichts an der Tatsache, dass ich gar
nichts belegen kann? Erstens: null Ahnung, wer mich stalkt.
Und zweitens: Es existiert keine einzige Aufzeichnung. Ich
weiß noch nicht einmal, wie das funktioniert. Mit den Pralinen ist es das Gleiche. Genau genommen besteht die Chance,
dass sie einer unserer Kunden abgegeben hat beziehungsweise,
er hat jemanden beauftragt, sie für ihn abzugeben."

„Was ist mit dem Überfall auf mich und der Drohung,
dass ich die Finger von dir lassen soll?", fragt er mit einem
hoffnungsvollen Blick. „Das ist doch eindeutig, oder?"

Judith bremst ihn aus. „Bist du sicher, dass er mich und
nicht irgendeine andere Frau meinte? Schließlich hatte dein
Angreifer keinen Namen genannt, stimmt's?"

„So wie du eben die einzelnen Vorfälle auseinanderpflückst, verstehe ich, was du meinst. Die Polizei wird gewiss ähnlich an die Sache herangehen", erwidert Darren und gibt dann missmutig zu: „Nein, ich gebe dir recht, das hat er nicht." Nach ein paar Minuten fragt er: „Wem hast du bisher von deinem Stalker erzählt?"

„Niemanden. Das heißt, Susanne … Sie hatte einmal mitbekommen, dass ich einen komischen Anruf bekam. Mehr aber nicht. Tommy haben wir außen vor gelassen. Und ich wäre dir dankbar, wenn das so bleibt."

„Was ist mit einer Anzeige gegen unbekannt?", überlegt Darren laut.

Judith macht eine abwertende Handbewegung und sagt: „Ach, wir wissen doch beide, wohin das führt. Ins Leere!"

Ihm fällt es immer noch schwer, zu akzeptieren, dass sie sich bis jetzt niemandem anvertraut hat, und fragt: „Die ganz Zeit schlägst du dich damit allein herum?"

Sie schüttelt den Kopf.

„Warum nicht?"

„Wer glaubt mir denn?

„Ich glaube dir!"

In der Zeit, in der weitere Tränen die Wangen hinunterlaufen, antwortet sie: „Außerdem belaste ich nicht gerne jemanden mit meinen Problemen."

„Ich bin für dich da und egal was passiert, du kannst jederzeit mit mir reden – Tag und Nacht."

„Danke schön."

Darren sieht Judith an und wartet darauf, dass sie ihrem Kummer freien Lauf lässt.

Nach einigen Minuten platzt es aus ihr heraus: „Was ist, wenn ich einem fremden Mann irgendwelche Signale gesendet habe? Mir fällt zwar keine Situation ein, aber … Es reicht doch schon, dass derjenige irgendetwas falsch aufgefasst hat und jetzt der Meinung ist, ich hätte ihn angebaggert."

„Stopp!", unterbricht er sie. „Erstens ist es unvorstellbar, dass du wild durch die Gegend flirtest. Dafür bist du gar nicht der Typ. Und zweitens ist es nicht deine Schuld, wenn bei irgendeinem Kerl die Antenne nicht richtig ausgerichtet ist. Glaub mir, du hast absolut nichts falsch gemacht."

Sie schaut ihn mit einem „Bist-du-dir-sicher-Blick" an.

Darren nickt und sagt: „Es ist nicht gut, dass du alles in dich hineinfrisst. Versprich mir, dass du ab sofort Bescheid sagst, wenn sich der Stalker wieder meldet." Er wartet auf eine Antwort. Aber nach einer Weile hat sie immer noch keinen Ton von sich gegeben. Er hebt ihr Kinn mit Daumen und Zeigefinger hoch. Dabei ist sein Blick eindringlich und fragend.

Ich bin froh, dass endlich alles raus ist. Es tut gut, mit jemandem zu sprechen, der mich weder auslacht oder sagt, dass ich mir das nur einbilde. Warum bin ich nicht schon früher auf die Idee gekommen? Ich hätte es besser wissen müssen, denn Darren ist ein wahrer Freund. Er gibt mir das Gefühl, zu verstehen, was in mir vorgeht, stellt sie fest und antwortet: „Versprochen."

Kapitel 12

Darren entscheidet sich am nächsten Morgen, nach Hause zu fahren, um sich vor Arbeitsbeginn rasch umzuziehen.

Judith hingegen hat frei, somit hat sie alle Zeit der Welt, um sich fertigzumachen. Schlagartig hat sie eine Eingebung. Bis zum verabredeten Frühstück mit Tommy und Susanne dauert es noch vierzig Minuten. „Ich fahre früher los, hüpf schnell in die Bank und erledige endlich die schon längst überfällige Einzahlung des Weihnachtsgeldes." Rasch schlüpft sie in die Klamotten, schwingt sich auf ihren Drahtesel und radelt los. In der Stadt angekommen, bemerkt Judith, dass sie ihren Plan nicht zu Ende gedacht hat. Ihre Annahme, samstags seien die Schalter des Geldinstituts geöffnet, war falsch. „Mist!", schimpft sie leise vor sich hin. „Manchmal bin ich aber auch ein Schussel." Kopfschüttelnd guckt sie auf die Armbanduhr. *Neun Uhr zwanzig. Mir bleiben zehn Minuten!* Für den Bruchteil einer Sekunde überlegt Judith, ob sie auf dem Absatz umkehrt und direkt die GraftMühle ansteuert. Sie entscheidet sich dagegen. *Wenn ich schon nicht das Geld loswerde, riskiere ich wenigstens einen Blick auf meinen Kontostand.* Sie ahnt nicht, dass diese Idee ebenfalls anders endet als erhofft.

Judith ist zu müde, um daran zu denken, dass die Frühaufsteher zu dieser Uhrzeit unterwegs sind, um ihre Einkäufe auf dem Wochenmarkt zu erledigen. Schließlich besorgt sie sich genauso gerne an ihren arbeitsfreien Wochenenden frische Lebensmittel vom Markt. Womit sie nicht gerechnet hat, sind jene Personen, die ausgerechnet heute vor den Besorgungen die Bankautomaten zum Glühen bringen. Daher vergeht viel Zeit, bis Judith endlich vor einer der grauen Maschinen steht.

Jetzt aber fix, sind ihre ersten Gedanken, nachdem sie ein paar Minuten später das Gebäude verlässt. Mit schnellen Schritten schiebt sie ihr Fahrrad an verschiedenen Schaufenstern vorbei. Einige von ihnen sind einladend gefüllt, andere hingegen stehen seit Jahren leer. Am Marktplatz angekommen, verharrt Judith für wenige Sekunden in der Bewegung und wundert sich. *Hä? Was ist denn hier los? Habe ich mich im Tag vertan? Wo sind die Verkaufsstände des Wochenmarktes geblieben?* Dann fällt es ihr wieder ein. *Na klar …* An diesem Wochenende findet das alljährliche Stadtfest statt. Jetzt ergeben für sie die am Schweinemarkt beginnenden Aufbauten der unterschiedlichsten Buden einen Sinn.

Das Delmenhorster Stadtfest ist jedes Jahr eine gut besuchte Veranstaltung. In der Zeit von Donnerstagabend bis Samstagnacht geben zahlreiche Bands und Interpreten auf verschiedenen Mottobühnen, die rund um das Rathaus aufgebaut werden, ein abwechslungsreiches Programm mit Livemusik zum Besten. Für das leibliche Wohl sorgen mehrere Aussteller. Sie bieten leckeres Essen, Cocktails und weitere kulinarische Spezialitäten sowie Getränke an. Von einem bis zum anderen Ende der Einkaufspassage reihen sie sich dicht an dicht. Der Höhepunkt findet am späten

Samstagabend statt. Es ist das große, obligatorische Feuer-
werk.

Judith war erst ein einziges Mal bei dieser Veranstaltung.
Es war zwar einige Jahre her, trotzdem erinnert sie sich leb-
haft daran. Ihre Chefin hatte sie damals dazu überredet, ja
fast schon gedrängt.

„Sei kein Spielverderber und komm mit", hatte Monika
gequengelt. „Von mir aus verbuch es als Betriebsausflug.
Hauptsache, wir lassen mal wieder die Sau raus und haben
einen tollen Abend. Nur wir drei. Du, Florian und ich. Ich
verspreche dir, du wirst dich amüsieren."

Widerwillig hatte sie zugestimmt, mitzukommen. Aber
kaum war sie auf dem Volksfest angekommen, hatte Judith
ihre Entscheidung bereut. Für sie waren es zu viele Menschen auf einem Haufen. Vom unerträglichen Geräusch-
pegel, der in ihren Ohren dröhnte, ganz zu schweigen.

Florian hingegen hatte sich gefreut. Zu dieser Zeit kannte
er fast gar nichts von Delmenhorst, weil er erst einige Wochen zuvor hergezogen war. Für ihn war das Stadtfest ein
Event und die Stimmung super.

Wie bei jeder großen Veranstaltung wichen die Verkaufs-
stände des Wochenmarktes auch dieses Mal dem Spektakel.
Sie stehen derzeit auf dem Parkplatz hinter dem Wasserturm.
Selbst wenn Judith wollte, sie ist zu spät dran, um dorthin
zu huschen und das Nötigste zu kaufen. Daher verzichtet
sie schweren Herzens auf frisches Obst und Gemüse und
hofft, es auf dem Rückweg zu besorgen. Um auf die andere
Seite des Marktplatzes zu kommen, bahnt sie sich einen Weg.
Vorbei an Menschentrauben, Fahrrädern, Kinderwägen und
Hunden aller Art, bis hin zum Standesamt. Zum Schluss nur
noch über die Hauptstraße, dann ist sie da.

Obwohl ich mit Darren beizeiten aufgestanden bin, ist es mir nicht gelungen, pünktlich zu sein, ärgert sich Judith beim Betreten der GraftMühle.

„Wo bleibst du denn?", erkundigt sich ihre Schwägerin aufgeregt. „Wir waren vor einer halben Stunde verabredet. Dein Telefon zu Hause war andauernd besetzt und ein Handy … na ja, so etwas besitzt du ja leider nicht. Mensch, wir haben uns Sorgen gemacht!"

Telefon? Besetzt? Hä …, überlegt sie, dann fällt es ihr ein. *Oh Shit, der Stecker … ups. Ich habe ihn nicht wieder eingestöpselt. Sorry. Was das Handy betrifft … stimmt, ich besitze keins und das wird so bleiben.* Wie oft Susanne bereits versucht hat, sie zu einem Kauf zu überreden, vermag Judith nicht mehr zu zählen. Sie ist der Meinung, so einen modernen Schnickschnack nicht zu brauchen. Außerdem vertritt sie die Ansicht: „Wer mich erreichen will, soll es auf dem Haustelefon versuchen." Was nicht schwierig ist, sofern die Leitung nicht unterbrochen wurde.

Ihr Bruder hält sich aus solchen Gesprächen heraus. Susannes Argument lautet stets: „Es wird der Tag kommen, wo du froh über so ein Telefon wärst."

Gewiss hätte sich ihre Schwägerin heute über eine Nachricht gefreut, darüber ist sich Judith im Klaren. Da aber Verspätungen bei ihr eher die Ausnahme und nicht die Regel sind, sieht sie weiterhin keinen Bedarf für so ein Gerät. Handy hin oder her, um eine Erläuterung kommt sie trotzdem nicht herum. „Sorry. Ich wurde aufgehalten." Beim Versuch, Susanne die Banksituation zu erklären, trifft ihr Blick den von Darren.

Seine Lippen formen die Worte: „Ich habe ihr gesagt, dass es dir gut geht." Die hochgezogenen Augenbrauen und das gleichzeitige Schulterzucken signalisieren ihr, dass er das Verhalten der Chefin für übertrieben hält. Aber, ist es das wirklich? Oder will er lediglich überspielen, dass er sich ihretwegen ebenfalls Gedanken gemacht hat? Schließlich hatte er letzte Nacht so einiges erfahren, was besorgniserregend klang. Dazu kommt, dass er vor geraumer Zeit heimtückisch überfallen und zusammengeschlagen wurde. Die Worte des Schlägers: „Wenn du sie nicht in Ruhe lässt, bring ich dich um! Halt dich von ihr fern! Sie gehört mir" hat Darren heute noch im Ohr. Und genau wie damals zweifelt er auch jetzt nicht im Geringsten daran, dass es der Angreifer ernst meinte. *Was, wenn Judith mit ihrer Vermutung recht hat? Dieser Irre und der Stalker sind ein und dieselbe Person. Na dann, prost Mahlzeit*, überlegt er und beschließt: *Ich sollte mich unbedingt noch einmal mit ihr unterhalten. Heute! Aber nicht hier. Am besten nach Feierabend. Ich werde sie überreden, dass wir uns an die Polizei wenden.*

„Ich habe Hunger", sagt Judith, erkundigt sich: „Ist der frei?", und zeigt auf einen Tisch. Er ist fast brusthoch und steht zwischen Eingangstür und Tresen.

Darren nickt.

Sie legt ihre Handtasche auf einen der hüfthohen Stühle, lächelt unschuldig und fragt: „Esst ihr was mit?"

„Nein. Wir haben schon … vorhin … ohne dich", antwortet die Schwägerin. Ihrer Stimme klingt verärgert.

„Hast du denn nicht wenigstens ein paar Minuten Zeit?"

„Eigentlich nicht."

„Schade."

Susanne sieht Judiths enttäuschtes Gesicht und gibt nach. „Okay …", sagt sie, lässt ihren Blick einmal durch das gesamte Untergeschoss der GraftMühle wandern und fügt hinzu: „… aber nur ein paar Minuten."

„Du bist ein Schatz."

„Ich weiß. Milchkaffee, wie üblich?"

„Ja, gerne."

„Ich geb schnell Thomas Bescheid, dass du endlich da bist und es dir gut geht. Bin gleich wieder zurück und dann …"

„Lass mal. Ich mach schon", bietet Darren an.

Susanne bedankt sich bei ihm.

„Gib meinem Brüderchen einen dicken Kuss von mir und sag ihm, es tut mir leid."

„Das kannst du alleine …", war das Letzte, was sie von ihrer Schwägerin hört, bevor diese in der Küche verschwindet.

Darren bereitet zuerst den Milchkaffee zu, ehe er sich den Bestellungen der anderen Gäste widmet. Unterdessen plündert Judith das reichhaltige Büfett, welches jeden Samstag angeboten wird. Da sie keine große Esserin ist, braucht sie nicht lange, um ihren Teller zu füllen. Mit einem Brötchen, Frischkäse, etwas Rührei, ein paar Scheiben Tomaten mit Mozzarella sowie einem Klacks Aprikosenmarmelade kehrt sie zu ihrem Platz zurück.

Einen Moment später steht Susanne kopfschüttelnd neben ihr. Mit den Fingerspitzen auf die Tischplatte trommelnd, wiederholt sie immer wieder ein und dasselbe Wort: „Männer … Männer …"

„Was ist passiert?", erkundigt sich Judith.

Mit einer abwertenden Handbewegung antwortet die Schwägerin: „Ach, schon gut." Wie versprochen setzt sie sich einen Augenblick dazu, behält aber den Gastraum im Auge.

„Habt ihr euch gestritten? Ich hoffe, es war nicht meinetwegen."

„Nicht wirklich. Ich verstehe nur nicht, warum dein Bruder so gleichgültig ist. Obwohl, gleichgültig ist jetzt auch nicht das richtige Wort. Unbekümmert … ja, ich glaube, das trifft es eher."

„Wie meinst du das?"

„Ich erzählte ihm, dass du endlich da bist und dir nichts passiert ist und nun rate mal, was er geantwortet hat?", fragt sie entrüstet.

Judith beißt erst vom Brötchen ab, nimmt dann einen Schluck Milchkaffee und schüttelt anschließend verneinend mit dem Kopf.

„Er meinte …" Mit tiefen Tönen versucht Susanne, ihren Verlobten nachzuahmen. „‚Siehst du, das hab ich dir doch gleich gesagt. Meine Schwester kann allein auf sich aufpassen.' Ist das zu fassen?"

Judith hört sich sagen: „Er hat recht. Sorry. Ich kann wirklich alleine auf mich aufpassen." Ist sich aber nicht schlüssig, wen sie mit den Worten zu überzeugen versucht – ihre Schwägerin oder sich selbst. „Außerdem …"

„Moment, da kommen neue Gäste. Vergiss nicht, was du mir erzählen wolltest. Bin gleich wieder da."

Während Judith Susanne nachschaut, nimmt sie erneut einen Bissen vom Brötchen.

„Alles in Ordnung bei dir?", vergewissert sich Darren.

„Ja, danke", antwortet sie und denkt: *Zum Glück ist auf seine Verschwiegenheit verlass. Wenn Tommy mitbekommt, dass ich gestalkt werde, wird er mich mit Sicherheit nicht mehr aus den Augen lassen. Darauf habe ich absolut keinen Bock!*

Es ist bereits kurz nach vierzehn Uhr, als sie einige Stunden später am Vierparteienhaus eintrifft. Kaum hat sich die Wohnungstür geschlossen, kommt das braun-schwarze Fellknäuel angelaufen und schmiegt seinen Körper mit lautem Miauen an ihre Beine. Judith stellt den Fahrradkorb unter die Garderobe, hockt sich hin und begrüßt das Kätzchen: „Hallo Lenchen. Ja, ich weiß, ich war länger weg, als ich es vorhatte." Gleichzeitig verwöhnt sie die Kleine mit einer ausgiebigen Streicheleinheit.

Das gefällt der Stubentigerin. Sofort schmeißt sie sich auf den Boden, streckt alle Pfoten von sich und schnurrt. Unvermittelt fängt sie an sich von rechts nach links und umgekehrt zu aalen.

Judiths Blick fällt auf den leeren Fahrradkorb. Wehmütig überlegt sie: *Schade, dass der Wochenmarkt schon um zwölf Uhr dreißig schließt und nicht bis vierzehn oder fünfzehn Uhr offen hat. Sonst hätte ich es bequem geschafft, mir Obst und Gemüse zu holen. Na ja, ist wohl einfach nicht mein Tag heute.*

Es klingelt.

„Warte mal kurz …" In dem Moment, in dem sie sich vom Fußboden erhebt, fordert das Katzenkind weiter seine Spiel- und Streicheleinheiten. „Lenchen nicht … aua … Warum hackst du immer mit deinen spitzen Krallen in meine Wade … aua …" Nach einem Blick durch den Spion öffnet Judith die Tür. Vor ihr steht Gisela.

Gisela Waldeck ist eine der beiden Nachbarinnen aus dem Untergeschoss. Sie sieht verzweifelt aus. „Hast du ein Ei für mich?" Ohne eine Antwort abzuwarten, spricht sie aufgeregt weiter. „Entschuldige, dass ich dich so überfalle. Ich bin gerade beim Kuchenbacken und … Mann ist mir das peinlich … mir war so, als hätte ich sämtliche Zutaten da … und normalerweise wäre ich ja noch mal losgelaufen, aber die Zeit sitzt mir im Nacken. Kennst du solche Situationen?"

Nö. Wenn ich nicht alles beisammenhabe, dann improvisiere ich oder nehme ein anderes Rezept oder lasse es ganz, stellt Judith fest.

„Daher dachte ich, ich frag mal im Haus rum. Einer wird mir gewiss aushelfen." Mit einem verlegenen Mädchenkichern beendet Gisela ihren Erklärungsversuch.

Und die „Eine" bin jetzt ich. Na super … ach egal, soll sie ihr Ei haben. „Kein Problem. Moment …", sagt Judith und verschwindet kurzerhand in die Küche. Eine Minute später ist sie zurück und erkundigt sich: „Reicht dir eins?"

„Ja. Danke. Du bist ein Schatz."

Die Frauen haben sich vor geraumer Zeit auf einer Hausversammlung näher kennengelernt. Wegen des geringen Altersunterschieds waren sie auf der anschließenden Grillparty, schnell per du. Schon damals entging Judith nicht, dass die Nachbarin eine quirlige Person ist. Die Information, dass Gisela die Besitzerin des Damensalons „Waldeck" ist, war zwar neu, erklärte aber das typische Friseurklischee – Reden ohne Ende und doppelt so viele Fragen stellen. Den ganzen Abend widerstand Gisela dem Drang nicht, Judith auszuhorchen. Sie hoffte, dadurch irgendwelche schmutzigen Details zu erfahren. Zu ihrem Leidwesen verriet Judith nichts. Im Gegenteil. Ab dem Zeitpunkt, wo ihr die Fragerei zu lästig wurde, verabschiedete sie sich höflich und verließ die Party. Seitdem hatte sich der Kontakt auf „Guten Tag" und „Guten Weg" beschränkt – bis heute. Statt in ihre Wohnung zurückzukehren, lehnt sich die

Nachbarin an den Türrahmen und fragt unverblümt: „Kann es sein, dass du einen neuen Freund hast?"

Hä? „Nein. Wie kommst du darauf?"

„Ich dachte nur ... weil ... nun ja, neulich habe ich beobachtet, wie ein Mann zu dir rauf lief."

Judith nimmt an, dass Gisela Darren gesehen hat. Sie erklärt, dass er ein Arbeitskollege ihres Bruders sei und in der GraftMühle am Tresen arbeite. Er sei zwar ein Freund, es handele sich aber nicht um Mister Right. Dass er schwul ist, erwähnt sie nicht.

„Ach, der ist da jetzt? Schade. Ich fand den Wikinger schnuckeliger. Warum hat er denn aufgehört?"

Judith fällt es schwer, sich ein Schmunzeln zu verkneifen. Er wird in der Tat von einigen Stammgästen liebevoll Wikinger genannt. Der Grund sind seine langen, roten, leicht lockigen Haare. *Mir war bis dato nicht bekannt, dass du auch dazugehörst*, stellt sie fest und stutzt einen Augenblick später. *Gisela hat eine Person gesehen, die nicht wie Darren aussieht, aber zu meiner Wohnung hinauflief.* Sie beschleicht ein mulmiges Gefühl und hakt nach. „Woher weißt du, dass dieser Mann ausgerechnet zu mir und nicht dorthin wollte?", Judith deutet mit einer leichten Kopfbewegung zur gegenüberliegenden Wohnungstür.

Zuerst druckst Gisela etwas herum, rückt schließlich doch mit der Sprache raus. „Weil ich ihm hinterhergeschlichen bin. Ja, ich gebe es zu. Ich war neugierig und wollte wissen, zu wem er geht."

„Und du hast gesehen, wie er bei mir stehen geblieben ist?"

„Ja."

„Wann war das?"

Gisela überlegt einen Moment und antwortet: „… vor ein paar Tagen."

„Okay. Wie hat er sich verhalten?"

„Ganz normal. Er hat geklingelt."

„Mehr nicht?"

Gisela zuckt mit den Achseln.

„Hast du gesehen, wann er wieder gegangen ist?"

„Nein. Keine Ahnung. Ich habe ja erfahren, was ich wollte und bin zurück in meine Wohnung."

Merkwürdig, wundert sich Judith. *In der Zeit, wo ich zu Hause war, hat es nicht geklingelt. Eine Nachricht wurde auch nicht hinterlassen. Wenn, dann war derjenige hier, wo ich gearbeitet habe.* „Wie sah der Mann aus?"

„Gut."

Mensch Mädel, lass dir nicht alles aus der Nase ziehen. Du bist doch sonst nicht so schüchtern, denkt Judith genervt und fragt: „Geht das bitte ein bisschen genauer?"

„Also … Er war Mitte bis Ende fünfzig und circa einen Meter achtzig bis einen Meter fünfundachtzig groß. Er hatte einen gestutzten Vollbart und dunkle Haare mit grauen Schläfen … Ach ja, eine sportliche Figur hatte er auch", sagt Gisela. Sie fügt mit einem breiten Lächeln und einem Augenzwinkern hinzu: „Ein äußerst attraktiver Mann. Den halte dir unbedingt warm."

Um so etwas zu entscheiden, wäre es hilfreich zu wissen, wer das war und was er wollte. „Erinnerst du dich an den Tag, wann du ihn gesehen hast?"

Die Nachbarin überlegt ein paar Sekunden, schüttelt dann verneinend den Kopf.

„War er öfter hier?"

„Null Ahnung. Schon möglich. Mir ist er jedenfalls nur das eine Mal aufgefallen."

Das mulmige Gefühl in Judiths Magengegend verstärkt sich.

„Du stellst so viele Fragen", bemerkt Gisela. „Warum? Ist etwas passiert?"

Sie hat keine Lust, der sensationslüsternen Friseurin Informationen über den Stalker zu geben und beschließt: *Das geht dich nichts an. Außerdem bist du die Letzte, der ich irgendetwas Privates erzähle*, antwortet aber: „Nein, nein, alles in Ordnung. Danke, dass du mir Bescheid gesagt hast."

Inzwischen ist sich Judith nicht mehr sicher, ob Gisela das Ei wirklich zum Kuchenbacken braucht oder das Hühnerprodukt nur ein Vorwand war, um bei ihr zu klingeln. *Egal was der Grund ist, es wäre super, wenn du jetzt verschwindest*, denkt sie, fragt aber: „Sonst fehlt dir nichts?"

„Hä?"

„Zum Kuchenbacken meine ich."

„Ach so … ähm, nein … ansonsten habe ich alles, danke noch mal. Ich mach das wieder gut."

Um Gottes willen! „Das brauchst du nicht."

„Doch, doch, ich lass mir was einfallen. Versprochen. Aber jetzt werde ich mich sputen. Mein Besuch kommt gleich. Nicht dass er hier eintrifft, ehe der Kuchen fertig ist. Das wäre ja blöd, oder? Na dann … noch mal danke und tschüss", ruft Gisela und eilt die Treppe hinunter.

Nachdenklich und mit gemischten Gefühlen lässt Judith die Tür hinter sich ins Schloss fallen. Sie lehnt den Rücken von innen dagegen und rutscht mit dem gesamten Körper langsam auf den Boden des Flurs. Die Beine von sich gestreckt sitzt sie eine Weile da und guckt ins Leere.

Leni ergreift ihre Chance und fordert prompt eine weitere Runde Streicheleinheiten ein.

„Was fange ich jetzt nur mit dieser Information an? Hm, was meinst du? Soll ich Darren anrufen?", fragt sie das Katzenkind.

Das Fellknäuel antwortet nicht.

Was ist, wenn es ein Fehlalarm ist? Wäre er mir dann böse? Wahrscheinlich nicht. Immerhin hat er mir letzte Nacht das Versprechen abgerungen, ihn zu benachrichtigen, sobald der Irre wieder von sich hören lässt geschweige mir irgendetwas komisch vorkommt. Judiths Gedanken rotieren: *Aber war das wirklich der Stalker oder nur ein x-beliebiger Mann? Hatte derjenige eine bestimmte Person gesucht und sich dabei im Haus geirrt? Was ist, wenn nicht? Was ist, wenn es Absicht war … wenn ich diese Person bin, die er gesucht und gefunden hat!?* Diese Vorstellung ist angsteinflößend. *Oh Gott … was mache ich denn nun?* „Puh …" Judith atmet ein paar Mal tief durch. „… zuerst einmal, Ruhe bewahren … so und jetzt rufe ich Darren an."

Kapitel 13

Dietmar verweilt erneut beim Zaun, unweit der Ecke zur Hauptstraße. Zu seinem Bedauern ist dieser Ort weiterhin nicht der idealste Platz für sein Vorhaben. Seitdem er ihr zum ersten Mal gefolgt ist, hat sich nichts geändert. Vor ihrem Wohnhaus, das in ein paar Meter Entfernung steht, ziert immer noch eine voll funktionstüchtige Laterne die Gegend jedoch nicht ein einziger Strauch, um sich zu verstecken. Selbst wenn keine Straßenbeleuchtung, dafür aber eine entsprechende Versteckmöglichkeit vorhanden wäre, gäbe es einiges zu beachten, zum Beispiel die verschiedenen Jahreszeiten. Sie haben Einfluss auf den Sonnenauf- und -untergang und somit auch auf die Dauer einer unerkannten Observation. Ein weiterer Punkt ist das Wetter. Solange es trocken ist, verläuft alles nach Plan. Bei Regen, Hagel und Schnee sieht es hingegen anders aus. Diese Erfahrung sammelte Dietmar in der Zeit, wo er sich in den Büschen vor Lydia Meierknopfs Haus versteckte. Egal wie wetterfest er sich damals anzog und wie lange sein Durchhaltevermögen anhielt, irgendwann war er doch bis auf die Knochen durchgefroren und eine Erkältung vorprogrammiert. Er mag gar nicht daran denken, was alles hätte, passieren können, wäre jemand in dem Augenblick an seinem Versteck vorbeigekommen, wo er geniest, geschnaubt oder gehustet hatte. Im Moment ist das Wetter ganz gut. Von dem Standpunkt aus betrachtet ist er froh über die momentane Situation. Davon mal abgesehen, dass Dietmar auch nicht mehr der Jüngste ist, liebt er Herausforderungen wie diese.

Gestern war Freitag und normalerweise ist es der Tag, an dem Judith abends regelmäßig bei ihrem Bruder in der GraftMühle vorbeischaut. Dieses Mal nicht. Nach Feierabend fuhr Dietmar bei ihr vorbei und sah Licht. *Mist*, ärgerte er sich, überlegte aber dann, *vielleicht holt sie nur kurz was aus der Wohnung und fährt wieder los?* Eine Stunde verging und das Wohnzimmer war immer noch hell erleuchtet. Da wurde ihm klar, dass er sich geirrt hatte. *Verdammte Scheiße*, schimpfte er. Zähneknirschend stieg er auf sein Rad und fuhr los. Auf dem Weg nach Hause nahm er sich vor, es am darauffolgenden Tag ein weiteres Mal zu versuchen. *Entweder ist sie dann auf der Arbeit oder beim Walken*, gedanklich spielt er ihren Tagesablauf durch. *Egal wo, sie wird mindestens eine halbe Stunde weg sein, sodass ich genügend Zeit habe, meinen Plan umzusetzen.*

Wie erwartet, macht sie sich im Laufe des frühen Vormittags auf den Weg. Sobald sie außer Sichtweite ist, ergreift Dietmar seine Chance. Er schlendert so unauffällig wie möglich zum Vierparteienhaus, öffnet die nach wie vor defekte Eingangstür und huscht hinein.

Es dauert länger als geplant, bis er das Haus wieder verlässt. Jetzt, wo alles erledigt ist, steht Dietmar mit einem breiten Grinsen an diesem Zaun. Er sieht dabei zu, wie Judith die Straße heraufgeradelt kommt. Um nicht aufzufallen, kniet er sich hin und tut so, als binde er sich die Schuhe zu. Stattdessen beobachtet er seine Traumfrau. Sie erreicht soeben die Eingangstür ihres Wohnhauses und verschwindet kurz darauf samt Fahrrad im Gebäude. In der Zeit, in der er für einen Moment in der Bewegung verharrt, wandern die Augen hinauf zu ihrem Balkon. Leise Hoffnung keimt auf. *Werde ich sie noch einmal sehen, bevor ich losfahre?* Sein Wunsch bleibt unerfüllt. *Ich würde alles geben, wen ich live Mäuschen spielen könnte. Und weil mir das nicht vergönnt ist, kommt jetzt Plan B zum Einsatz.*

Damit er ihr so nah wie möglich ist, hat sich Dietmar etwas einfallen lassen. Judiths Abwesenheit ausnutzend, verschaffte er sich vorhin Zutritt zu ihren vier Wänden. Heimlich stattete er sie dann mit Minikameras aus.

Ähnliches hatte er schon einmal getan. Nur war es damals keine Wohnung, sondern ein altes, steinernes Munitionslager. In diesem Bunker, der irgendwo in den Wäldern rund um Delmenhorst stand, hielt er Marias Nachfolgerin über einen langen Zeitraum gefangen. Bereits zu jenem Zeitpunkt war es sein Bedürfnis, Tag und Nacht bei ihr zu sein. Bedauerlicherweise gelang es ihm nicht, denn die Polizei hatte ihn auf dem Kieker. Sie schnüffelte herum und stellte ihm mehr als ein Mal unangenehme Fragen zu der jungen Frau. Obwohl er stets beteuerte, nichts zu wissen, wurde er das Gefühl nicht los, dass die Beamten ihm nicht glaubten. Schon deshalb war es unklug, ständig der Massagepraxis fernzubleiben. Selbst wenn dieser Verdacht nicht im Raum stand, hätte er sich nicht für unbestimmte Zeit beurlauben können. Da war immer noch ein Problem – seine Mutter.

Sie hingegen sah es anders. Mit dem Sturz von der Leiter, der ihr ein gebrochenes Handgelenk einbrachte, und ihrer beginnenden Altersdemenz war sie unweigerlich auf

Hilfe angewiesen. Fremde Personen ließ sie nicht ins Haus, daher kümmerte er sich zwangsläufig um sie. Inzwischen lebt sie in einem Altersheim. Obwohl Dietmar sie oft besuchte, häuften sich die Vorfälle, dass sie nach seinem Namen fragte.

Trotz der verschiedenen Gründe hegte er den Wunsch, so oft wie möglich bei Lydia zu sein. Und wenn das nicht umsetzbar war, wollte er sie zumindest sehen. Zu diesem Zweck installierte er kurzerhand oberhalb der Bunkertür eine Überwachungskamera. Sie erfasste nicht nur den gesamten Raum, sondern nahm ebenfalls lückenlos alle Bewegungen auf. Von zu Hause aus verfolgte er dann live am Computer, was seine Liebste im Versteck trieb. Da die Aufnahmen automatisch gespeichert wurden, konnte er sie sich immer wieder ansehen.

Dietmar ist sich sicher. *Was einmal problemlos geklappt hat, wird es auch ein zweites Mal*, und grinst hämisch. Mit der Vorfreude eines Kindes, das gleich auf dem Schoß des Weihnachtsmannes sitzt, schwingt er sich aufs Rad und eilt heim. In seiner Wohnung angekommen schaltet er sofort den Computer an und macht es sich am Schreibtisch bequem. Kurz darauf – die Enttäuschung! Alles, was er sieht, ist ein Katzenbaby, das mit geschlossenen Augen und lang ausgestreckt auf dem Fußboden des Flurs lümmelt. Ansonsten sind die Zimmer menschenleer. „Wo steckst du? Ich habe doch gesehen, wie du ins Haus gelaufen bist. Oder bist du etwa wieder losgefahren? Nein, das glaube ich nicht. Na los … sei nicht so schüchtern und zeig dich." Einen Moment später beobachtet er Judith dabei, wie sie das Wohnzimmer betritt. Seine Freude wird durch das Läuten des Telefons geschmälert. „Jetzt nicht", sagt er zum Apparat, ohne den Blick vom Bildschirm abzuwenden.

Es klingelt energisch weiter.

Genervt nimmt er den Hörer ab und fragt in einem Ton, der keinen Zweifel aufkommen lässt, dass er nicht gestört werden will: „Was?!"

„Oh", bemerkt eine sanft klingende Frauenstimme am anderen Ende der Leitung etwas irritiert. Da sie nicht mit dieser barschen Reaktion gerechnet hat, erklärt sie erst nach einer kleinen Pause ihr Anliegen. „Hier ist Stationsschwester Elke. Herr Friese, es geht um Ihre Mutter. Können Sie vorbeikommen?"

„Wann?"

„Heute."

„Das passt mir gar nicht. Nein! Auf gar keinen Fall! Ich bin beschäftigt! Morgen ist besser, da bin ich eh …"

„Es ist aber wichtig", unterbricht sie ihn.

„Ist etwas mit meiner Mutter?"

„Das sollten wir wirklich nicht am Telefon besprechen."

Mist! Immer funkt mir die Alte dazwischen. Selbst jetzt, wo sie unter ihresgleichen ist. Zähneknirschend willigt er ein, sich sofort auf den Weg zu begeben.

Auf dem Heimweg hat sich Dietmars Laune keinesfalls verbessert. Im Gegenteil. Wenn es nach ihm gegangen wäre, hätte Stationsschwester Elke auch bis zum darauffolgenden Tag warten können, um ihn von den Anschuldigungen gegen seine Mutter zu unterrichten. Aber es gibt Heimvorschriften. Laut ausführlicher Erklärung besagt eine, dass, sobald der Verdacht besteht, dass ein Bewohner des Pflegeheims geklaut hat, der jeweilige Angehörige benachrichtigt werden muss. Erst in dessen Anwesenheit ist es dem Heimpersonal erlaubt, die persönliche Habe nach dem vermeintlichen Diebesgut zu durchsuchen. Vermeintlich deshalb, weil es nicht selten vorkommt, dass ein Heimbewohner aufgrund seiner Altersdemenz vergessen hat, wo er die Habseligkeiten aufbewahrt. Ein Schuldiger ist dann schnell gefunden. Entweder war es der Zimmergenosse oder ein anderer von der Station. Immerhin laufen genug potenzielle Verdächtige herum. Für das Heimpersonal ist es nicht einfach, zu unterscheiden, ob sich unter den Bewohnern eine diebische Elster eingenistet hat oder es nur ein Hirngespinst ist.

Die Tür fällt hinter ihm ins Schloss. Ohne wie üblich die Schuhe von den Füßen zu streifen, eilt Dietmar zum Schreibtisch. Vorhin hatte er überstürzt das Haus verlassen, daher ist der Computer immer noch online. Nachdem er kurz an der Computermaus rüttelt, wird aus dem schwarzen Display ein farbenfrohes. In der Hoffnung, mehr Glück zu haben, durchsucht er erneut Raum für Raum. Aber genau wie vor ein paar Stunden ist außer dem Kätzchen nichts zu sehen. Doch dann ändert sich schlagartig seine Stimmung. Was er jetzt sieht, lässt sein Herz höher schlagen.

Auf dem Bildschirm ist ein Badezimmer zu sehen. Die Tür der Duschkabine öffnet sich und eine Frau tritt heraus.

„Na aber hallo, wen haben wir denn da?", raunt er dem Monitor zu.

Es ist Judith.

In der Zeit, in der sein Zeigefinger zärtlich die Silhouette ihres nackten Körpers nachzeichnet, macht sich Wasserdampf im gesamten Raum breit. Kurz darauf verschwinden nahezu alle Konturen. „Oh … nein, nein, nein … nicht doch …. Wo …", stammelt er frustriert.

Als hätte sie seine Enttäuschung gehört, öffnet sich einen Moment später die Zimmertür. Der Dampf sucht sich einen Weg, indem er langsam hinaus in den Flur wabert.

Dietmar freut sich. Je mehr sich der Nebel lichtet, desto schärfer werden ihre Umrisse. Und nicht nur das. Er sieht, wie Judith mit einem Badehandtuch um den Körper geschlungen vor dem Waschbecken steht und regungslos den Spiegel anstarrt. Mit lüsternen Augen und einem breiten Lächeln sagt er: „Ich weiß, was du dir ansiehst." In der Tat, denn, er hatte am Vormittag nicht nur heimlich die Kameras installiert, sondern ihr ebenfalls ein Andenken hinterlassen.

Genau wie beim letzten Mal verschaffte er sich mithilfe seines Elektro-Pick-Sets Zutritt zu ihrer Wohnung. Natürlich nicht ohne Handschuh, schließlich ist er nicht blöd. Zuerst lief er durch alle Räume. Berührte Möbel und Kleidungsstücke und sog dabei den lieblichen Geruch, der in der Luft hing, mit tiefen Atemzügen in sich ein. Im Badezimmer angekommen, schnupperte er an ihrem Parfüm. Er öffnete jeden Tiegel und schmierte sich etwas davon ins Gesicht. Auch diesen Duft sog Dietmar genüsslich ein und hatte dabei eine, wie er fand, geniale Idee. Er schnappte sich eines der Kosmetikutensilien zum Färben der Lippen und schrieb damit eine Nachricht für die Liebste auf den Spiegel.

„Ich wüsste zu gerne, was jetzt in deinem Kopf vor sich geht. Angst? Oh ja, das erkenne ich an deiner Körperhaltung." Ihre Reaktion auf seine Spiegelnachricht erregt ihn. Er öffnet die Hose, lässt die Hand hineingleiten und …

In der Gastronomie hat man selten pünktlich Feierabend. Erst recht nicht, wenn die Stadt ein Volksfest ausrichtet.

Aus diesem Grund kommt Darren später als erwartet bei Judith an. Er parkt seinen Wagen vor einem der anderen Vierparteienhäusern und eilt zu ihrem Eingang. *Das Teil ist ja immer noch kaputt*, wundert er sich beim Öffnen der Tür, huscht dann an den Briefkästen vorbei und die Treppe hinauf. Aus Rücksicht auf die Nachbarn versucht er so leise wie möglich an ihrer Wohnungstür zu klopfen.

Es dauert einen Moment, ehe Judith öffnet. Sie sieht verstört aus.

„Ich bin so schnell gekommen, wie ich konnte", sagt er, stutzt und stellt beunruhigt fest: „Du zitterst ja am ganzen Körper."

Stumm greift sie einen Ärmel und zieht ihn in die Wohnung. Bevor die Tür ins Schloss fällt, schaut sie sich besorgt im Hausflur um, ob er verfolgt wurde.

Niemand ist zu sehen oder zu hören.

Erleichtert lässt sie sich in seine Arme fallen. „Gut, dass du da bist."

„Was ist passiert?"

Noch auf dem Korridor berichtet sie ihm vom Gespräch am Nachmittag und welche brisanten Neuigkeiten ihr die Nachbarin mitgeteilt hat. „Wie schon gesagt, ich habe keine Ahnung, ob Gisela wirklich das Ei brauchte oder ob sie aus Neugierde hochgekommen ist. So oder so, die Tatsache, dass hier jemand im Haus herumschleicht, finde ich beängstigend. Und das ist nicht alles. Komm mal mit. Ich muss dir etwas Gruseliges zeigen."

Darren folgt ihr. Im Türrahmen des Badezimmers bleibt er stehen.

Judith zeigt auf den Spiegel über dem Waschbecken.

Er sieht sie fragend an und äußert: „Ich bin zu müde für Ratespiele."

„Warte", sagt sie und haucht den Spiegel an.

Sekunden später begreift er, was sie meint.

Auf der gläsernen Oberfläche stehen die Worte: „Hallo, meine Schöne." Sie wurden mit einem Fettstift geschrieben. Obwohl derjenige, der ihr die Nachricht hinterlassen hat, ein farbloses Lipgloss verwendet hat, sind die Buchstaben nach dem Anhauchen gut erkennbar.

Er bekommt einen Knoten im Hals. Er hat Mühe, ihn herunterzuschlucken. Einige Minuten vergehen, bevor er fragt: „Wann hast du das entdeckt?"

„Vorhin, nach dem Duschen. Darren …" Sie schaut ihn besorgt an.

Heute Morgen war noch nichts, das wäre mir aufgefallen, überlegt er und wird kurz darauf aus seinen Gedanken gerissen.

„… das war er, stimmt's? Er war hier … hier in meiner Wohnung."

Darren spricht langsam, weil er zu begreifen versucht, was geschehen ist. „Es sieht so aus." Ich bin mir sicher. *Es gibt einen Zusammenhang zwischen all den Dingen, die wir letzte Nacht besprochen haben und dem, was heute passiert ist. Der Kerl wird ja immer dreister!*

„Was soll ich denn jetzt machen?", fragt Judith verunsichert und reißt ihn erneut aus seinen Gedanken.

„Am besten fahren wir zur Polizei und erstatten Anzeige. Sofort!", antwortet er in einem Ton, der keine Alternative zulässt.

„Hast du mal auf die Uhr geschaut?", erkundigt sie sich irritiert. „Selbst wenn jemand da sein sollte … es ist Stadtfest. Die Polizisten haben gewiss andere Sorgen, als sich um mein Problem zu kümmern."

„Das werden wir sehen ... und wenn's die ganze Nacht dauert, wir finden eine Person, die uns zuhört. Komm." Er schnappt sich Judith und schiebt sie sanft aus der Wohnung.

Kapitel 14

In dem Moment, in dem Sirenen durch das geöffnete Fenster dröhnen, schreckt Dietmar vom Schreibtisch hoch. Das Geräusch ist unverkennbar, daher ist ihm schnell klar, wer den Lärm verursacht – Feuerwehrautos.

Nur ein paar hundert Meter entfernt stehen die Gebäude der Feuerwehr, von denen soeben mehrere Wagen in raschem Tempo zu einem Einsatz aufbrechen.

Er wohnt seit einigen Jahren an diesem Ort, daher stören ihn die Martinshörner normalerweise nicht. Aber irgendetwas ist heute anders. Entweder liegt es an den aktuellen Ereignissen, dem momentanen Gefühlszustand oder an beidem.

Draußen ist es dunkel geworden, stellt er überrascht fest, gähnt und knipst die Schreibtischlampe an. *Ich bin wohl eingedöst.* Ein anschließender Blick auf sein Handgelenk verrät ihm die Uhrzeit – drei Uhr siebenundfünfzig. „Mist! So spät schon?"

Am Anfang sah es nach einem vielversprechenden Abend aus. Trotzdem wundert es ihn nicht, dass ihm die Augen zugefallen sind. Nachdem Judith die Nachricht am Spiegel entdeckt hatte, war sie eine Zeitlang rastlos in der Wohnung auf und ab getigert. Er sah ihr an, dass sie nicht wusste, wie sie damit umgehen sollte. Dieser hilflose Zustand ließ einen warmen Schauer durch seinen Körper fließen. Gespannt wartete er darauf, was geschehen würde. Für einen Moment sah es so aus, als würde sie seine Worte wegwischen. Tat es aber letztendlich doch nicht. Stattdessen machte sie es sich im Wohnzimmer bequem und …

Judith, schießt es ihm durch den Kopf. Dietmar starrt auf den Computerbildschirm. „Mist!", schimpft er aufgebracht. Die Programmeinstellung, die ihm mehrere Räume gleichzeitig zur Überwachung anzeigt, spinnt mal wieder. Ihm bleibt keine andere Wahl, er muss alle Zimmer einzeln aufrufen. Ungeduldig hämmert er auf den Button, der die Minikamera im Wohnzimmer aktiviert. Sekunden später erscheint die gewünschte Darstellung auf dem Monitor. Was er sieht, gefällt ihm gar nicht.

Das Sofa ist leer.

„Verflixt! Wo steckst du?", schimpft er laut, dann kommt ihm eine Idee. „Vielleicht bist du ja schon ins Schlafzimmer gegangen." Hoffnungsvoll drückt er die entsprechende Taste.

Die Kamera ist so eingestellt, dass nur auf einem kleinen Ausschnitt der Kleiderschrank zu sehen ist. Der größte Teil hingegen erfasst das Bett.

Entsetzt stellt er fest, dass es unberührt ist. Deshalb sucht er alle Räume ab, findet sie aber nirgends. Zornig brüllt Dietmar: „Das gibt's doch gar nicht!", und schlägt dabei mit der Faust so heftig auf den Schreibtisch, dass einige der Collagen, bei denen die Fotos nicht festgeklebt sind, durcheinanderwirbeln. Um wieder einen klaren Kopf zu bekommen, tigert er in seiner Wohnung auf und ab. „Es muss doch hinzukriegen sein, dass sämtliche Zimmer dauerhaft auf dem Monitor erscheinen … und zwar gleichzeitig. Okay, eins nach dem anderen. Die erste Priorität ist, sie zu finden." Daraufhin beschließt er, sich die Aufnahmen der letzten Stunden anzusehen. Zu Beginn der Aufzeichnungen passiert nichts Aufregendes – dann der Schock. Er hat ja mit vielem gerechnet, aber nicht mit dem rothaarigen Typen, der ungefragt mitten in der Nacht bei seiner Herzensdame auftaucht. Wut steigt in ihm hoch. Am liebsten würde er jetzt in den Computer springen und dem Barkeeper den Hals umdrehen. Selbst wenn das ginge, zwischen dem Auftauchen des Widersachers und dem Ansehen der Aufnahme sind etwas mehr als zwei Stunden vergangen.

Dietmar hastet vom Stuhl auf. Rasend vor Zorn haut er erneut auf den Schreibtisch. Anschließend brüllt er die Person auf dem Bildschirm an: „Hatte ich dir nicht schon beim letzten Mal klargemacht, zu wem die Braut gehört? Zu mir! Und nicht zu dir, du … du Möchtegern-Wikinger!" Aufgedreht läuft er im Zimmer ein paar Mal auf und ab. Nach einer Weile beugt er sich zum Monitor und sagt: „Wie es aussieht, war meine Lektion wohl nicht eindeutig genug. Ich werde mir etwas einfallen lassen, damit du es endgültig kapierst … und ich weiß auch schon was. Warte nur, bis ich dich in die Finger kriege!" Bei der Vorstellung, was er ihm antun wird, verziehen sich Dietmars Lippen zu einem vielsagenden Lächeln.

Kapitel 15

„Sind Sie sicher, dass es keiner Ihrer Ex-Partner war?", fragt der Polizeibeamte zum dritten Mal und fügt hinzu: „Für die Klärung des Sachverhaltes ist es enorm wichtig, wenn es eine vollständige Personenbeschreibung gibt. Besser wäre es mit einer aktuellen Adresse."

Wie oft denn noch, denkt Judith genervt und antwortet: „Ja, ich bin mir sicher. Und es tut mir leid, dass ich für den Mann, den ich nicht kenne, keine Beschreibung habe." Am liebsten hätte sie hinzugefügt: „Es war deshalb kein Ex-Freund, weil meine letzte Beziehung schon eine Ewigkeit her ist." Aber das braucht der Polizist nicht zu wissen. Stattdessen sagt sie: „Es war auch kein Gast bei mir zu Hause. Außer von Darren, meinem Bruder und seiner Verlobten bekomme ich keinen Besuch." Kaum hat sie zu Ende gesprochen, wird Judith bewusst, wie weit sie sich seit dem Tod der Mutter von der Außenwelt zurückgezogen hat. *Oh Mann, was für ein einsames Leben ich doch führe. Das sollte ich dringend ändern. Jetzt! Jetzt? Ist es ratsam, es wirklich jetzt zu tun, wo dieser Stalker hinter mir her ist? Würde ich dadurch nicht noch mehr Aufmerksamkeit auf mich lenken? Keine Ahnung.* Sie ist verwirrt. In dem Moment, in dem sie sich nach der richtigen Strategie erkundigen will, wird sie aus den Gedanken gerissen.

„Schade." In der Stimme des Gesetzeshüters schwingt Enttäuschung mit. „Und …" Eine Weile zeigt er mit dem Kugelschreiber zwischen dem Rothaarigen und der Frau, die ihre schwarze Löwenmähne zu einem wilden Dutt hochgesteckt hat, hin und her, dann redet er weiter: „… Sie sind …"

„… seit Jahren befreundet", beenden die beiden den Satz gleichzeitig. Dass Darren schwul ist, behalten sie für sich. Zum einen geht das den Schreibtischhengst nichts an und zum anderen haben sie keine Lust, sich homophobe Sprüche anzuhören.

„Und als Freunde spielen Sie sich nicht zufällig ab und zu kleine Streiche?", hakt der Polizist nach.

„Nein!", antworten beide erneut synchron.

„Aus dem Alter sind wir lange raus", ergänzt Darren. „Hören Sie, ich verstehen ja, dass Sie uns solche Fragen stellen müssen. Aber wenn Judith sagt, irgendjemand war bei ihr in der Wohnung, dann glaube ich das. Sie denkt sich so etwas doch nicht aus. Warum auch? Sie hat es nicht nötig, nach Aufmerksamkeit zu betteln."

Der Polizeibeamte sieht ihn ein paar Minuten schweigend an und meint schließlich: „Sie legen sich ja ganz schön ins Zeug für Ihre Freundin. Da könnte man den Eindruck bekommen, dass Sie heimlich in sie verliebt sind."

Mensch Kerl, bist du so blöd oder tust du nur so?, schimpft er in sich hinein. Um nicht respektlos zu werden, atmet Darren einmal tief durch, dann antwortet er: „Ich kann Ihnen versichern, dass ich Judith nicht liebe … jedenfalls nicht so, wie Sie es sich vorstellen. Sie ist für mich wie eine Schwester – nicht mehr und nicht weniger."

Erneut lässt der Polizist seinen Blick ungläubig zwischen

den beiden hin und her wandern. Nach einer Weile erkundigt er sich: „Wissen Sie, wie dieser ‚jemand‘ in Ihre Wohnung gekommen ist? Haben Sie Einbruchspuren entdeckt? Tür? Fenster? Balkon?"

Judith fühlt sich unbehaglich. „Sie glauben uns kein Wort, stimmt's?" Am liebsten würde sie aufstehen und den Raum verlassen. Leider geht das nicht. Sie hat Darren versprochen, diese verdammte Anzeige aufzugeben. Und was sie verspricht, hält sie auch. *Wer weiß, vielleicht hat er ja recht und es bringt doch etwas. Vorausgesetzt, dieser Blödmann von einem Polizeibeamten rafft endlich, dass wir es ernst meinen.*

„Hören Sie, ob ich das glaube oder nicht spielt keine Rolle. Beweise sind wichtig. Ansonsten kann ich Ihnen nicht helfen."

Judith überlegt einen Augenblick, antwortet: „Mir ist nichts aufgefallen", dreht sich dann zur Seite und fragt Darren: „Dir?"

„Nein, mir auch nicht. Beim Verlassen der Wohnung habe ich extra einen Blick aufs Türschloss geworfen. Da war nichts. Was aber nicht bedeutet, dass der Typ, der bei ihr …", er deutet mit einer leichten Kopfbewegung in Judiths Richtung, „… im Haus herumgeschlichen ist, nicht trotzdem etwas damit zu tun hat."

„Was für ein Typ?", will der Polizist wissen. Diese Information ist neu und weckt sein Interesse. Sofort nimmt er eine andere Körperhaltung ein. „Der wurde bisher aber mit keiner Silbe erwähnt."

„Stimmt … ähm … nein … weil …", stottert Judith und stellt fest: *Viel Gelegenheit hatten wir ja auch nicht. Bis jetzt ging es hauptsächlich darum, welche Beziehung Darren und ich haben.*

„Am besten fangen Sie von vorne an."

Sie atmet einmal tief ein, sagt: „Okay …", und berichtet ihm dann, warum am Nachmittag eine der Hausbewohnerinnen bei ihr geklingelt hat. „Sie wollte sich ein Ei borgen. Obwohl ich mir nicht sicher bin, ob sie wirklich nur wegen des Eis bei mir war." Bevor der Polizeibeamte fragt, weshalb die Nachbarin sonst dort gewesen sein könnte, erzählt Judith weiter. „Wir haben uns dann eine Weile unterhalten. Sie wissen schon, über dies und das …"

Er nickt.

„Plötzlich erwähnte sie einen Mann. Sie sagte, dass sie jemanden dabei beobachtet habe, wie er vor meiner Wohnungstür herumgelungerte. Wo ich das gehört habe, wurde mir ganz anders."

„Kannte die Nachbarin Frau … wie heißt sie eigentlich?

„Gisela Waldeck."

„… also, kannte Frau Waldeck ihn?"

„Dasselbe habe ich auch gefragt. Sie hat es verneint."

„Hat sie ihn beschrieben?"

„Ja schon, aber danach hätte es jeder sein können, der im mittleren Alter ist. Sogar Sie", sagt Judith und deutet auf den Polizisten.

Mit einem nachdenklichen Gesichtsausdruck antwortet er: „Ich verstehe. Wissen Sie denn, wann er bei Ihnen war?"

Sie zuckt mit den Schultern und erwidert: „Vor ein paar Tagen?"

„Kein Wunder, dass jeder X-beliebige ins Haus spaziert", fügt Darren entrüstet hinzu. „Seit Wochen ist die Eingangstür defekt. Die Hausverwaltung weiß Bescheid … und was unternimmt sie? Nichts! Wahrscheinlich muss erst wieder etwas passieren, bis …"

„Kennen Sie den Mann?", unterbricht ihn der Polizeibeamte.

„Nein", antwortet Judith. „Wir haben beide keine Ahnung, wer es ist. Allerdings haben wir einen Verdacht."

„Okay ... und welchen?"

„Vielleicht ist es derselbe, der ihn vor einiger Zeit brutal
zusammengeschlagen hat."

Der Beamte schaut skeptisch und fragt: „Wie kommen
Sie darauf, dass eine Körperverletzung etwas mit Ihrem
Stalker zu tun hat?"

Jetzt ist Darren dran. Er berichtet haarklein alles, was in
der Nacht seines Überfalls passierte.

„Haben Sie sein Gesicht gesehen?"

„Nein, dafür war es zu dunkel. Und bevor Sie fragen,
seine Stimme kam mir auch nicht bekannt vor."

„Schade." Das ist nicht das, was sich der Polizist an Informationen erhofft hat, daher hakt er nach: „Sie meinen,
dass der Stalker, der Einbrecher und derjenige, der Ihnen
aufgelauert hat, ein und dieselbe Person ist?"

„Ja, ich glaub schon ... zumindest sollten wir es nicht
ausschließen, oder?", entgegnet Darren.

„Wir? Es gibt kein wir. Ich rate Ihnen dringend davon
ab, Detektiv zu spielen. Wenn Sie recht haben und es sich
tatsächlich um ein und dieselbe Person handelt, wird es
gefährlich. Immerhin hat er bereits bewiesen, dass er vor
Gewalt nicht zurückschreckt. Oder sind Sie so scharf darauf, ein zweites Mal verprügelt zu werden?"

„Nein, natürlich nicht!", antwortet Darren entrüstet.

„Dann sind wir uns ja hoffentlich einig", meint der Ord-
nungshüter in strengem Ton. Er überlegt einen Moment
und fährt fort: „Okay ... Folgendes: Ich nehme jetzt die

Sachverhalte auf und leite die Anzeigen zur Bearbeitung an die Abteilungen Gewaltdelikte sowie Einbruchsdelikte der Kriminalpolizei weiter. Ich werde vermerken, dass ein Zusammenhang bestehen könnte." Mit dem Blick auf Judith gerichtet erklärt er: „In den nächsten Stunden kommt bei Ihnen eine Streifenwagenbesatzung vorbei. Sie schauen sich vor Ort um, ob Spuren vorhanden sind. Wenn sie etwas finden, wird die Spurensicherung verständigt. Wollen wir mal hoffen, dass derjenige, der die Nachricht hinterließ, dusselig genug war, sich keine Handschuhe anzuziehen. Die Wahrscheinlichkeit, Fingerspuren zu sichern, ist dann höher. Ansonsten …", der Polizist zuckt mit den Schultern. „… heißt es abwarten."

„Abwarten?"

„Na toll!"

Judith und Darren erheben sich von ihren Plätzen.

Bei der Verabschiedung betont der Gesetzeshüter ein weiteres Mal: „Wie gesagt … keine Alleingänge!"

In dem Moment, als die beiden das Polizeigebäude verlassen, bemerken sie, dass die Sonne bereits aufgegangen ist.

„Meinst du, sie finden was?", erkundigt sie sich.

„Hoffentlich. Ich finde es unerträglich, wenn dir jemand was antun will. Außerdem liegt es nicht mehr in unserer Hand. Die Anzeigen gegen unbekannt sind gestellt und darüber bin ich froh."

„Mir geht es genauso. Ich habe nur noch nicht ganz verstanden, ob die Abteilung für Einbruchsdelikte auch für den Stalker zuständig ist."

„So weit ich es verstanden habe, nicht. Egal, wer es bearbeitet, es wurde extra ein Vermerk gemacht. Deshalb gehe ich davon aus, dass die einzelnen Einheiten zusammenarbeiten. Du wirst sehen, alles wird gut." Ihm ist die Erleichterung, ein Stück der Verantwortung abgegeben zu haben, deutlich anzumerken. *Sollen doch die Bullen herausfinden, wer dieser Psycho ist. Wenn mich einer fragt, würde ich sagen, bei dem ist im Leben gewaltig was schiefgelaufen. Der gehört weggesperrt!*

Die beiden überqueren die Ampel und laufen in Richtung Graftwiesen. Kurz bevor sie das Auto erreichen, das sie vor einigen Stunden hier auf dem Parkplatz abgestellt haben, fragt Darren: „Hast du Hunger?"

In der Tat. Kaum hat er die Frage beendet, meldet sich ihr Magen mit einem lauten Knurren. Judith nickt.

„Ich auch", gesteht er. „Was hältst du davon? Wir holen uns frische Brötchen und frühstücken dann gemütlich bei dir."

Mit einem breiten Lächeln antwortet sie: „Sehr viel. Allerdings weiß ich nicht, welcher Bäcker offen hat. Heute ist Sonntag."

„Aber ich ... und wenn mich nicht alles täuscht, hat er sogar deine heißgeliebten Schwarzbrotbrötchen ... komm."

Kapitel 16

Im Gegensatz zum sonnenverwöhnten Wochenende startet der Montag mit einer grauen Wolkendecke, die hin und wieder ihre Pforten öffnet. Regentropfen zeichnen Kreise in die Wasseroberflächen der Pfützen und der besondere Duft, den der Sommerregen mit sich bringt, ist einfach unbeschreiblich sauber und klar. Dazu ist der Gesang zahlreicher Vögel auf den Bäumen sowie in den Büschen und Hecken zu hören.

Judith und Florian sind unterwegs, um einige Bestellungen auszuliefern. Ihr erstes Ziel ist die Stadtkirche.

„Mach hin! In knapp einer halben Stunde ist die Trauung. Bis dahin muss der Altarraum fertig sein", sagt sie und springt aus dem Auto.

„Ich komm ja scho. Wenn du heud morg ned zu schbäd komma wärsch, bräuchda mir uns jedzd ned so abzhedza."

„Sorry, ich weiß", antwortet Judith mit schlechtem Gewissen. „Keine Ahnung warum ich heute verschlafen habe. Ist sonst nicht meine Art." In der Tat zählt sie zu den Menschen, die eher überpünktlich zur Arbeit oder einem Treffen erscheinen. Schlagartig fallen ihr die mahnenden Worte ihrer Mutter ein. „Wer zu spät kommt, den bestraft das Leben." *Und sie hat recht*, stimmt Judith ihr zu. *Wenn ich gestern nicht vergessen hätte, den Wecker zu stellen, dann hätte ich heute nicht verpennt und wir müssten uns jetzt nicht so abhetzen.*

Florian hegt den Verdacht, dass seine Arbeitskollegin die Nacht zum Tag gemacht hat, und meint: „Du warschd also am Wochenend au ufm Schdaddfeschd. Isch wohl schbäd gworda? Hi, hi, hi … kenn i."

„Nein."

„Sichr? Du siehschd so verknaudschd aus", erkundigt er sich mit einem neckenden Unterton. Er merkt, dass sie es ernst meint und fügt hinzu: „Schad. Da haschd abr was verbasschd."

Fast wäre ihr „Danke, ich hatte auch so schon genug Aufregung" herausgerutscht. Zum Glück kann sie sich rechtzeitig bremsen und sagt stattdessen: „Nach deinem breiten Grinsen zu urteilen hattest du ein super Wochenende."

Er nickt sanft und strahlt dabei von einem Ohr zum anderen.

In dem Wissen, dass Florian manchmal großen Redebedarf hat, erwartet Judith jetzt eine Flut an Informationen. Aber nichts passiert. Nach ein paar Sekunden glaubt sie, den „Ach-frag-mich-bitte-was-passiert-ist-Blick" zu erkennen. *Okay*, denkt sie und überlegt für einen Augenblick, ihn schmoren zu lassen. Bringt es letztlich doch nicht übers Herz und erkundigt sich: „Na, willst du darüber reden?"

Erst druckst er ein bisschen herum, gibt sich dann aber einen Ruck und sagt: „Na guad, weil du's bisch. Abr du musschd verschbrecha, noch keinem was zu verrada."

Solche Sätze finde ich kindisch. Vor allem, wenn sie von einem Mann kommen. Nun ja, egal, heute soll es mir recht sein. So bin ich wenigstens aus der Schusslinie und brauche nichts von meinem Wochenende zu erzählen, beschließt sie und antwortet feierlich: „Versprochen."

„Mir sind schwangr", verkündet Florian stolz.

„Wer wir? Du und …"

„… mein Maisi, ja", unterbricht er sie aufgeregt. „Isch des ned doll?"

„Okay … ja …", stottert Judith. Bevor die Neuigkeit verarbeitet ist, platzt ihr die Frage „Wie ist das denn passiert?" heraus.

Er mustert sie verdutzt von der Seite und frotzelt: „Ich woiß, dess du scho oi ganze Weile single bisch. Abr des mid den Blümcha und Biencha haschd no ned vergessa, gell?"

„Ha, ha … witzig", antwortet sie mit einem pikierten Blick. „Ich mein ja nur, weil ihr euch doch vor ein paar Wochen heftig gestritten habt. Wenn ich mich recht erinnere, wolltet ihr dann erst einmal eine Beziehungspause einlegen. Stimmt's oder habe ich was falsch verstanden?"

„Du haschd rechd. Da wusschd mir abr no ned, des mir Eldern werda. Als mir uns zfällich ufm Schdadfeschd übr den Weg glaufa sind, han mir uns ganz nedd underhalda. Dabei isch ihr des mid der Schwangerschafd rausgerudschd. Denk dran, zu keinm a Schderbenswördcha. Se will sich erschd sichr sai, wie's jedzd weidergohd – also mid uns ond so … Oh Godd, wenn sie erfährd, dess i mai Klabb ned halda konnde, bringd sie mi um."

In der Zeit, in der Florian ohne Punkt und Komma redet, wirft Judith einen letzten kontrollierenden Blick durch den Altarraum. Er sieht festlich geschmückt aus. *Perfekt.* Sie atmet erleichtert auf, denn im Gegensatz zu den anfänglichen Bedenken haben die beiden es geschafft, den Auftrag rechtzeitig zu erledigen. Zufrieden verlassen sie kurz darauf das Gebäude. Auf dem Weg zum Auto versichert Judith ihrem Arbeitskollegen, dass sie niemandem sein Geheimnis verraten wird. Hinterher erkundigt sie sich: „Und wie geht es dir damit, dass du Vater wirst?"

„Subr. Mir brobiera ja scho lang und hadda uns gnau wega däm Thema in den Haara … und des … ganz umsonschd … hi, hi, hi …", vor Freude knufft Florian Judith auf den linken Oberarm.

Aua. Nicht so übermütig, bitte. „Na, wenn das so ist … herzlichen Glückwunsch."

„Danke schön."

Kurz darauf setzen die beiden ihre Tour fort. Das Ziel, welches am Stadtrand in nordöstlicher Richtung liegt, ist nicht so schnell zu erreichen wie erhofft. Sie passieren auf der Fahrt zwei Baustellen, einen nicht vorteilhaft stehenden Umzugs- und einen schleichenden Müllwagen. Ein weiterer Stolperstein, die Bestellungen termingerecht auszuliefern, ist die Ampelschaltung. Sobald sich der Kleintransporter mit der Aufschrift „Blumenwelt" einer Kreuzung nähert, schaltet die Verkehrsampel auf Rot um. Alles zusammengenommen kostet Zeit. Zeit, die ihnen, wenn sie weiterhin so langsam vorankommen, für den nächsten Auftrag fehlt. Das könnte nicht nur Ärger geben, sondern ebenfalls zum Verlust eines der wenigen Dauerauftraggeber führen. So einen Fauxpas kann sich der Kleinbetrieb nicht leisten.

Hoffentlich sind wir bald da, wünscht sich Judith. Dabei schaut sie immer wieder auf ihre Armbanduhr und rutscht nervös auf dem Beifahrersitz hin und her.

Nach einer gefühlten Ewigkeit biegt das Auto links ab und hält vor einem Altersheim.

Eine Frau mittleren Alters kommt mit schnellen Schritten

auf den Wagen zu. Schon von Weitem ruft sie: „Na endlich!" Es ist die Leiterin des Heims, die bereits ungeduldig auf die Blumendekoration fürs alljährliche Sommerfest wartet.

Da hat sich aber eine aufgebrezelt. Mit den … ich schätze mal … zwölf bis fünfzehn zentimeterhohen Stöckelschuhen und den langen, rot lackierten Fingernägeln sieht sie heute nicht aus wie eine typische Heimleiterin, bemerkt Judith, bevor sie von ihrem Arbeitskollegen aus ihren Gedanken gerissen wird.

„Die schbringd ja rum, wie oi frischgefiggdes Oachkazl."

„Florian!", antwortet sie schockiert und boxt ihn leicht an den rechten Oberarm.

„Was?"

„So etwas sagt man nicht! Und was bitte schön ist ein Oachkazl?"

„Ein Oachkazl ist ein Eichhörnchen", übersetzt ihr Kollege so gut es ihm möglich ist ins Hochdeutsche. „Wieso? Schdimmd do. Außerdem, was kann i dafür, wenn mi ihr Herumgehübfe an so ebbes erinnerd", rechtfertigt er sich, schaltet den Motor ab und steigt aus dem Auto.

Kopfschüttelnd folgt sie ihm und meint, eher zu sich selber: „Wetten, dass sie sich so aufgetakelt hat, weil die Presse einen Bericht vom Fest schreibt?"

„Wo waren Sie denn so lange?", erkundigt sich die Heimleiterin mit einer dicken Sorgenfalte auf der Stirn. „In einer dreiviertel Stunde fängt die Feier an, und es ist noch allerhand zu erledigen. Ich weiß gar nicht, wo mir der Kopf steht." Nach dem prüfenden Blick auf die Blumenbestellung gibt es ein paar Anweisungen, wo diese zu platzieren sind. Unmittelbar darauf dreht sie sich auf dem Absatz um und stöckelt davon.

Die Floristen schauen der Auftraggeberin nach, wie diese mit einer imaginären Person diskutierend im Haus verschwindet. Mit je einer Transportkiste auf dem Arm folgen sie ihr. Beim Betreten des Eingangsbereichs sehen Florian und Judith, wie sich soeben die Bürotür der Heimleiterin schließt. Beide sind erleichtert, jetzt ohne strenge Aufsicht arbeiten zu können. Sie laufen den Flur entlang, der sich durch das gesamte Erdgeschoss zieht. Kurz darauf verlassen sie das Gebäude wieder durch die Hintertür.

Hier grenzt ein kleiner Park an. Seine alten und hochgewachsenen Bäume spenden nicht zu viel, aber ausreichend Schatten. Damit sich die Heimbewohner nicht nur drinnen aufhalten, wurde vor ein paar Jahren auf dieser Seite des Hauses eine Holzterrasse errichtet. Sie ist mit einem Geländer eingezäunt, an dem der Hausmeister in unterschiedlichen Abständen blaue Blumenkästen befestigt hat. Einige rüstige Rentner kümmern sich, mit Erlaubnis der Heimleitung, um die Kästen, das heißt, sie werden von ihnen bepflanzt und gepflegt. In diesem Sommer fiel die Entscheidung auf rosafarbene Geranien. Aber nicht nur die Bepflanzung, sondern die ganze Atmosphäre lädt zum Verweilen ein. Da ist zum einen das monotone Brummen der Umgehungsstraße aus der Ferne, welches an einen Bienenschwarm erinnert. Unweit der Terrasse hingegen ist ein Hämmern zu hören. Es ist ein Specht, der an einem der Bäume irgendwo im Park sitzt und nach Nahrung sucht. Dazu kommt das Stimmengewirr der am Haus vorbeilaufenden Passanten. Dieses Konzert verschiedenster Geräusche zeugt vom betriebsamen Leben der Stadt.

Zum Glück hat es jetzt aufgehört zu regnen, bemerkt Judith und stellt ihre Transportkiste auf dem Boden ab. *Sonst würde das Sommerfest, auf das sich die alten Herrschaften mit großer Wahrscheinlichkeit schon das ganze Jahr freuen, ins Wasser fallen. Und das wäre schade.*

Nachdem Florian seine Kiste ebenfalls abgesetzt hat, eilt er zurück zum Auto, um den Rest zu holen.

Von einer auf die andere Sekunde wird Judith traurig, denn die Erinnerung an ihre verstorbene Mutter wallt auf. *Hier hast du deine letzten Monate verbracht. Ich vermisse dich so!* Ihre Augen füllen sich mit Tränen. Nur mit Mühe und Not verhindert sie, dass diese die Wangen herunter kullern. Um sich abzulenken und vor allem um die Örtlichkeit schnell wieder zu verlassen, fängt sie an, auf den mit Geschirr eingedeckten Tischen die liebevoll arrangierten Blumengestecke zu verteilen.

Es dauert nicht lange, bis sich die ersten Senioren auf der Terrasse einfinden. Einige grüßen freundlich. Andere hingegen gucken skeptisch dabei zu, wie die Fremden mit den Gestecken hin und her flitzen. Aber eines haben alle gemeinsam. Sie machen es sich auf einem der Stühle bequem und warten darauf, dass die Feier anfängt.

Och nee ... Aus dem Augenwinkel beobachtet Judith etwas, was ihr gar nicht gefällt. *Muss die alte Dame unbedingt sämtliche Blumen angrabbeln*, schimpft sie verärgert in sich hinein. *Das hat jede Menge Arbeit und Zeit gekostet, die Gestecke* ...

„So, dess war's. Mir sind ferdich", sagt Florian. Dabei bemerkt er, wie seine Arbeitskollegin eine der Heimbewohnerin brüskiert anstarrt, und fügt hinzu: „Se will beschdimmd nur wissa, ob d Blum echd isch."

„Ich weiß", gesteht sie zähneknirschend. „Trotzdem tut es mir in der Seele weh, wenn ich so etwas sehe."

„Komm, lass uns abhaua. Monika warded sichr scho ungeduldich", meint er, greift sich ein paar leere Transportkisten und verschwindet.

Ja, es wird Zeit, stellt Judith fest. Sie schnappt sich den Rest der Arbeitsutensilien und macht sich daran, ihrem Kollegen zu folgen. Aber in dem Moment, in dem sie sich schwungvoll umdreht und ebenfalls durchs Haus laufen will, versperrt jemand den Weg. „Ups, Entschuldigung", rutscht ihr spontan über die Lippen. Bei einem flüchtigen Blick registriert sie einen Mann, der älter ist. Jedoch nicht so alt, dass sie ihn für einen der Heimbewohner hält – das verraten ihr seine Haare. *Gewiss waren sie einmal dunkelbraun bis schwarz,* überlegt Judith angesichts der ersten Altersanzeichen, die besonders an den grau melierten Schläfen und dem gestutzten Vollbart zu erkennen sind. Ihre Altersprognose lautet daher: *ungefähr ... Anfang bis Mitte fünfzig.* Beim Versuch vorbeizukommen bemerkt sie eine weitere Person. Es ist eine kleine ältere Frau. *Vom Aussehen her könnte es seine Mutter sein.* Sie steht neben ihm und blockiert genauso wie er den Eingang zum Gebäude.

„Hallo Mutter", grüßt er beim Betreten des Zimmers. Jedes Mal, wenn Dietmar im Altersheim einen Senioren-Gymnastik-Kurs gegeben hat und hinterher noch etwas Zeit ist, schaut er kurz bei ihr vorbei. Mit der weiter fortschreitenden Altersdemenz verabschieden sich nicht nur stetig die Erinnerungen, sondern ebenfalls das Zeitgefühl. Von daher ist es egal, dass er sie bereits am Wochenende besuchen kam. „Wie fühlst du dich heute?"

„Ich geh da nicht hin", meint sie mürrisch. „Dort sind nur alte Weiber und Tattergreise. Was soll ich bei denen?"

Nicht zum ersten Mal liegt sie ihrem Sohn in den Ohren, dass sie nicht beim Sommerfest mitmachen will. Er hingegen ist der Meinung, dass ihr ein bisschen Abwechslung vom Heimalltag guttun wird, und antwortet: „Alt zu sein ist keine Krankheit. Außerdem bist du auch nicht mehr die Jüngste." Unbeeindruckt vom tödlichen Blick, den sie ihm in diesem Moment zuwirft, fährt Dietmar fort: „Sonst beschwerst du dich ständig, dass hier nichts los ist, und jetzt, wo sie ein Fest für euch ausrichten und sogar die Presse darüber berichtet, da kneifst du?"

„Papperlapapp … ich kneife nicht. Ich will mich nur nicht zu irgendetwas zwingen lassen."

Als könnte dich irgendwer zu irgendwas zwingen. Phä … dafür bist du zu stur, denkt er und antwortet: „Überleg's dir. Denk mal an das Krimidinner. Darauf hattest du ebenfalls keine Lust und zum Schluss warst du sogar begeistert." *Oh ja, dieser Abend war nicht nur für dich ein Erlebnis, sondern ganz besonders für mich*, erinnert er sich mit einem jubelnden Lächeln. *Seitdem ist mein Leben wieder aufregender.* Ein Poltern vor der Zimmertür reißt ihn aus seinen Gedanken. „Außerdem …", erzählt er weiter: „… hat mir deine Freundin vor ein paar Tagen anvertraut, dass sie auch kommt."

„Welche Freundin?"

„Ella Schierling."

Mit leuchtenden Augen erkundigt sich die alte Dame: „Hat sie das?"

„Ja."

„Na, wenn das so ist", meint seine Mutter, steht vom Stuhl auf und läuft los. An der Tür bleibt sie stehen und dreht sich um. „Nun komm schon, mein Junge. Wir können doch die arme Ella nicht so lange warten lassen. Stell dir nur vor, was mit ihr passiert, sobald die oll'n Tattergreise sie umgarnen", erklärt Frau Friese besorgt.

„Oh Gott, das wäre ja tragisch", antwortet er ironisch. Vor seinem geistigen Auge erscheint das surreale Bild, wie die kraftlosen Arme seiner Mutter eine kleine Person vor den anderen alten Herrschaften verteidigt. Dietmar verkneift sich ein Grinsen, denn ihm ist bewusst, dass Frau Schierling nicht auf den Mund gefallen ist und ausgezeichnet auf sich alleine aufpasst. *Ich werd den Teufel tun und mich mit dir über so etwas streiten*, beschließt er und wechselt das Thema. Behutsam schiebt er sie dabei aus dem Zimmer und begleitet sie nach unten.

Im Erdgeschoss herrscht reges Treiben. Einige haben es sich auf den im Flur stehenden Sesseln bequem gemacht. Andere wiederum schlurfen mehr oder weniger orientierungslos den Gang auf und ab. Hin und wieder bleibt eine der Altenpflegerinnen stehen. Mit einer Engelsgeduld erklärt sie dann, dass das Sommerfest in Kürze auf der Terrasse stattfindet und sich alle Heimbewohner dort einfinden sollen.

„Wo ist Ella? Siehst du sie?"

Dietmar schaut sich kurz um und antwortet: „Nein, noch nicht."

„Bist du dir sicher, dass sie herkommt?"

„Ja." *Zumindest hat sie es gesagt. Und wie ich Frau Schierling kenne, hält sie ihr Wort.*

„Aber wo ist sie? Ich sehe sie nirgends."

„Keine Ahnung. Vielleicht ist sie draußen ... komm, wir schauen mal nach." Mit sanftem Druck bringt er seine Mutter dazu, den anderen Senioren in Richtung Veranda zu folgen. In der Tür, die ins Freie führt, bleibt er abrupt stehen, weil beinahe jemand in ihn hineingelaufen wäre. Er stutzt. Mit dem, was seine Augen erblicken, hat er nicht gerechnet. *Heute? Ja, sicher! Aber nicht hier und schon gar nicht um diese Uhrzeit*, denkt er und freut sich. „Ups, Entschuldigung", hört er die Person, die vor ihm steht und den Weg versperrt, sagen. Ihr kurzer schüchterner Blick lässt sein Herz höherschlagen und das Blut in den Adern rasen.

„Warum geht's denn nicht voran?", erkundigt sich seine Mutter.

Ungeduldig bohrt sich ein spitzer, zittriger Zeigefinger in den Rücken. Dietmar ist von ihren Wünschen unbeeindruckt. Weder antwortet er noch läuft er weiter. Er tritt auch keinen Schritt beiseite, damit sie an ihm vorbeikommen kann.

Es hilft alles nicht. Sie ist neugierig und will wissen, was los ist. Also verschafft sich Frau Friese selbst einen Eindruck. Und zwar jetzt! „Ella? Ella, bist du das?", ruft die alte Dame freudig erregt und drängelt weiter. Sie erhascht einen kurzen Blick durch die Arme ihres Sohnes, dann macht sich Enttäuschung breit. „Ach, Sie sind ja gar nicht meine Ella."

„Entschuldigung ... Darf ich mal bitte? Ich möchte durch."

„Sind Sie neu? Ich habe Sie noch nie gesehen", stellt Frau Friese fest.

„Nein. Ich arbeite nicht hier. Ich bin …"

„Schade, dann wissen Sie ja auch nicht, wo meine Freundin steckt. Aber vielleicht ist sie Ihnen ja über den Weg gelaufen. Sie ist …"

„Mutter. Nicht doch … lass die arme Frau in Ruhe. Wir werden Ella gewiss gleich finden."

„Schon gut. Kein Problem", antwortet Judith und richtet die nächsten Worte an die alte Dame an seiner Seite. „Nein, es tut mir leid. Ich weiß nicht, wo Ihre Freundin ist. Vielleicht ist sie dort …", sie zeigt auf eine kleine Gruppe, unmittelbar in ihrer Nähe. „Ich muss jetzt aber wirklich los."

Schade, bedauert er. *Wo wir uns so nett unterhalten, willst du mich wieder verlassen? Nun ja, aufgeschoben ist nicht aufgehoben.* Nachdem Dietmar einen Schritt zur Seite gegangen ist, antwortet er: „Gerne, schöne Frau."

Bei den Worten „schöne Frau" erschrickt Judith, denn sie erinnern sie an die Telefonate mit dem Stalker. *Wie unheimlich! Könnte er es sein?* Jedoch auf dem Weg zum Parkplatz schiebt sie das ungute Bauchgefühl beiseite. *Ich glaube nicht. Mal ehrlich, wie hoch ist die Wahrscheinlichkeit, dass wir ausgerechnet hier aufeinandertreffen? Gewiss sehr klein.* Daher ist sie sich sicher, dass dieser Mann nur einen von vielen Machosprüchen von sich gegeben hat. Nur um seinen Testosteronspiegel zu streicheln. Kurz darauf springt sie ins Auto und sagt zu Florian: „Lass uns fahren."

Kapitel 17

Nachdem Judith aus dem Blickfeld verschwunden ist, steuert die Person, die seine Mutter die ganze Zeit gesucht hat, direkt auf die beiden zu.

„Da seid ihr ja", bemerkt Ella mit einem strahlenden Lächeln im Gesicht. Eine herzliche Umarmung folgt. Anschließend wendet sie sich dem Sohn ihrer Freundin zu. „Guten Tag, Herr Dietmar. Schön, dass Sie Ihre Frau Mutter auf das Sommerfest begleiten. Seit Tagen redet sie von nichts anderem."

„Guten Tag, Frau Schierling. Ach ja? Zu mir hat sie gesagt, dass sie da auf keinen Fall hingeht", bemerkt er verwundert.

Mit einer abwehrenden Handbewegung antwortet Ella: „Das dürfen Sie nicht so ernst nehmen. Sie kennen doch Ihre Frau Mutter. Im Grunde freut sie sich auf die Veranstaltung."

So was in der Art hab ich ihr vorhin auch gesagt. Aber die Alte würde nie zugeben, dass jemand anderes recht hat, stellt er fest und wechselt das Thema. „Wie geht es Ihnen? Was macht das Rheuma? Sie waren lange nicht in meiner Praxis. Wie kommt's?"

„Ach, Herr Dietmar, Sie glauben ja gar nicht, wie oft ich

das schon vorhatte. Aber immer, wenn ich mir vornehme, ein neues Rezept vom Arzt zu holen, kommt irgendetwas dazwischen", erklärt die kleine Dame so glaubhaft wie möglich. Frau Schierling hat geflunkert und hofft, dass ihr Schwindel nicht auffliegt. In Wirklichkeit beabsichtigt sie keineswegs, sich wieder von ihm behandeln zu lassen. Gerüchte, er könnte mit dem Verschwinden einer weiblichen Person in Verbindung stehen, machten vor geraumer Zeit die Runde. Normalerweise gibt die ältere Dame nichts auf Flüsterpropaganda. Aber in den Fall ist es etwas anders, denn sie kannte das Opfer persönlich. Lydia Meierknopf war eine der beiden Optikerinnen aus ihrem Lieblingsladen in der Innenstadt. Auf der einen Seite traute Frau Schierling dem freundlichen Masseur diese abscheuliche Tat nicht zu. Andererseits fällt es ihr bis heute schwer, das Ereignis zu vergessen. Immer wieder spielt sie das Erlebte im Kopf durch.

Sie betrat den Optiker-Laden und steuerte zielstrebig auf den Verkaufstresen zu.

„Kann ich Ihnen helfen?", erkundigte sich Lydia.

„Ich hoffe, meine Liebe", antwortete Frau Schierling. Sie stellte ihre Handtasche ab und fuhr fort: „Es ist so, vor ein paar Wochen habe ich mir den grauen Star wegoperieren lassen. Obwohl mir der Herr Doktor Kötter aufgrund meines Alters davon abgeraten hat. Phä … Was denkt der sich? Im Herbst werde ich erst neunzig. Können Sie sich das vorstellen? Das ist doch nicht alt, oder?", flötete sie vergnügt.

„Wow, das glaube ich jetzt nicht."

„Doch, Kindchen, das können Sie ruhig."

„Das sieht man Ihnen gar nicht an."

„Ach, Kindchen, Sie sind lieb", antwortete Frau Schierling. Sie griff über den Tresen und tätschelte den Arm der Optikerin. „Danke schön."

„Waren Sie bei der Nachuntersuchung?"

„Wie?"

„Was ist mit der Nachuntersuchung?", wiederholte Lydia ihre Frage etwas lauter und langsamer. „Haben Sie die schon bekommen?"

„Ja. Ich war letzte Woche bei Doktor Kötter. Kennen Sie den Herrn Doktor?"

„Wer kennt den nicht! Zu uns kommen einige Kunden, die von ihm behandelt werden", meinte Lydia. Ihr Gesichtsausdruck sprach Bände. „Hat er Ihnen einen Zettel mitgegeben, auf dem die künftige Gläserstärke steht?"

„Nein."

„Nein? Brauchen Sie jetzt keine Brille mehr? Kann ich mir gar nicht vorstellen. Die meisten, die am grauen Star operiert wurden, benötigen eine Lesebrille."

„Doch. Zum Lesen. Aber ich mag den Herrn Doktor nicht. Der ist mir zu überheblich … und seine Sprechstundenhilfe ist auch nicht besser. Sie hält sich zu etwas Höherem berufen, nur weil sie mit dem Herrn Doktor eine Affäre hat. Die ganze Stadt tuschelt schon darüber", flüsterte Ella. Im Nachhinein berichtete sie von der langen Wartezeit in der Praxis. Ihre Stimme bekam einen empörten Unterton, als sie von der Behauptung des Arztes erzählte. Er war der Meinung, dass jede blinde Kuh die Buchstaben an der Tafel erkennen könne, nur Frau Schierling nicht. Sie solle sich doch gefälligst etwas mehr anstrengen.

Die Optikerin schüttelte leicht den Kopf und sagte: „Das ist aber dreist!"

„Nicht wahr? Das sehe ich auch so", stimmte Frau Schierling ihr zu.

„Wenn er so weitermacht, kann er seine Praxis bald schließen", meinte Lydia.

„Na hoffentlich!"

Sie schaute ihre Kundin kurz verdutzt an, bevor sie antwortete: „Da hätte ich genauso wenig Lust, mich behandeln zu lassen. Aber davon mal abgesehen steht bei Ihnen ja noch die Abschlussuntersuchung aus. Wollen Sie trotzdem ein letztes Mal zu Doktor Kötter oder lieber ..."

„Da kriegen mich keine zehn Pferde mehr hin", verkündete Ella Schierling mit einem entschlossenen Gesichtsausdruck. Dabei tätschelte sie erneut den Unterarm der Optikerin, lächelte dann verschmitzt und sagte: „Brauche ich ja auch nicht. Ihr Freund, der Herr Dietmar, hat mich zu Ihnen geschickt ..."

Lydias Gesicht sah so aus, als glaubte sie, sich verhört zu haben. „Mein Freund, der Herr Dietmar ... Welcher Freund? Ich habe gar keinen", platzte es so heftig aus ihr heraus, dass die alte Dame vor Schreck zusammenzuckte. „Wer ist dieser ... Dietmar?" Sie wurde laut und hysterisch.

„Aber, Kindchen, was haben Sie?", erkundigte sich Frau Schierling besorgt.

Die Optikerin fing an zu schwitzen. Außerdem schien ihr übel zu werden, denn sie sah blass aus.

„Sie sind ja ganz weiß im Gesicht. Ist Ihnen nicht gut?"

Nervös tigerte Lydia ein paar Mal am Tresen auf und ab. Schlagartig hatte sie das Gefühl, keine Luft mehr zu bekommen. Sie blieb stehen. Der Atem wurde schnell und stoßweise. Sie hyperventilierte. Schwindel war die Folge und die Beine gaben nach. Der Körper sackte zusammen.

„Kindchen … soll ich Ihrer Kollegin Bescheid sagen?", fragte Frau Schierling das Häufchen Elend.

Die Optikerin nickte.

„Wo steckt sie denn?"

Mit starrem Blick und ohne einen Ton zeigte Lydia mit dem Finger zum hinteren Teil des Ladens.

Vom Lärm angezogen, stand Sekunden später Andrea Kellermann im Verkaufsraum. „Was ist hier los?"

„Kommen Sie schnell! Ich glaube, die junge Frau hat einen Nervenzusammenbruch."

„Oh mein Gott!" In dem Augenblick, wo sie Lydia mit aschfahler Gesichtsfarbe und zitterndem Körper auf dem Boden kauern sah, eilte sie zu ihr. „Lydia … Lydia, schau mich an … So ist es gut … und jetzt … langsam ein- und ausatmen." Sie wendete sich an die alte Dame und fragte: „Was ist passiert?"

„Keine Ahnung. Wir haben uns gerade so nett unterhalten und dann …", antwortete Ella aufgeregt. „Früher wurden Frauen, die einen Nervenzusammenbruch hatten, mit einer Ohrfeige zur Besinnung gebracht. Wissen Sie, ob das heute immer noch üblich ist? Soll ich es mal versuchen? Vielleicht hilft es ja."

„Um Gottes willen, nein!", meinte Andrea empört und schüttelte dabei heftig den Kopf. „Worüber haben Sie sich unterhalten?"

„Was?"

„Worum ging es in Ihrem Gespräch?"

Wie aufs Stichwort betrat ein Arbeitskollege, der für die Nachmittagsschicht eingeteilt war, in diesem Moment das Optiker-Geschäft.

„Du kommst genau zum richtigen Zeitpunkt", sagte Andrea zu ihm.

„Wieso? Was ist passiert?"

„Erklär ich dir später, Erik. Passt du auf den Laden auf? Dann bring ich sie nach hinten."

„Ja. Klar. Kein Problem", antwortete er und half Lydia auf die Beine.

„Ich komme mit", meinte die alte Dame und folgte den beiden Frauen in den Aufenthaltsraum.

„Möchten Sie etwas trinken?", erkundigte sich Andrea, nachdem sie ihre Arbeitskollegin auf einen Stuhl plumpsen gelassen hatte.

„Das ist lieb, Kindchen. Sehr gerne."

Die Optikerin reichte ihr ein Glas Wasser. Ein weiteres stellte sie vor Lydia auf den Tisch. „Hier … trink das. Es wird dir guttun."

Frau Schierling bedankte sich. Sie nahm einen großen Schluck und fing an zu erzählen: „Ich weiß wirklich nicht, was passiert ist. Wir haben uns über meinen neunzigsten Geburtstag unterhalten … über die Augenoperation und dann das rüpelhafte Benehmen von Doktor Kötter. Kennen Sie den Herrn Doktor?"

„Wer kennt den nicht", bemerkte Andrea ironisch. Im nachdenklichen Ton fügte sie hinzu: „Das sind normale Themen. Die hätten Lydia nicht aus der Fassung gebracht. Okay, Doktor Kötter ist ein Arsch … Oh, verzeihen Sie bitte, dass ich das so sage, aber …"

„Schon gut, Kindchen, Sie brauchen sich nicht zu entschuldigen. Was Doktor Kötter betrifft … Sie haben recht. Er ist ein Arsch." Hinter vorgehaltener Hand kicherte die alte Dame wie ein Kind und zwinkerte dabei verschmitzt.

Andrea, die über diese Reaktion erstaunt zu sein schien, kniff ebenfalls ein Auge zu und grinste.

„Ihre Kollegin tut mir so leid. Das arme Ding. Wissen Sie, was ihr fehlt?"

„Nein. Vielleicht können Sie mir ja helfen. Was haben Sie erzählt, gefragt oder gesagt, bevor …"

„Ich erinnere mich nicht mehr … doch warten Sie. Ich sagte, dass ich von ihrem Freund …", Frau Schierling deutete mit einer Hand in Lydias Richtung, „… dem Herrn Dietmar, zu Ihnen in das Optiker-Geschäft geschickt wurde, weil …"

„Moment mal! Lydia hat gar keinen Freund", plapperte sie gedankenlos vor sich hin.

„So etwas hat Ihre Kollegin auch gestammelt."

„Wer zum Teufel ist dieser Dietmar?", erkundigte sich Andrea. In ihrer Stimme schwang eine Mischung aus Angst, Verzweiflung und Wut mit.

„Er sagte mir, er sei der Freund Ihrer Arbeitskollegin."

„Ich habe gar keinen Freund", wiederholte Lydia ihre Worte von vorhin.

„Vielleicht hat sich Frau Schierling verhört und dieser …"

„Kindchen, ich bin zwar in einem gewissen Alter, aber schwerhörig nicht", empörte sie sich. „Ich kenne den Herrn Dietmar schon seit Jahren. Und ich versichere Ihnen, das ist ein anständiger Mann."

„Wenn er so anständig ist, wie Sie sagen, warum behauptet er dann, er sei der Freund meiner Kollegin, obwohl das gar nicht der Fall ist?"

„Woher kennen Sie diesen Dietmar?", hakte Lydia mit Misstrauen in der Stimme nach. „Ist das Ihr Sohn?"

„Aber nicht doch, Kindchen. Ich versichere, das ist ganz anders, als Sie denken."

„Ach ja und wie?", fragte Andrea.

Die alte Dame schaute die beiden Optikerinnen abwechselnd an. Sie schenkte ihnen ein mütterliches Lächeln und fuhr dann fort: „Also gut, ich beantworte Ihre Fragen, wenn Sie mir die meinen beantworten."

Verdutzt nickten Lydia und Andrea synchron.

„Sie müssen wissen, dass ich seit Jahren Rheuma habe. Der Herr Dietmar ist mein Masseur und Physiotherapeut. Zweimal die Woche bin ich in seiner Praxis. Er hilft mir bei den Übungen, damit die Gelenke beweglich bleiben."

„Und dieser … Dietmar … hat Ihnen gegenüber behauptet, dass ich seine Freundin bin?"

„Ja, genau."

„Wann?"

„Wie meinen Sie?"

„Wann hat er das gesagt?"

„Ach so, heute Vormittag … bei der Behandlung, wo ich in seiner Praxis war. Er hat mir sogar ein Foto von Ihnen gezeigt."

„Was für ein Foto?", fragte Lydia erschrocken.

„Ich glaube, es wurde hier in der Stadt aufgenommen. Ja, genau. Sie standen in der Nähe vom Rathaus."

„Krass. Jetzt macht der Spinner sogar schon Bilder von dir", sagte Andrea und warf einen Verdacht in den Raum. „Was ist, wenn der hinter allem steckt?"

„Das hat mir gerade noch gefehlt!"

Besorgt über den Verlauf des Gespräches sah Frau Schierling die beiden erneut im Wechsel an. „Könnten die jungen Damen so nett sein und mich aufklären? Was hat das alles zu bedeuten?"

Lydia berichtete ihr in groben Zügen von den nächtlichen

Anrufen, der Fotocollage in ihrem Briefkasten und der erfolglosen Anzeige bei der Polizei.

Ella hörte sich die Geschehnisse in Ruhe an. Dabei hatte sie Schwierigkeiten, das Erzählte mit ihrem Masseur in Verbindung zu bringen. Für sie war es unvorstellbar, dass er mit der Sache zu tun haben sollte. Er, der stets nette und zuvorkommende Mann. Schlagartig dachte sie an die Worte ihres verstorbenen Ehemanns. Er sagte immer: „Ella, du kannst den Leuten nur bis vor die Stirn gucken. Aber was dahinter vor sich geht, das siehst du nicht." In diesem Augenblick wurde ihr bewusst, wie recht er hatte.

Ein paar Tage später betrat Frau Schierling erneut das Optiker-Geschäft. Wegen des stürmischen Wetters war der Laden menschenleer. Trotzdem schaute sie sich vorsichtig nach allen Seiten um, bevor sie mit gedämpfter Stimme sagte: „Ich wollte fragen, ob sich die Polizei schon bei Ihnen gemeldet hat."

„Nein. Warum? Ist etwas passiert?", erkundigte sich Lydia besorgt.

„Hat das Schwein Sie bedroht?", fragte Andrea.

Die alte Dame schüttelte den Kopf, tätschelte dabei Andreas Hand, die auf dem Tresen lag und antwortete: „Ach, Kindchen, was haben Sie nur für eine blühende Fantasie. Wir sind doch hier nicht in einer Folge vom Tatort. Ich glaube, Sie lesen zu viele Krimis." Bevor die Optikerin protestieren konnte, fuhr Frau Schierling fort: „Wenn wir uns über den Weg laufen oder ich in seiner Praxis bin, dann verhält sich der Herr Dietmar mir gegenüber völlig normal."

„Und warum sollte sich die Polizei bei mir gemeldet haben?", fragte die müde aussehende Lydia.

„Ich dachte, die Beamten haben Sie inzwischen darüber informiert, ob mein Herr Dietmar und Ihr Stalker ein und dieselbe Person sind. Schließlich kann ich ihn wohl kaum darauf ansprechen. Er ahnt doch gleich, wer ihn verpfiffen hat. Und wie das ausgeht, sehe ich jeden Sonntag im Tatort. Nein, danke! … Oh Mann, hätte ich bloß nicht auf Ihr Bitten der Polizei von der angeblichen Beziehung und dem Foto erzählt. Hoffentlich nimmt das kein böses Ende."

Lydia versuchte sie zu beruhigen. „Ich glaube nicht, dass Sie etwas zu befürchten haben", und berichtete, was ihr der Polizeibeamte vor ein paar Tagen per Telefon mitgeteilt hatte. „Es wurden keinerlei Fingerabdrücke auf der Fotocollage gefunden. Irgendwelche anderen Erkenntnisse, zum Beispiel, wer der Täter ist, gibt es leider ebenfalls nicht. Ich weiß, was Sie jetzt wissen wollen, aber ich kann Sie beruhigen. Die Befragung von Ihrem Dietmar hat nichts ergeben. Er hat sogar geleugnet, mich zu kennen."

Dieser Widerspruch und die Tatsache, dass kurz darauf die junge Frau spurlos von der Bildfläche verschwand, regte die alte Dame zum Nachdenken an. Zum Glück wurde Ella Schierling von Andrea Keller auf dem Laufenden gehalten. Sie berichtete ihr, dass die Polizei zwar eine Suchaktion gestartet, aber nichts gefunden hatte. Wochen später dann der Schock! In einem Zeitungsartikel stand, dass Lydia Meierknopf tödlich verunglückt war. Wo sie sich die ganze Zeit aufgehalten hatte, konnte allerdings nie geklärt werden.

Ob es einen Zusammenhang zwischen den damaligen Informationen, dem Verschwinden der Optikerin und ihrem Unfalltod gab, vermag Frau Schierling bis heute nicht zu sagen. Sie weiß nur eins, die Vorwürfe gegen den Sohn ihrer Freundin sind weder belegt noch hundertprozentig aus der Welt geschafft. Aus diesem Grund entschied sie vor einem Jahr, sich von ihm und seiner Massagepraxis zu distanzieren.

„Ella?"

Die alte Dame merkt einen so heftigen Knuff in ihrer Seite, dass sie prompt wieder in der Realität landet. „Hast du etwas gesagt?"

„Wo bist du nur mit deinen Gedanken?", erkundigt sich Frau Friese. „Ich hatte dich gefragt, ob wir uns dort drüben hinsetzen wollen."

Vorsichtig sieht sie sich um. Dietmar ist nirgends zu sehen. „Ist dein Sohn schon weg?"

„Ja, er hat sich vor ein paar Minuten verabschiedet. Sagte, er muss zur Arbeit. Weißt du das denn nicht mehr?"

Nein. Sie hat nicht mitbekommen, wie er gegangen ist. Aber dies erzählt Frau Schierling nicht. Stattdessen antwortet sie: „Komm, wir setzen uns dort vorne hin", hakt sich bei ihrer Freundin ein und steuert auf zwei freie Plätze zu. Am Tisch angekommen erkundigt sie sich freundlich: „Hallo meine Herren, ist hier noch frei?"

Frau Friese, die vorhin auf Teufel komm raus nichts mit den anderen Heimbewohnern zu tun haben wollte, sie sogar als Tattergreis betitelte, ist jetzt wie ausgewechselt. „Aber natürlich haben Herr Schuster und Herr Augustin nichts dagegen, wenn wir uns zu ihnen setzen, nicht wahr?" Und bevor diese ihren Protest äußern können, lässt sie sich geräuschvoll auf einen der beiden freien Stühle plumpsen.

Kapitel 18

Die Gedanken sind unentwegt bei dem Augenblick, wo er seine Mutter hinunter zum Sommerfest begleitet und nicht damit gerechnet hat, dass das Schicksal es an jenem Tag besonders gut mit ihm meint. Es kann nur Schicksal gewesen sein, denn an einen Zufall glaubt er nicht. Deshalb ist er sich sicher, eine höhere Macht hatte ihre Finger im Spiel. Wer sonst konnte dafür sorgen, dass Judith in dem Moment die Terrasse des Altenheims verließ, als er mit seiner Mutter diese betreten wollte. So kam es, dass die Frau, deren schwarze Löwenmähne ihn vom ersten Augenblick faszinierte, fast in ihn hineingelaufen wäre. Welch himmlische Überraschung! Eine Überraschung ganz nach seinem Geschmack. Im Gegensatz zu dem, was am Abend und in der Nacht zuvor geschah.

Zunächst durchkreuzte am späten Nachmittag ein Anruf seine Pläne. Die Stationsschwester aus dem Altersheim drängte darauf, dass er umgehend wegen einer dringenden Angelegenheit vorbeikommen sollte. Er hakte nach, worum es denn gehe. Sie äußerte daraufhin den Verdacht, Frau Friese habe etwas gestohlen. „So ein Quatscht. Sie hat es gar nicht nötig, zu klauen. Schließlich bekommt sie von mir alles, was sie zum Leben braucht", beteuerte er empört.

Natürlich konnte er die Argumente beziehungsweise, die Handlung des Heimpersonals nachvollziehen. Immerhin arbeitet auch er in der Praxis bereits seit Jahren mit älteren Menschen. Daher weiß er, wie manche Senioren drauf sind. Was seine Mutter betrifft – gewiss hat sie einige Marotten, aber Kleptomanie gehört nicht dazu. Er behielt recht. Kurz nach der Ankunft im Heim stellte sich heraus, dass die Behauptung, Frau Friese habe etwas gestohlen, nicht eine Sekunde standhielt. „Hab ich's doch gleich gewusst", sagte er verärgert. „Den Weg hätte ich mir sparen können. Schließlich gibt es Wichtigeres, als irgendwelchen Hirngespinsten hinterherzujagen." *Zumindest für mich*, bemerkte er und fuhr nach Hause.

Kaum fiel die Wohnungstür hinter ihm ins Schloss, machte er es sich vor dem Computer bequem. Die Aussicht, seine Liebste endlich, mittels der heimlich installierten Kameras, ungestört zu beobachten, zauberte ihm ein lüsternes Grinsen ins Gesicht. Am Anfang sah es so aus, als wäre der Abend vielversprechend. Was er sah, ließ sein Herz höherschlagen. Auf dem Bildschirm war ein Badezimmer zu sehen. Die Tür der Duschkabine öffnete sich und Judith trat heraus. In dem Moment, in dem sein Zeigefinger zärtlich die Silhouette ihres nackten Körpers nachzeichnete, machte sich Wasserdampf im gesamten Raum breit. Daraufhin verschwanden nach wenigen Sekunden sämtliche Konturen, was ihn frustrierte. Aber nur kurz. Als hätte sie seine Enttäuschung gehört, öffnete sich einen Moment später die Zimmertür, und der Dampf waberte langsam hinaus in den Flur. Ganz zu seiner Freude. Je mehr sich der Nebel lichtete, desto schärfer wurden ihre Umrisse. Und nicht nur das. Er sah, wie Judith mit einem Badehandtuch um den Körper geschlungen vor dem Waschbecken stand und regungslos den Spiegel anstarrte. Mit schmachtenden Augen und pulsierenden Adern sagte er: „Ich weiß, was du dir ansiehst." In der Tat. In der Zeit, in der er heimlich die Kameras in ihren vier Wänden installierte, hatte er ein Andenken hinterlassen. Auf der Glasfläche schrieb er mit einem durchsichtigen Fettstift die Worte „Hallo, meine Schöne." Zusehen, wie sie darauf reagierte – erst starr vor Schreck, dann panisches Hin- und Hertigern in der Wohnung, erregte ihn. Doch nach einer Weile hatte sie sich gefangen, lief ins Wohnzimmer, setzte sich aufs Sofa und …

Die Sirenen mehrerer Martinshörner dröhnten durch das angekippte Fenster.

Dietmar schreckte hoch. Gähnend rieb er sich erst die Augen und schaute dann auf die Armbanduhr – drei Uhr siebenundfünfzig. *Ich bin wohl eingeschlafen*, stellte er schlaftrunken fest. In dem Moment, in dem sein Blick den schwarzen Monitor streifte, fiel ihm Judith wieder ein. „Mist! Ich wollte dich doch beim Schlafen beobachten." Hektisch bewegte er die Computermaus hin und her.

Nichts, nur ein leeres Wohnzimmer!

In der Hoffnung, dass sie im Bett lag, rief er das Schlafzimmer auf den Bildschirm. Was er sah, war nicht seine Herzallerliebste, sondern ein Katzenbaby. Daraufhin suchte er weiter. Zum Entsetzen stellte er aber fest, dass sie sich gar nicht in der Wohnung aufhielt. Um dem Ärger Luft zu machen, haute er wütend mit der Faust auf den Schreibtisch. Es brauchte eine Weile, bis sich Dietmar etwas beruhigte und wieder einen klaren Gedanken fassen konnte. Er beschloss, einen Blick auf die Aufnahme der letzten Stunden zuwerfen. Was folgte, gefiel ihm gar nicht.

„Verdammt! Hätte mich die blöde Tussi nicht wegen einer Lappalie ins Heim zitiert, dann wäre mir nicht entgangen, dass der Möchtegern-Wikinger unerlaubt bei Judith rumgelungert hat. Ich hasse es, wenn der Spinner mir ständig dazwischen funkt … Na warte! Das wird sich jetzt ändern!" Seinen Entschluss, dem Widersacher erneut eine Lektion zu erteilen, setzte Dietmar nicht sofort um. Nicht, weil er nicht wollte. Im Gegenteil! Sein Wille war groß! Es fehlte schlicht die passende Gelegenheit. Immerhin hatte um diese Uhrzeit die GraftMühle seit Stunden geschlossen und sein Erzfeind war längst zu Hause, wo auch immer das sein mag. Der Gedanke, den Racheplan zu verschieben, störte ihn. Aber vielleicht war es ja taktisch klug, dass er warten musste. Nicht, weil dadurch sein Groll verschwand. Frei nach der Redewendung „aus der Not eine Tugend machen" nutzte er den Zeitverlust, um etwas Spezielles auszutüfteln. Dietmars Ziel – den Nebenbuhler ausschalten, sodass er endgültig die Finger von seiner Judith lässt.

In der darauffolgenden Nacht ist es endlich so weit. Nicht zum ersten Mal bezieht er im Schutz der Dunkelheit einen Beobachtungsposten unter freiem Himmel. Bei der letzten Maßnahme versteckte er sich hinter einer Baumgruppe. Damals funktionierte die Taktik. Letztlich war er derjenige, der nach dem Zweikampf als Sieger mit stolzgeschwellter Brust heimwärts lief. Eine weitere „Mann-gegen-Mann-Aktion" ist aber nicht geplant. Heute soll, nein muss die Lektion Früchte tragen! Ein für alle Mal wird dann der Rivale aus seinem und vor allem aus Judiths Leben verschwinden! Davon ist er überzeugt.

Dietmar trifft dreiundzwanzig Uhr fünfundzwanzig in der Graft ein. Er hat Glück, denn der Parkplatz der Graftwiesen ist menschenleer. Ihm bleibt etwas mehr als eine halbe Stunde, um seinen Plan auszuführen. Die bewusste Entscheidung für diese Uhrzeit hat zwei Gründe. Zum einen liegt es ihm fern, Kollateralschäden zu verursachen. Nur einer einzigen Person will er eine gehörige Abreibung erteilen. Zum anderen ist die Chance, nicht entdeckt zu werden, jetzt größer. Trotzdem ist es sicherer, wenn er Augen und Ohren offen hält.

Vielleicht ist irgendwo auf der Welt eine traumhafte Sommernacht mit klarem Sternenhimmel und Vollmond, so, wie es der Wetterbericht prophezeit hat. Aber nicht in Delmenhorst. Hier ertönt in der Ferne ein Grummeln. Petrus legt in diesem Moment einen Schalter um und es fängt an zu regnen. Dicke Tropfen prasseln mit hoher Geschwindigkeit auf die Erde. Ein dumpfes Grollen nähert sich rasch und wechselt zu einem lauten Donner. Dazu liefert Mutter Natur ein gigantisches Schauspiel, in dem sie in unregelmäßigen Abständen Blitze über den schwarzen Himmel zucken lässt.

Binnen weniger Minuten ist er klatschnass. Abgesehen davon läuft schon wieder etwas nicht nach Plan. Die aufkommenden Windböen und Temperaturen um neun Grad Celsius, ja sogar die durchnässte Unterwäsche, die ihm unangenehm am Hintern klebt, ist ein Klacks zu dem, was ihm soeben bewusst wird. „So ein Mist!", schimpft Dietmar. Er war sich so sicher, akribisch recherchiert zu haben. Nun stellt er aber mit Bedauern fest – es war alles für die Katz. Mit einer imaginären flachen Hand schlägt er sich auf die Stirn und fragt sich: „Warum ist mir das nicht eher in den Sinn gekommen? Na logisch sieht die Gegend am Tag ganz anders aus als in der Nacht. Mann bin ich ein Esel!"

Verärgert über seine eigene Dummheit tritt er mit dem Fuß einen vor ihm liegenden Pappbecher weg. Dieser landet kurz darauf irgendwo in der Dunkelheit. Dietmar spielt in Gedanken noch einmal alles durch. Er kam nach der Arbeit in die Graft, um ein passendes Versteck zu suchen. Der Platz zwischen dem Tretboothäuschen und der nebenstehenden Hecke schien ideal zu sein. Aber jetzt, wo er davor steht, gibt es ein Problem namens Laterne. Eines dieser großen Ungetüme, welches die Stadtverwaltung entlang des Gehweges aufstellen ließ, befindet sich genau an derselben Stelle. Und das ist nicht alles. Ihr grelles Licht vermasselt ihm jeglichen Spaß an der geplanten Aktion. „Wie blöd von dir! Warum passt du nicht besser auf? Bist du eingerostet? Hast du geschlafen? Oder was? … Mensch Alter, reiß dich zusammen. Das ist doch nicht das erste Mal, dass du nachts unterwegs bist", schimpft er leise mit sich selbst. Langsam dreht sich Dietmar ein paar Mal um die eigene Achse. „Jetzt heißt es … kühlen Kopf bewahren. Okay … ich muss umdisponieren … Wenn nicht da … wohin dann?" Abrupt bleibt er stehen. *Wie es aussieht, gibt es zwei Möglichkeiten. Links ist ein Spalt der Hecke zum Abtauchen oder dort auf der anderen Seite ist ein Baum zum Verstecken. So mach ich's.* Ohne lange darüber nachzudenken, entscheidet er sich für rechts. Hier steht auf einer kleinen Wiese ein dicker Baumstamm. *Perfekt!* Doch bevor sich Dietmar dahinter postiert, hat er einiges zu erledigen. Er dreht sich um, läuft zielstrebig über den Parkplatz und stoppt vor einem alten Auto. Ein letzter Blick auf die Uhr. *Die Zeit sollte reichen!* Daraufhin holt er etwas aus dem mitgebrachten Rucksack und macht sich damit unterm Fahrzeug zu schaffen.

Kapitel 19

Darren verlässt kurz nach Mitternacht die alten Gemäuer der GraftMühle. Erschöpft folgt das allabendliche Ritual – Gummiband aus dem Haar entfernen und die dicke Eichentür abschließen. *Zum Glück ist das Gewitter weitergezogen,* stellt er mit einem Blick in den Himmel fest und bemerkt gleichzeitig: *Dafür hat es sich aber gewaltig abgekühlt.* Mit hochgeschlagenem Kragen steckt er sich eine Zigarette an und trottet los.

Auf dem Weg zu seinem Auto, das er vor Arbeitsbeginn auf dem Parkplatz der Graftwiesen abgestellt hat, sieht er vor sich einen Obdachlosen. Andere haben bereits einen Platz zum Schlafen gefunden. Dieser hingegen scheint spät dran zu sein. Mit einer fiktiven Person redend und vor Trunkenheit wankend schiebt er einen Einkaufswagen vollgestopft mit Habseligkeiten vor sich her. Ansonsten ist keine Menschenseele weit und breit zu sehen oder zu hören.

Darren setzt seinen Weg fort. Es dauert nicht lange, bis er an der Stelle vorbeimuss, an der er vor einiger Zeit von jemand hinterrücks überfallen wurde. Sofort beschleicht ihn ein mulmiges Gefühl. Automatisch sieht er sich aufmerksam nach sämtlichen Seiten um. Erst nachdem er unbeschadet bei den Tretbooten angekommen ist, macht sich Erleichterung breit. *Nichts passiert! Sehr gut!*

Genau wie in den anderen Nächten wippen auch heute die Boote, wie nach einer imaginären Musik tanzend, auf und ab. Ungeachtet dessen sind nicht alle am Ufer befestigt. Entweder war jemand schlampig oder der Wind hat bei einigen Tretbooten die Knoten gelöst, sodass sie jetzt in einem gewissen Abstand zur Böschung treiben. Gleich neben der Anlegestelle steht eine uralte Trauerweide. Mit jeder kräftigen Windböe sieht es so aus, als ob einer der ausladenden Zweige die Wasseroberfläche kämmt.

Am Wagen angekommen schnipst Darren den Zigarettenstummel auf den Boden und tritt die Glut aus. Kurz vor dem Einsteigen erregt etwas seine Aufmerksamkeit.

Schrammen!

Sie ziehen sich über die gesamte Fahrerseite. Na gut, sein Auto ist nicht mehr das Neuste und weist bereits einige Gebrauchsspuren auf, aber das geht gar nicht! Irgendjemand hat mutwillig fremdes Eigentum beschädigt – sein Eigentum! An einem anderen Tag und zu einer anderen Uhrzeit würde er sich darüber nicht nur ärgern, sondern vor Wut toben. Heute jedoch nicht. Ihm fehlt schlicht die Kraft dafür. Es war eine anstrengende Schicht mit einer großen Hochzeitsgesellschaft, einer kulinarischen Lesung und dem üblichen Publikumsverkehr. Alles, was Darren müde von sich gibt, ist: „Och nö … echt jetzt?" Mit dem Vorsatz, das Auto in den nächsten Tagen zur Werkstatt zu bringen, denkt er: *Shit happens … Es ist eh nicht zu ändern und schon gar nicht um diese Uhrzeit. Außerdem bin ich zu groggy, um mir den Kopf darüber zu zerbrechen, wieso, wes-*

halb, warum irgendein Idiot ausgerechnet meinen Wagen zerkratzt hat. Es gibt Wichtigeres!

In der Tat, denn der materielle Wert ist, im Gegensatz zum Menschenleben, ersetzbar. Aus diesem Grund hindert ihn die Sorge um seine Freundin daran, trotz Müdigkeit direkt heimzufahren. *Judith hat in letzter Zeit viel durchgemacht*, bedauert er. Daher hat Darren den Entschluss gefasst, sie vorerst so wenig wie möglich alleine zu lassen. Was aufgrund ihrer unterschiedlichen Arbeitszeiten nicht immer optimal umzusetzen ist. Es gibt aber auch einen Vorteil. Singles sind niemandem Rechenschaft schuldig. Deswegen ist es kein Problem, wenn er nach Schichtende mitten in der Nacht durch die halbe Stadt fährt, um sein Versprechen einzulösen.

Um schnell ans Ziel zu kommen, würde er jetzt am liebsten kräftig aufs Gaspedal treten, das heißt, statt mit den erlaubten 30 km/h mit 50 km/h vom Parkplatz fahren. Einer inneren Eingebung folgend hält er sich heute aber an die vorgeschriebene Geschwindigkeit. Zum Glück! Nachdem er nach ein paar hundert Meter wegen einer Linkskurve auf die Bremse tritt, gibt es Schwierigkeiten. Aus ihm unerfindlichen Gründen lässt sich das Bremspedal ohne Widerstand bis zum Anschlag durchtreten. Darren ist irritiert. Bisher hatte es doch tadellos funktioniert. „Wow, was ist denn jetzt los? Warum spinnt das Teil? Was geht hier vor?" Augenblicklich nimmt er den Gang raus. Immerhin bekommt der Wagen so keinen Antrieb mehr, jedoch ist die Gefahr noch nicht vorbei. In den nächsten fünfzig Metern muss er rasch eine Entscheidung treffen – rechts abbiegen oder geradeaus weiterfahren. Direkt weiterzufahren bedeutet, dass er ohne Umschweife auf die Hauptstraße zufährt. Es bedeutet aber auch, dass, wenn das Auto dort ausrollt, es unweigerlich zu einem Verkehrshindernis wird. Zwar sind um diese Uhrzeit nicht viele Fahrzeuge unterwegs, trotzdem entscheidet sich Darren dafür, rechts abzubiegen. *Sicher ist sicher.*

Auch wenn die Nebenstraße bereits nach wenigen Metern mit einem Knick nach links endet, hofft er, rechtzeitig anzuhalten. Der Plan geht auf, aber nur zum Teil. Die Geschwindigkeit des Autos verlangsamt sich, sodass es allmählich ausrollt. Trotzdem gibt es keinen Grund zum Jubeln, denn Darren bleibt nicht an der erhofften Stelle stehen. Schuld hat die Fahrbahn der Nebenstraße. Sie ist auf dem letzten Meter etwas abschüssig. Daher stoppt der Wagen letztlich erst auf der Kreuzung der Hauptstraße.

„Mist! Genau das wollte ich vermeiden", schimpft er und schaltet den Motor aus. In dem Moment, in dem Darren aussteigen und sein Auto per Muskelkraft von der Straße schieben will, sieht er von links ein Licht auf sich zu kommen. Zeit zum Reagieren ist nicht.

Binnen weniger Sekunden rast ein Lastkraftwagen ungebremst in den liegengebliebenen Pkw. Mit einem lauten Quietschen kommt der Laster einige Meter weiter zum Stehen. Der Kleinwagen dreht sich durch den heftigen Aufprall um neunzig Grad und landet auf der anderen Fahrbahn. Der große Wagen hat Glück. Seine Schäden halten sich in Grenzen. Bei dem kleineren Auto hingegen sieht das Ergebnis verheerend aus. Kotflügel, Motorhaube und Tür – eingedrückt. Achse und Rahmen – verzogen. Fensterscheibe auf der Fahrerseite – zersplittert.

Dasselbe gilt für die jeweiligen Insassen. Auch hier gibt es erhebliche Unterschiede. Der Fahrer des Lastkraftwagens erleidet lediglich einen Schock. Darren hingegen hat es schwer erwischt. Von Schleudertrauma über Gehirner-schütterung, zwei angeknackste Rippen, links Unterschen-kelbruch und diverse Schnittverletzungen im Gesicht ist alles vertreten.

Nach einigen Minuten der Bewusstlosigkeit kommt Darren wieder zu sich. Er ist verwirrt. *Was ist passiert?* Der Kopf schmerzt heftig und ihm ist übel. Trotzdem versucht er, sich aus dem Auto zu befreien. Ohne Erfolg! Der Gurt lässt sich nicht lösen und sein Fuß ist durch den Aufprall eingeklemmt.

Er holt etwas aus seinem Rucksack und macht sich damit unter einem der Fahrzeuge zu schaffen. Dietmar ist fast fertig, unterdessen ist unweit eine Stimme zu hören. *Nun aber schnell weg*, ermahnt er sich, krabbelt unterm Auto hervor und schaut sich um. Ein Obdachloser, der einen vollgestopften Einkaufswagen vor sich herschiebt und da-bei Selbstgespräche führt, torkelt auf ihn zu. Um nicht ge-sehen zu werden, versteckt sich Dietmar hinter dem dicken Baum, den er vorhin auf der kleinen Wiese genau für so einen Notfall ausgesucht hat. Von hier aus hat er einen aus-gezeichneten Überblick.

Der Obdachlose stoppt bei der uralten Trauerweide. Eine Weile diskutiert er mit dem schwimmenden grünen Tretboot-Drachen und setzt dann seinen Weg in Richtung Graft Spielplatz fort.

Kaum ist dieser außer Sicht, erscheint Darren auf der Bildfläche. Am Wagen angekommen lässt er den Zigaret-tenstummel auf den Boden fallen und tritt die Glut aus. Kurz vor dem Einsteigen erregt etwas seine Aufmerksam-keit. Es sind Kratzspuren, die sich über die gesamte Fahrer-seite ziehen.

Dietmar freut sich, denn es war sein Werk. „Da guckst du. Wart mal ab, das ist erst der Anfang!", flüstert er und reibt sich schadenfroh die Hände. Ein paar Minuten später sieht er, wie sein Erzfeind ins Auto steigt und losfährt. Dietmar folgt ihm im Dauerlauf. Was relativ einfach ist, weil sich Darren an die Straßenverkehrsordnung hält. Lange braucht er aber nicht zu laufen. Kurz vor der nächsten Kurve bemerkt Dietmar auf dem Boden eine unübersehbare Spur. Trotz der Dunkelheit ist sie im Schein einer in der Nähe stehenden Laterne ausgezeichnet zu erkennen. Es handelt sich um Bremsflüssigkeit. Nur mit Mühe unterdrückt er einen Jubelschrei. Einen Augenblick später beobachtet er belustigt, wie der Wagen seines Widersachers hin und her eiert. Darren scheint vergeblich zu versuchen, sein Auto unter Kontrolle zu bekommen. Letztlich bleibt das Fahrzeug auf der Hauptstraßenkreuzung neben dem Wasserturm stehen. Dietmar huscht hinter die Hecke, die unweit vom Haus einer Krankenkasse gepflanzt wurde. In diesem Moment passiert genau das, was er mit seiner Aktion beabsichtigt hat. Es knallt!

Ein Lastkraftwagen rast ungebremst in den liegengebliebenen Pkw. Der Laster stoppt erst ein paar Meter weiter. Zeitgleich dreht sich der Kleinwagen durch den heftigen Aufprall um neunzig Grad und landet schließlich auf der gegenüberliegenden Fahrbahn.

Dietmar kennt sich nicht sehr gut mit Autos aus. Aus dem Grund hat er damit gerechnet, dass der Unfall etwas später passiert. Dass er live dabei sein darf, versetzt ihn in Hochstimmung. Es ist eine Genugtuung, sich auszumalen, was in diesem Augenblick in dem Möchtegern-Wikinger vorgeht. Er kann seine Freude nicht mehr unterdrücken und hüpft hinter der Hecke von einem Bein aufs andere. Sein Tänzchen findet ein jähes Ende, als er sieht, dass ein Streifenwagen am Unfallort eintrifft. Kurz darauf folgen Notarztwagen und Feuerwehr. Die Verlockung, sich ebenfalls zur Unfallstelle zu begeben, ist sehr groß, jedoch nicht ratsam. Bei einer Traube von Menschen vor Ort, wäre es etwas anderes, dann könnte er sich unter die Schaulustigen mischen. Aber so nicht. Er hält sich zurück. Schließlich möchte er nicht, dass jemand seine Anwesenheit mitbekommt. Daher beobachtet er das Geschehen weiterhin in gebührendem Abstand.

Mit unerträglichen Schmerzen am Kopf, im Bereich des Oberkörpers und am linken Bein kommt Darren wieder zu sich. Das Atmen fällt schwer, ihm ist übel und schwindlig. Orientierungslos schaut er sich um. *Was ist passiert? Wie komme ich hierher und ... was macht der da?*

Ein untersetzter Mann, der wild gestikulierend telefoniert, läuft nervös zwischen den beiden Unfallwagen hin und her. Seine Füße sind nackt. Ansonsten ist er mit einem bekleckerten Feinrippunterhemd und einer alten Jeans bekleidet.

Einige Satzfetzen dringen an Darrens Ohr: „Unfall ... schnell ... Ja, ein Verletzter ... Ja, sieht schlimm aus ... keine Ahnung ...", dann wird es erneut dunkel.

„Hallo? Hören Sie mich?"

Er merkt, wie eine sanfte Hand seine Schulter berührt, und öffnet langsam die Augen.

„Sehr schön." Auf dem Beifahrersitz kniet eine fremde Frau. Sie erklärt im ruhigen Ton, dass er einen Unfall hatte, sie Ärztin sei und dafür sorge, dass er so schnell wie möglich ins Krankenhaus gebracht wird. „Nicht erschrecken. Ich lege Ihnen jetzt zur Stabilisierung der Halswirbel eine Schiene um." Gesagt, getan. Hinterher bombardiert sie ihn mit Fragen. „Wissen Sie, welcher Tag heute ist?"

Er überlegt. Die richtige Antwort fällt ihm aber nicht ein.

„Wie ist Ihr Name?"

„Darren."

„Und weiter?"

Er erinnert sich nicht.

„Gut. Kein Problem." Die Notärztin möchte herauszufinden, inwieweit sein Gedächtnis beeinträchtigt ist. Aus diesem Grund erkundigt sie sich: „Darren, haben Sie eine Ahnung, was passiert ist?"

„Sie sagten … ich hatte einen Unfall."

„Genau. Wissen Sie, wie es dazu kam?"

Mit einem leichten Kopfschütteln will er zu verstehen geben, dass er nicht weiß. Lässt es aber, weil jede Bewegung seine Beschwerden verschlimmert. Daher antwortet er mit brüchiger Stimme: „Ich erinnere mich nicht."

Obwohl sein Gedächtnisverlust auf eine retrograde Amnesie deutet, sagt die Ärztin: „Sie machen das gut, Darren", und erkundigt sich dann: „Haben Sie Schmerzen?"

„Ja", stöhnt er.

„Wo?"

„Überall."

„Okay", sagt sie und fügt mit einem aufmunternden Lächeln hinzu: „Das wird schon. Sie werden sehen, in null Komma nichts sind Sie wieder auf den Beinen", und verabreicht ihm ein Schmerzmittel.

Nachdem die Notärztin zu verstehen gegeben hat, dass das Unfallopfer stabil ist, versuchen ein paar Feuerwehrleute, die Wagentür mit einer Hydraulikschere zu öffnen. Da der linke Fuß des Verunglückten eingeklemmt ist, müssen sie sehr vorsichtig vorgehen. Die Befreiungsaktion dauert daher eine ganze Weile an.

Zeitgleich überwacht die Ärztin die Vitalwerte des Patienten und achtet darauf, dass er nicht wieder das Bewusstsein verliert.

Eine Gruppe von sechs Jugendlichen ist dabei, heute Nacht einen draufzumachen. Dafür haben sie sich zwei Sechser-Träger Bier und eine Flasche Hochprozentigen besorgt. Wie so oft ist ihr Ziel der große Spielplatz in der Graft. Obwohl es verboten ist, wissen sie doch genau, dass sie an diesem Ort ungestört abhängen können. Auf dem Weg dorthin überqueren sie den Marktplatz. Schlagartig erregt etwas ihre Aufmerksamkeit. Kurzerhand entschließt sich die Truppe nachzuschauen, was es mit dem blauen, aufflackernden Licht auf sich hat.

„Scheiße Alter … sieht der fertig aus. Glaubst du, die flicken den nochmal zusammen?", ist die erste Reaktion eines der Jungs, nachdem die sechs an der Kreuzung neben dem Wasserturm eingetroffen sind.

Keine Minute später zücken alle ungeniert ihre Handys und filmen ungefragt den Rettungseinsatz am Unfallort. Zwischendurch knipsen sie jede Menge Selfies, die so gleich in den sozialen Medien gepostet werden. Das alleine ist schon dreist genug. Aber jetzt machen sie sich auch noch über den Verunglückten und die Einsatzkräfte lustig.

„Dass die nicht kotzen müssen bei dem Anblick", wundert sich der mit der blauen Jacke. „Ich könnte das nicht."

Sein Kumpel mit dem weißen Kapuzen-Shirt fragt belustigt: „Nehmen die alles von dem mit?"

„Ja genau. Lohnt sich doch eh net bei dem Spasti", antwortet ein anderer und kriegt sich kaum ein vor Lachen.

Plötzlich ruft der einzige farbige Junge: „Fuck, ich glaub, der ist schon tot."

„Wer hat ihn denn Tod gegangen?", fragt der Dicke mit der grauen Trainingsjacke.

„Alter, das ist kein Deutsch. Sprich mal ordentlich", belehrt ihn sein Kumpel im roten Sweatshirt.

„Boah du bist so ein Streber. Ist doch scheißegal, da liegt 'ne Leiche Mann!", antwortet der Junge mit der grauen Trainingsjacke.

„Warum schmeißt ihr ihn nicht einfach vors Auto, dann hat sich das", meint der mit dem weißen Shirt zu den Sanitätern und kichert.

„Das rockt, Alter", freut sich der mit dem weißen Kapuzen-Shirt. Und um seinem Kumpel zu zeigen, wie cool er den Spruch findet, macht er den Heavy-Metal-Gruß.

Ein Polizeibeamter wird auf die Jugendlichen aufmerksam und nähert sich der Gruppe. Im strengen Ton fordert er die Jungs auf, unverzüglich mit dem Quatsch aufzuhören und zu verschwinden. Andernfalls werde er ihre Personalien aufnehmen, was zur Folge hat, dass eine Anzeige droht. Die sechs mosern. Aus ihrer Sicht haben sie nichts verbrochen. Außerdem meinen sie, dass sie in ihrem Alter unangreifbar sind. Deshalb sind sie der Meinung, dass sie nahezu alles dürfen.

Der Polizist sieht das jedoch anders. Er macht ihnen klar, das Fotografieren und Filmen an einem Unfallort mit einer Geldstrafe oder einer Freiheitsstrafe von bis zu zwei Jahren geahndet wird. Um Ärger zu vermeiden, fordert er sie ein weiteres Mal auf, sich in Bewegung zu setzen.

Auf dem Weg in Richtung Graft Spielplatz sagt der im roten Sweatshirt zu seinem Kumpel: „Schick mir das Video dann …"

„Mir auch, Alter."

„Ihr kriegt es alle", verspricht er.

Dietmar hat den idealen Beobachtungsposten. Von hier aus lässt sich das Spektakel ausgezeichnet verfolgen – optisch und akustisch. *Okay. Sehr gut. Erspart mir eine weitere Prügelei*, meint er und beschließt, *sobald nur einer von denen sein Filmchen online stellt, besorg ich mir das Material.* Vor etwas über einem Jahr hätte es ihn gestört, wenn ein gewisses Video im World Wilde Web aufgetaucht wäre. Gemeint ist eine Aufnahme von seiner damaligen Herzensdame Lydia Meierknopf. Sie hatte sich unwissentlich in eine kompromittierende Situation gebracht. Ein Jugendlicher hatte es ungefragt gefilmt und war kurz davor, es ins Internet zu stellen. Das konnte er nicht zulassen. Deshalb hatte er es dem Jungen, auf eine unsanfte Art, abgenommen. Dietmar erinnert sich noch genau daran, wie alles ablief.

Dietmar folgte seiner Liebsten und ihrer Freundin bis zum Eiscafé auf dem Marktplatz. Er setzte sich an einen Tisch, von dem aus er sie problemlos sah. *Heute sieht Lydia wieder bezaubernd aus*, ging es ihm durch den Kopf. Er beobachtete, wie sie die Augen schloss und das Gesicht in die Sonne hielt. *Was würde ich darum geben, wenn ich ihre zarte Haut streicheln könnte.* Genussvoll befeuchtete er mit der Zunge die Lippen. In dem Augenblick, in dem er sich vorstellte, wie seine Hand ihre Wange berührte, passierte etwas Unerwartetes.

Lydia sprang abrupt auf.

Meine Tarnung ist aufgeflogen ... Mit jedem Schritt, den sie auf ihn zukam, wurde er auf dem Stuhl kleiner. *Jetzt ist alles aus und ...*

„Was wollen Sie von mir?"

Erleichterung machte sich breit. Sie blieb einen Tisch vor seinem stehen. Der Mann, der gerade beschimpft wurde, saß schräg zu ihm und sah sie irritiert an. *Der Arme! Er hat keine Ahnung, worum es geht*, dachte Dietmar. Würde er sich nicht so köstlich über ihn amüsieren, dann hätte der Typ ihm eventuell leidgetan.

„Ich habe Ihnen nichts getan. Und wenn Sie nicht endgültig aufhören, mir nachzustellen, rufe ich die Polizei!", brüllte sie.

Der Beschuldigte versuchte, sich aus der unangenehmen Situation herauszuwinden. „Sie müssen mich mit jemandem verwechseln. Ich habe Ihnen nicht nachgestellt. Ich kenne Sie ja gar nicht!"

Dietmar war gespannt, wie sich das Gespräch weiter entwickeln würde. Ein paar Minuten später kam die Frau des Beschuldigten dazu und jetzt wurde es erst richtig lustig. Sie hörte zwar die Anschuldigung, glaubte ihrem Mann aber nicht, dass diese falsch war. Im Gegenteil. Sie vermutete obendrein, dass ihr Ehemann mit Lydia eine Affäre hatte. Damit war Dietmar nicht einverstanden. Seine Körperhaltung wechselte von entspannt zu angespannt. *Es gibt nichts Schlimmeres als einen Nebenbuhler, der mir meine Herzensdame wegnimmt oder ihr sogar Leid zufügt. Lydia gehört mir! Nur mir!* Deshalb ließ er den Beschimpften, trotz Schadenfreude, für keine Sekunde aus den Augen.

Einen Augenblick später sah Dietmar, wie seine Liebste

von ihrer Freundin davon geschoben wurde. Erst nachdem die beiden am anderen Ende des Marktplatzes angekommen waren, begab er sich ebenfalls auf den Weg. Aber dieses Mal folgte er ihnen nicht, sondern dem Jugendlichen, der den Streit mit der Handykamera aufgenommen hatte. Das Glück war ihm hold. Kurz bevor der Bursche den Film ins Internet stellte, erwischte er ihn in einer verkehrsruhigen Seitenstraße. Als er seiner Aufforderung, das Handy herauszurücken, nicht ernst nahm und ihn auslachte, wurde Dietmar grob.

Aber im Gegensatz zu damals ist es ihm heute recht, wenn der Film im World Wilde Web landet. Zum einen kommt er auf diesem Weg an Bildmaterial vom Unfallort. Und zum anderen freut ihn die Vorstellung, dass Fremde sehen werden, was von seinem Erzfeind jetzt übrig ist. *Nämlich nur noch ein Haufen Elend! Hi, hi, hi …*

Vor lauter Schadenfreude entgeht ihm aber nicht, dass nun das Unfallopfer mittels einer Schaufeltrage aus dem Fahrzeug herausgeholt und in den Sanitätswagen gebracht wird. Zu seiner Verwunderung fährt der Rettungswagen nicht gleich los. *Das bedeutet nur eins*, überlegt Dietmar. *Der Rotschopf ist nicht stabil genug für den Transport.* „Tu mir den Gefallen und verrotte, dann habe ich noch einen Grund mehr, um mich zu freuen."

„Was sagst du, Arschloch? Denkst wohl, bist was Besseres …"

Erschrocken dreht sich Dietmar um. Vor ihm steht derselbe Stadtstreicher, den er vorhin mit seinem Einkaufswagen in Richtung Graft Spielplatz gehen sah. Doch bevor er nur einen Ton herausbekommt, trottet der Obdachlose schimpfend weiter.

„Erst diese Rotzbengel, die mich von meinem Schlafplatz vertrieben haben, und jetzt der … Alle glauben, ist ja nur ein Penner. Mit dem kann man's ja machen …"

Beinahe hätte ich wegen dem Blödmann das Wichtigste verpasst, denkt Dietmar, als er den Sanitätswagen losfahren sieht. „So, das wäre erledigt. Und nun kommt das Sahnehäubchen dieser Nacht", meint er. Dabei reibt er sich voller Vorfreude seine Hände, dreht sich um und geht nach Hause, den Wagen holen.

Kapitel 20

Judith erwacht langsam. Ihr Hals ist trocken und der Kopf dröhnt. Es kommt ihr so vor, als wüte ein Presslufthammer in ihm. *Hmm*, stöhnt sie, richtet sich auf und massiert die Schläfen. Die Hoffnung, so den hämmernden Schmerz loszuwerden, schwindet bereits nach wenigen Minuten. *Hilft nichts, ich muss wohl doch eine Tablette nehmen*, beschließt sie, dreht sich zur rechten Seite, wo der Nachtschrank steht, und stutzt: *Hä, wo ist ...* Verwundert schaut sie sich um und stellt mit Entsetzen fest: *Das ist nicht mein Schlafzimmer. Wo bin ich? Und ... wie komme ich hierher?* Judith sitzt auf einer alten Matratze, in einem unbekannten Raum ohne Tageslicht. Es ist kalt und riecht muffig. Fieberhaft überlegt sie, was das Letzte ist, woran sie sich erinnert. Nach einer Weile fällt es ihr wieder ein. *Stimmt, da war dieser merkwürdige Traum von dem Fremden in meiner Wohnung. Er hatte mich beim Schlafen beobachtet.* Die Erinnerung lässt ihr einen eiskalten Schauer über den Rücken laufen. Sie grübelt weiter. *War es tatsächlich nur ein Traum? Keine Ahnung. Es kam mir so real vor. Die Gestalt! Die Atemgeräusche! Das Gefühl, jemand streichelt meine Wange! Und, einen Augenblick später das Tuch mit irgendeinem ekelhaften Geruch auf dem Gesicht. Die Angst, die ich dabei emp-*

fand, bis ich das Bewusstsein verlor ... gruselig! Albtraum oder doch Realität? Sie hat keinen blassen Schimmer. *Das Einzige, was ich mit Sicherheit weiß ist, dass ich zurzeit nicht zu Hause bin. Stattdessen bin ich hier in diesem ... Loch.* Beim Anblick der Wände bemerkt sie, dass an manchen Stellen Stockflecken sind. *Oh mein Gott! Bitte mach, dass der Albtraum endet!* Ihr Blick wandert langsam hinauf zur Decke und bleibt kurz bei einer Neonröhre haften. *Zum Glück sitze ich nicht im Dunkeln*, stellt sie fest, um dann zu ... Just fällt ihr das Versprechen ein. „Darren. Er wollte doch vorbeikommen." Judith springt von der Matratze auf, um hinüber zur Stahltür zu eilen. Erst jetzt bemerkt sie, dass etwas ihr linkes Fußgelenk umklammert. Es ist eine Metallkette, die an einem Ring hängt, der wiederum wie eine dicke, verrostete Warze aus der Mauer ragt. „Was soll das?" Verzweifelt versucht sie, sich zu befreien. Aber kein Ziehen und Zerren hilft. Sie ist nicht kräftig genug. *Ich brauche Hilfe!* In dem Moment, in dem sie dabei ist, sich wegen eines Gegenstandes umzusehen, fällt ihr Blick auf die Stahltür. Bei näherer Betrachtung dann der nächste Schock. Nirgends ist eine Klinke zu sehen. Egal, was sie probiert, das Ding lässt sich nicht öffnen. „Hallo? Ist da jemand?", ruft Judith aus voller Kehle und hämmert dabei mit den Fäusten gegen die Tür. „Ich bin eingeschlossen. Hallo? Ich will hier raus."

Keine Antwort.

Nichts rührt sich.

Keine Hilfe.

Kein einziger Ton ist zu hören.

Nach einer Weile schlurft sie erschöpft zur Matratze zurück. Sie kauert sich zusammen und lässt ihre Verzweiflung mit den Tränen in das abgewetzte Teil sickern. *Hoffentlich hat Darren schon mitbekommen, dass etwas nicht stimmt,* überlegt sie, bevor ihr klar wird: *Selbst wenn, er hat doch keine Ahnung, dass ich entführt wurde. Geschweige, wo ich jetzt bin. Also weiß er auch nicht, wo er suchen soll.* Mit feuchten Augen schaut sich Judith noch einmal im Raum um und fragt sich verzweifelt, ob sie ihn jemals lebendig verlassen wird. *So wie es im Moment aussieht, wohl nicht. Wer mich hier eingesperrt hat, meint es sicher ernst und wird mich nicht so ohne Weiteres frei lassen. Was ist, wenn er gar nicht …* Sie traut sich kaum, den Gedanken zu Ende zu denken. Zu schrecklich ist die Vorstellung, in diesen Mauern abgeladen und vergessen worden zu sein. Es dauert lange, bis die Müdigkeit überhandnimmt und sie in einen unruhigen Schlaf fallen lässt.

„Was für eine Nacht", freut sich Dietmar. „Selten hat etwas so reibungslos geklappt. Na gut", gibt er zu, „am Anfang gab es ein paar Schwierigkeiten. Aber letztendlich zählt doch nur das Ergebnis und das kann sich sehen lassen. Nachdem ich dafür gesorgt habe, dass das Arschloch ins Krankenhaus gekommen ist, konnte ich mich in aller Ruhe um meine Herzensdame kümmern. Sie ist jetzt in einem sichereren Versteck. Was will ich mehr?"

Es war leicht, Judith davon zu überzeugen, mit ihm zu kommen. Unkomplizierter als damals bei Lydia. Bei ihr war die Entführung eine spontane Entscheidung. Nachdem sich Dietmar mal wieder Zutritt zu ihren vier Wänden verschafft hatte, vernahm er nach einer Weile zwei Frauenstimmen vor der Wohnungstür. Schlagartig wurde ihm daraufhin klar, dass er nicht mehr ungesehen aus der

Wohnung kam. Ihm blieb nichts anderes übrig als zu improvisieren. Zum Glück besaß er eine Geheimwaffe. Die hatte er sich beizeiten für gewisse Notfälle zugelegt und seitdem hat er sie immer dabei. In der Zeit, in der er hörte, wie sich der Schlüssel im Schloss drehte, schlug ihm das Herz vor Aufregung bis zum Hals. Einen Augenblick später trat Lydia in den Flur. Die Wohnungstür fiel zu und noch bevor sie den Lichtschalter betätigte, schnappte die Falle zu. Er drückte ihr von hinten ein mit Chloroform getränktes Taschentuch auf Mund und Nase. Es dauerte eine Weile, bis die Wirkung einsetzte. Inzwischen versuchte sie mit aller Macht, sich aus seinen Fängen zu befreien. Sie hatte keine Chance, denn so sehr sie auch zappelte und strampelte, er war stärker.

Die Erfahrung lehrte ihn, dass Vorbereitung durchaus sinnvoll ist. Daher verschaffte sich Dietmar dieses Mal zu einer Zeit Zutritt zu Judiths Wohnung, wo er davon ausging, dass sie schläft. Er schlich ins Schlafzimmer, wo er sie eine Weile beim Schlafen beobachtete. Als es so aussah, dass sie jeden Moment aufwachen würde, holte er seine Geheimwaffe aus der Jackentasche und drückte ihr dasselbe mit Chloroform getränkte Taschentuch ins Gesicht, welches schon einmal zum Einsatz kam. Die Kombination aus Schlaftrunkenheit und Überraschungsmoment bewirkte, dass sich die Gegenwehr in Grenzen hielt. Die Herzensdame im Nachhinein im Schutz der Dunkelheit wegzuschaffen war ein Klacks.

Das Gefühl, jemand streichelt ihr Haar, reißt Judith aus ihrem Dämmerzustand. Schlaftrunken schaut sie auf und sieht einen Mann neben sich sitzen. Erschrocken zuckt sie zusammen.

„Hallo, meine Schöne", wispert er.

Oh Gott. Diese Stimme ... sie klingt wie die, von dem Irren, der immer angerufen hat. „Was wollen Sie von mir? Verschwinden Sie! Lassen Sie mich in Ruhe!" Judith kauert in der äußersten Ecke der alten Matratze und drückt panisch ihren Körper an die kalte Wand.

„Du brauchst keine Angst zu haben. Wenn du machst, was ich sage, dann wird dir nichts passieren", meint er und zeigt auf einen Korb, der am Fußende steht. „Da sind ein paar saubere Sachen und Decken drin. Später bring ich dir was zu essen vorbei. Hast du einen speziellen Wunsch?"

„Ich esse Ihren Fraß nicht", meint sie trotzig. *Wer weiß, was für ein Zeug er mir untermischt, um mit mir ... keine Ahnung was zu machen. Nein Danke! Lieber verhungere ich!*

Als hätte er ihre Gedanken gehört, antwortet Dietmar: „Glaub mir, meine Schöne, du wirst essen. Niemand hat auch nur den Hauch eines Schimmers, wo du bist. Und deshalb wird dich keiner finden. Außerdem weißt du nie, wann oder ob ich wiederkomme. Wenn mir etwas zustößt, krepierst du hier elendig."

„Ich habe einen Freund, der …"

„Meinst du das rothaarige Arschloch, das in letzter Zeit ständig um dich herumgeschlichen ist? Mach dir keine Hoffnungen. Den bist du ein für alle Mal los."

Sie schluckt und fragt: „Was haben Sie ihm angetan?" Eine Mischung aus Angst und Sorge schwing in ihrer Stimme mit.

„Er brauchte eine weitere Lektion und die …", er lacht schadenfroh. „… ist ihm nicht gut bekommen."

Eine weitere Lektion? Sofort fällt ihr Darrens Gesicht ein, wie es nach dem heimtückischen Überfall aussah. Judith hat Angst, sich vorzustellen, was das Monster ihm dieses Mal angetan hat. Mit dem Bewusstsein, das sie auf sich allein gestellt ist, entgegnet sie: „Aber … Sie sagten doch … dass Sie mich am Leben lassen, wenn ich das tue, was Sie sagen. Stimmt's? Das haben Sie gesagt." Dabei bahnen sich Tränen einen Weg die Wangen hinunter.

Dietmar genießt die Angst, die ihren gesamten Körper in Besitz genommen hat – panisch weit aufgerissene Augen, zitternde Gliedmaßen und eine flehende, weinerliche Stimme. *Herrlich!* Er antwortet mit einer Gegenfrage: „Sagte ich das?", steht auf und läuft zur Tür. Bevor sich diese hinter ihm schließt, fügt er hinzu: „Ach ja, wenn ich dich vergewaltigen wollte, hätte ich es längst getan … vorhin zum Beispiel, als du bewusstlos warst … oder die Male, wo ich in deiner Wohnung war. Aber keine Angst, so einer bin ich nicht. Du … nein wir sind zu etwas Höherem bestimmt."

Fassungslos sieht sie ihm hinterher. Es braucht ein paar Minuten, um das soeben Erlebte zu verarbeiten. *Wir sind für Höheres bestimmt? Was meint er damit?*, überlegt Judith und robbt dabei auf allen vieren zum Wäschekorb hinüber. Nachdem sie sich die wärmsten Sachen herausgesucht hat, ist es eine Wohltat, sie über ihren frierenden Körper zu ziehen. *Ich gebe es nicht gerne zu, aber er hat recht*, geht es ihr durch den Kopf. *Wenn ich überleben will, werde ich essen müssen. Ich werde sogar noch einen Schritt weitergehen und mir sein Vertrauen erschleichen müssen. Und dann, wenn sich die erstbeste Gelegenheit ergibt, hau ich hier ab. Vorher muss ich nur noch diese blöde Kette loswerden.*

Dietmar ist wieder zu Hause und sitzt vor dem Computer, der mit der Kamera in Judiths neuer Unterkunft verbunden ist. Das Versteck ist am selben Ort wie beim letzten Mal. Warum auch nicht? Immerhin ist er in einer verlassenen Gegend. Was einmal geklappt hat, wird es genauso ein zweites Mal. Davon ist er überzeugt, denn wenn überhaupt wissen nur wenige, dass in den Wäldern rund um Delmenhorst noch alte Bunker existieren.

Dietmar beobachtet jeden Schritt seiner Liebsten auf dem Monitor. Zur selben Zeit zeichnet ein Rekorder alles auf. Das ist praktisch, denn auf diese Weise ist es ihm möglich, sich gewisse Passagen immer wieder anschauen. Zärtlich streichelt er ihr Gesicht auf dem Bildschirm und sagt mit einem süffisanten Grinsen: „Na meine Schöne, jetzt wird es nicht mehr lange dauern, bis wir beide vereint sind … und, das verspreche ich dir, dieses Mal kommt nichts dazwischen. Dafür sorge ich!"

Kapitel 21

Florian hält mit dem Wagen vorm Eingang der GraftMühle. Er steigt aus, läuft routiniert nach hinten und öffnet die Heckklappe. Mit zwei aufeinandergestapelten Kisten voller Tischgestecke betritt er kurz darauf das Haus. Vor dem Tresen bleibt der Florist stehen und fragt verwundert: „Na nu, oi neies Gesichd? Wo isch Darra? Had er scho Urlaub? Der Glüggliche. I muss no oi baar Wocha …"

Susanne, die gerade die Stufen vom Obergeschoss herunterkommt, antwortet aufgeregt: „Nix da Urlaub! Darren hatte einen Autounfall und liegt im Krankenhaus."

„Ach du mai güde. Wie isch des no bassiered? Isch's schlimm?"

„Keine Ahnung. Auf jeden Fall bleibt er für ein paar Tage zur Beobachtung auf der Intensivstation. Solange vertritt ihn Alex, unsere eiserne Reserve für Urlaubs- und Krankenengpässe. Weißt du, ob wir Darren besuchen dürfen?"

Florian begrüßt die Aushilfe kurz mit einem Kopfnicken und antwortet dann: „Warum noh ned?"

„Na … vielleicht, weil wir keine Familienangehörigen sind?"

„Koi Ahnung. I würd's uf jeda Fall brobiera. Mehr wie hanoi saga, könna sie au ned."

„Stimmt. Ein Versuch kann nicht schaden. Apropos Familie. Wo hast du Judith gelassen?", erkundigt sich Susanne. „Ihr liefert doch sonst immer zu zweit aus."

„Immr ned, abr ofd. Abr guad des du des anschbrichd, noh i wollde di des selb fraga. Se isch, nämlich heud morga ned zur Gschäft erschiena."

„Wie … nicht zur Arbeit erschienen? Ist sie krank? Oh, das wusste ich ja gar nicht. Was hat sie denn?"

„Koi Ahnung."

„Hat sie nicht Bescheid gesagt?"

Florian schüttelt den Kopf. „Wenn sie des doa häd, würd i di noh fraga?"

„Das sieht ihr gar nicht ähnlich", stellt Susanne besorgt fest. „Hast du schon bei ihr zu Hause angerufen?"

„I ned, abr die Chefin."

„Und?"

„Nix, gohd keinr dro."

Ein ungutes Gefühl beschleicht sie. Ihr Gesicht bekommt einen nachdenklichen Ausdruck. „Judith würde nicht ohne Grund wegbleiben. Sie ist ein zuverlässiger Mensch. Sie hätte angerufen … oder zumindest jemanden gebeten, Bescheid zu sagen. Hat sie aber nicht. Ihr ist sicher etwas passiert. So langsam mache ich mir ernsthaft Sorgen. Erst der Autounfall von Darren und jetzt ist auch noch meine Schwägerin verschwunden. Was hat das zu bedeuten? … Oh Gott, Thomas … ich muss es …", meint Susanne und dreht sich um. Auf dem Weg zur Küche ruft sie Florian zu: „Stell die Gestecke neben den Tresen. Alex kümmert sich später darum."

„Älles klar." Er deponiert die Kisten an dem gewünschten Platz und verlässt kurz darauf die GraftMühle, um die restlichen Bestellungen auszuliefern.

„Was machen wir jetzt?", fragt Susanne, nachdem sie ihren Verlobten vom Verschwinden seiner Schwester unterrichtet hat.

Obwohl er sich ebenfalls Sorgen macht, antwortet er so ruhig wie möglich: „Zuerst einmal nicht in Panik verfallen. Sicher gibt es eine logische Erklärung. Du fährst zu ihrer Wohnung und schaust nach, ob sie da ist. Es kann ja sein, dass sie nur unglücklich gestürzt ist und deshalb nicht ans Telefon kommt."

„Hoffentlich. Ähm … das klang jetzt doof. Sorry. Ich meinte natürlich nicht, dass ich mich freue, wenn sie gestürzt ist, sondern …"

„Ich weiß, was du meinst", versichert Thomas.

Susanne atmet erleichtert auf. „Und was ist, wenn sie nicht da ist?"

„Dann kommst du schnell zurück und wir verständigen gemeinsam die Polizei."

„Okay. Aber was ist mit der Küche? Kannst du denn so ohne Weiteres hier weg? Was ist mit den Vorbereitungen fürs Hochzeitsessen und …"

„Darum kümmert sich Bernd", fällt er ihr ins Wort. „Er wollte ohnehin mehr Verantwortung übernehmen, stimmt's Bernd? Jetzt zeig mal, was du bei mir gelernt hast."

Der Beikoch ist geschmeichelt und antwortet mit leuchtenden Augen: „Ja, Chef."

„Wir sind so schnell wie möglich wieder zurück", sagt Thomas. „Wenn was ist, dann ruf an. Das Polizeigebäude ist ja nicht weit. Nur ein paar hundert Meter von hier."

„Okay. So machen wir das", erwidert Susanne und eilt aus der GraftMühle.

Eine Stunde später verlassen die beiden das Polizeipräsidium mit gemischten Gefühlen.

Thomas ist mit dem Verlauf des Gespräches nicht zufrieden. Enttäuscht schimpft er: „Die Polizei, dein Freund und Helfer! Phä, da kann ich ja nur lachen! Was muss denn noch passieren, damit der Bulle kapiert, dass Judith nicht aus Langeweile abgehauen ist?"

„Nicht so laut", meint Susanne. „Die Leute gucken schon."

„Na und! Soll'nse doch! Ist mir egal!"

„Reg dich nicht so auf. Denk an deinen Blutdruck."

„Scheiß auf meinen Blutdruck. Das ist im Moment das Letzte, worum ich mir Gedanken mache. Judith ist viel wichtiger!"

Susanne schwankt zwischen der Sorge um die Schwägerin und ihrem Verlobten hin und her. So hat sie ihn bisher noch nie erlebt, versteht aber seine Reaktion. Immerhin ist Judith seine letzte noch lebende Verwandte. Bevor Susanne zu Wort kommt, äfft Thomas den Beamten nach.

„Wie hatte er das ausgedrückt? „Erwachsene, die im Vollbesitz ihrer geistigen und körperlichen Kräfte sind, haben das Recht, ihren Aufenthaltsort frei zu wählen" bla, bla, bla … Wenn ich das höre. Tzzz … so ist Judith nicht. Sie würde nicht weggehen und schon gar nicht, ohne uns Bescheid zu sagen."

„Ja, stimmt. Wir wissen das, weil wir sie kennen. Der Polizist jedoch nicht. Er arbeitet streng nach Vorschrift, zumindest hatte ich den Eindruck. Rate mal, warum er uns so ausgequetscht hat – Name, Adresse, Geburtsdatum, besondere Kennzeichen, Vorlieben, Telefonnummer und so weiter. Ein Handy wäre jetzt hilfreich, aber dagegen hat sich deine Schwester ja immer gewehrt. Schade, vielleicht hätte man sie darüber orten können. Zumindest machen die das so im Fernsehen. Na ja … wenigstens haben wir den Polizisten davon überzeugt, dass Judith nicht selbstmordgefährdet ist und es auch keinen anderen Grund gibt, warum sie einen Abschiedsbrief hinterlassen haben sollte." Nachdem der Polizeibeamte gefragt hatte, ob in letzter Zeit irgendetwas Ungewöhnliches vorgefallen sei, verneinten sie. Thomas sagte die Wahrheit. Er weiß tatsächlich nichts, weil die beiden Frauen beschlossen hatten, ihn außen vor zu lassen.

Bei Susanne hingegen sieht es anders aus. Sie verheimlichte nicht absichtlich eine wichtige Information. Es war eher so, dass sie vor lauter Stress in diesem Moment keinen Zusammenhang zwischen dem Verschwinden der Schwägerin und dem vor Wochen erwähnten seltsamen Anruf herstellte.

„Tut mir leid. Ich mach mir Sorgen um meine große Schwester."

„Die Polizei hat jetzt sämtliche Angaben und sogar ein aktuelles Foto von Judith. Sobald sie etwas wissen, werden wir benachrichtigt. Bis dahin können wir nur abwarten."

Thomas nimmt seine Verlobte in den Arm und antwortet: „Ja, ich weiß. Du hast recht." Nach ein paar Minuten fügt er hinzu: „Komm, wir müssen zurück zur Arbeit. Mal sehen, wie weit Bernd inzwischen mit der Vorbereitung ist."

Kapitel 22

Obwohl inzwischen einige Wochen vergangen sind, ist immer noch nicht bekannt, was mit Judith passiert ist. Genauso gibt es bisher keinerlei Anzeichen, wo sie sich aufhält. Nachdem in den Medien von ihrem Verschwinden berichtet worden war, kamen ein paar Hinweise. Leider war bislang nicht der richtige dabei. Die Aussicht, dass sie wohlbehalten wieder auftaucht, schwindet so mit jedem Tag. Trotzdem geben weder ihre Familie noch ihre Freunde, Arbeitskollegen und Stammkunden die Hoffnung auf. Alle wünschen sich, dass Judith zu ihnen zurückkehrt. Allerdings bezweifeln bereits die Ersten, dass sie unversehrt sein wird. Zu oft endeten Vermisstenmeldungen mit der schrecklichen Nachricht, dass die Person misshandelt oder schlimmer, sogar getötet wurde.

Solange keine Klarheit herrscht, brodelt die Gerüchteküche. Dabei haben diejenigen, die die Vermisste kaum beziehungsweise gar nicht kennen, die lebhaftesten Fantasien.

„Sie ist mit ihrem Liebhaber durchgebrannt", glaubt eine Kundin zu wissen.

„Vielleicht hat sie ja im Lotto gewonnen und sich mit dem Gewinn abgesetzt."

„Oder sie hat Steuerschulden und ist untergetaucht", munkelt ein anderer Delmenhorster.

„Nein. Alles Quatsch. Die Schwester einer Bekannten sagte neulich, dass Frau Schneeganz nach Kanada ausgewandert ist."

„Meinen Sie wirklich?"

„Ja, da war sie sich ganz sicher", verbreitet eine Briefträgerin beim Verteilen der Post.

Während Äußerungen wie diese zu den harmlosen Spekulationen gehören, wird gleichzeitig gemunkelt: „Die Frau aus den Nachrichten ist schon so lange verschwunden. Die taucht nicht mehr auf. Entweder wurde sie ins Ausland verkauft und muss jetzt anschaffen oder irgendjemand hat sie ermordet, zerstückelt und im Wald verscharrt."

So entstehen Gerüchte. Gerüchte, die das Leid der Angehörigen verschlimmern.

Hin und wieder gibt es einen kleinen Hoffnungsschimmer. Und zwar dann, wenn sich jemand meldet und behauptet, er habe Judith gesehen oder sogar weit nach der Vermisstenmeldung mit ihr gesprochen. Jeder Hinweis wird von der Polizei akribisch überprüft – bislang ohne Erfolg.

Genauso wie der Rest der Welt verfolgt auch Dietmar sämtliche Berichterstattungen in der Presse und den Medien. Die Mehrheit ist besorgt. Er hingegen amüsiert sich darüber, dass die Polizeibeamten völlig im Dunkeln tappen. Am liebsten hätte der Masseur ihnen ihre Dummheit mitten in die Gesichter geschrien. Aber das macht er nicht. Mutter Friese sagte immer: „Hochmut kommt vor dem Fall" und wie so oft, hatte sie mal wieder recht. Wäre Dietmar überheblich und eingebildet, würde das seinen Plan vermasseln. So ist er nicht. Gut, er hält sich schon für den tollsten

Hecht in einem Meer voller Sprotten. Aber was kann er denn dafür, dass aufgrund seiner Grandiosität und Einzigartigkeit sämtliche Frauen auf ihn fliegen? Er genießt es, im Mittelpunkt zu stehen. Trotzdem ist er kein Narzisst, zumindest glaubt er das. Sich in der Öffentlichkeit so normal wie möglich zu geben, dabei tagsüber dem Job in der Praxis nachzugehen, hier zu lächeln und dort zu flirten, ist aus seiner Sicht Beweis genug. Und er kommt damit durch. Die Erfahrung lehrte ihn, dass dieses Verhalten dazu führt, dass ihm niemand etwas Böses zutraut.

Aber nachts, wenn alle schlafen, zeigt er sein wahres Gesicht. Jetzt kann er endlich so sein, wie er wirklich ist. Im Schutze der Dunkelheit fühlt er sich sicher. Aus dem Charmeur wird ein Voyeur und aus dem netten, zuvorkommenden Masseur wird ein Stalker. Er nutzt jede Gelegenheit, um sich aus dem Haus zu schleichen und mit Mutters Auto zum Versteck seiner Liebsten zu fahren. Der Weg führt ihn dann hinaus aus der Stadt, die Landstraße entlang, und endet irgendwo im finsteren Wald. Im Gepäck hat er stets ein paar Lebensmittel dabei. *Was wäre ich denn sonst für'n Gastgeber, ließe ich es zu, dass meine Herzensdame verhungert? Nein, das geht gar nicht. Immerhin habe ich noch etwas Besonderes mit ihr vor.*

Immer, wenn er Judith besucht, verwickelt sie ihn in ein Gespräch. Dietmar genießt diese Momente. Trotz alledem bleibt er auf der Hut. *Du denkst wohl, ich bin blöd und merke nicht, was du vorhast. Da irrst du dich, meine Schöne. Diesen Trick hat bereits deine Vorgängerin versucht – mitnichten. Sie ist schon nicht mit der Masche durchgekommen und du wirst es auch nicht!*

Wie lange ich wohl schon hier bin, überlegt Judith. Ohne Uhr und Tageslicht erscheint es ihr wie eine Ewigkeit. Am Anfang hatte sie den Plan, die Tage zu zählen. Dafür nahm sie sich vor, wenn ihr Entführer auftauchte, um eine Tagesration Essen zu bringen, mit einem Stein eine Kerbe in die Wand zu kratzen. Leider funktionierte das nicht wie gewünscht. Obwohl sie jegliches Zeitgefühl verloren hat, war da noch der Verdacht, dass er nicht in regelmäßigen Abständen kam. Außerdem stellte sie fest: *Offensichtlich bin ich nicht die Erste, die in diesen Mauern gefangen gehalten wurde.* Beim nächsten Mal, wo er vorbeikam, sprach sie ihn daraufhin an.

„Wie kommst du darauf?", erkundigte er sich verwundert.

Judith zeigte ihm eine Reihe von Kratzern. „Deshalb." Sie waren an der Wand, unmittelbar am Kopfende ihrer Matratze. „Was ist mit ihr passiert?"

Nach einer kleinen Pause wisperte er: „Na gut, ich sag's dir. Vielleicht hält es dich ja davon ab, dieselbe Dummheit zu begehen", räusperte sich und meinte dann mit leicht zusammengekniffenen Augen: „Sie war ungezogen. Hat nicht das gemacht, was sie sollte. Jetzt liegt sie drei Meter unter der Erde!"

Die Art, wie er es sagte, empfand Judith als grausam. Sie sah ihn erschrocken an und schluckte. *Oh mein Gott … Was für ein Monster! Was hat sie aus seiner Sicht Schlimmes gemacht, das er ihr das angetan hat?*

Er drehte sich ohne ein weiteres Wort um und verließ den Raum.

In dem Moment, in dem sich die Stahltür hinter ihm schloss, schaute sie ihm entsetzt nach.

Judith hat keine Ahnung, wie lange das Erlebnis her ist. Einen Tag? Zwei? Oder doch erst ein paar Stunden? Ein Leben ohne Uhr und ohne geregelten Ablauf bringt vieles durcheinander – vor allem den Tag- und Nacht Rhythmus. Das macht ihr zu schaffen. Es ist bereits eine Weile her, wo der Entführer das letzte Mal bei ihr war. Seitdem ließ er sich nicht mehr blicken. Nicht einmal, um Essen vorbeizubringen und den Eimer für ihre Notdurft zu entleeren. Sie ist mutterseelenalleine an diesem schrecklichen Ort, von dem niemand eine Ahnung hat, wo er sich befindet. Obwohl sie mit ihren Lebensmitteln sparsam war, hat Judith Angst. In ihrem Kopf spielen sich sämtliche Szenarien ab, was passiert, wenn er tatsächlich nicht wiederkommt. *Oh Gott, was mache ich denn nur?* Zum Glück fällt ihr ein Artikel ein, den sie vor einiger Zeit gelesen hat.

Er hieß „Kennen Sie Ihren Feind – Die 3er-Regel im Survival". Der Text beschäftigte sich mit der Überlebenschance von Menschen in Notsituationen.

Wie war das noch mal mit dieser 3er-Regel? Damit sie sich besser konzentrieren kann, läuft Judith ein paar Schritte auf und ab. Zumindest soweit, wie es die Kette an ihrem Fußgelenk zulässt. Nach einer Weile fällt es ihr wieder ein. *Ach ja, der Mensch überlebt drei Minuten ohne Sauerstoff ... Ich glaube, er hält es drei Stunden in der Kälte aus. Auf jeden Fall kann er drei Tage ohne Wasser und drei Wochen ohne Nahrung auskommen, bevor er stirbt. Und dann stand dort noch irgendetwas von ... so und so lange ohne soziale Kontakte und ohne medizinische Versorgung.* Sie bleibt stehen und sagt leise zu sich: „So weit, so gut. Aber was fange ich jetzt mit dieser Information an?" Judith atmet tief durch, um einen klaren Kopf zu bewahren. *Okay, okay ... Reiße dich zusammen und geh dann alles einzeln durch, um deine Überlebenschance abzuschätzen*, ermahnt sie sich. *Sauerstoffmangel! Darüber brauche ich mir keine Gedanken zu machen. Wie auch immer es funktioniert, ich bekomme ausreichend Luft. Das Nächste wäre die Kälte! Warm ist es hier nicht gerade. Aber erfrieren werde ich nicht. Ich habe Kleidung und ein … zwei Decken. Von daher wird mir dieser Punkt gewiss keine Probleme bereiten. Weiter! Drei Wochen ohne Nahrung, jedoch nur drei Tage ohne Wasser! Puh … das kann definitiv ein Problem werden! Was ist denn überhaupt noch da?* Judith begibt sich ans Ende ihrer Matratze und guckt in den Weidenkorb, in dem das Essen bisher für sie transportiert wurde. *Da ist eine Scheibe Vollkornbrot mit angetrocknetem und leicht welligem Käse. Ein kläglicher Rest kalte Gemüsesuppe. Vier Äpfel, eine überreife Banane und der Strunk von den Weintrauben, die er beim letzten Mal mitgebracht hat. Außerdem fünf von den ekelhaft süßen Müsliriegeln sowie eine halbe Tüte Walnüsse. Die Riegel stehen normalerweise nicht auf meinem Speiseplan. Aber zur Not werde ich sie essen. Gott sei Dank hat er stets ausreichend Wasser hiergelassen. Es sind noch zwei … vier … sechs … neun Ein-Liter-Flaschen da. Das wird eine Weile reichen, vor allem, wenn ich weiterhin sparsam bleibe*, stellt Judith erleichtert fest.

Sie setzt sich auf die Matratze und lässt die Augen durch den Raum schweifen. Dabei fällt ihr Blick auf das rote Licht über der Stahltür. Es gehört zu einer kleinen Videokamera. *Das verdammte Teil ist mir schon am ersten Tag aufgefallen.* Wie könnte es auch nicht? Immer wenn sie in ihrem Verlies hin und her läuft, bewegt sich die Kamera ebenfalls. Es ertönt ein unverwechselbares Geräusch, das nicht zu überhören ist. Aus diesem Grund vermutet Judith, dass sie unter permanenter Beobachtung steht. Das ist erniedrigend.

Ich habe Angst, in diesem Loch zu krepieren. Schrecklicher *finde ich allerdings die Vorstellung, dass er mir zusieht und auch noch Spaß dabei hat,* denkt sie angewidert. Erneut laufen die unheimlichsten Bilder bei ihr im Kopf ab. Sekunden später merkt sie, wie ihr die Tränen in die Augen schießen. *Ist das etwa schon alles gewesen? Es muss doch …* Nach einem Ausweg suchend, bleibt ihr Blick letztendlich auf dem Ring haften. *Wie bekomme ich das denn aus der Wand? Dran ruckeln?* Sie dreht sich mit dem Rücken in Richtung Kamera und versucht, das verrostete Teil herauszudrehen.

Nichts rührt sich vom Fleck.

Vielleicht klappt es, wenn ich kräftig ziehe?

Der Ring bewegt sich keinen Millimeter.

Mist! Okay, so funktioniert es nicht. Aber wie denn? In diesem Moment fällt ihr ein Zitat aus Goethes Ballade „Der Erlenkönig" ein. *„Und bist du nicht willig, so brauch ich Gewalt!"* „Ja genau. Mit Gewalt müsste es gehen." Auf Anhieb entdeckt sie nichts, was sich als Werkzeug umfunktionieren lässt. Deshalb fängt sie mit den Fingernägeln an, den Ring herauszukratzen.

Die Wand ist zu hart. Aus diesem Grund dauert es nicht lange, bis die Nägel so weit abgebrochen sind, dass ihre Fingerkuppen bluten. Vorsichtig schaut sie sich im Raum nach einem Hilfsmittel um. Im Weidenkorb macht sie eine Entdeckung. *Der Suppenlöffel! Wenn ich den Stiel … so … und dann … ja, genau.*

Kapitel 23

Judith zeigte erst auf das Wandstück oberhalb ihrer Matratze, dann sah sie ihn fragend an.

Dietmar war fassungslos. Die dort befindliche Strichliste hatte er bisher nicht gesehen. *Lydia, dieses Biest*, ärgerte er sich, *hatte sie doch tatsächlich die Tage, die sie hier in meiner Obhut verbringen durfte, markiert. Warum habe ich nichts bemerkt? Wie ist mir das bloß entgangen? Grrr ...* Sein Ärger schlug in Wut um. Er war kurz davor auszurasten. *Wenn sie nicht schon tot wäre, dann hätte ich ihr jetzt eine gewaltige Lektion erteilt!* Er bemühte sich, nicht die Beherrschung zu verlieren. Nicht wegen Judith, die ihn weiterhin verstört ansah, sondern seinetwegen. Welche Meinung hätte wohl die Herzensdame, bekäme sie mit, dass seine Fassade bröckelte ... dass er nicht, wie er vorgab, die Situation unter Kontrolle hatte. Unvorstellbar! Aus diesem Grund versuchte Dietmar, so gelassen wie möglich zu wirken, und wisperte: „Du bist sehr neugierig."

Die hohe Sprechgeschwindigkeit, das unkontrollierte Zittern ihrer Gliedmaßen, die Schweißausbrüche, alles Anzeichen, dass ihre Anspannung immens hoch war.

Herrlich, dachte er und sah sie mit einem „Ich-wüsste-zu-gerne-was-jetzt-in-deinen-Kopf-vorgeht-Blick" an. Nach einer Pause sagte er: „Na gut, ich sag's dir. Vielleicht hält es dich ja davon ab, dieselbe Dummheit zu begehen", räusperte sich und meinte dann mit leicht zusammen gekniffenen Augen: „Sie war ungezogen. Machte nicht das, was sie sollte. Jetzt liegt sie drei Meter unter der Erde!"

Judiths erschrockener Gesichtsausdruck verriet, dass sie nicht mit dieser Antwort gerechnet hatte.

Dietmar freute sich über ihre Reaktion. Er drehte sich um, verließ den Raum ohne ein weiteres Wort und fuhr heim. Es war keine halbe Stunde vergangen, da klingelte sein Haustelefon. Müde vom langen Tag meldete er sich nur mit einem kurzen: „Ja."

„Hier ist Stationsschwester Elke. Entschuldigen Sie bitte, dass ich so spät noch anrufe, Herr Friese. Es geht um Ihre Mutter."

„Och, nicht schon wieder." Das letzte Mal, als sie bei ihm anrief, stand der Verdacht im Raum, seine Mutter habe etwas geklaut. Kaum war er im Altersheim angekommen, stellte sich heraus, dass ein an Altersdemenz erkrankter Bewohner vergessen hat, wo er seine Armbanduhr hingelegt hatte. Auf eine weitere Anschuldigung der Art hatte Dietmar keine Lust und schon gar nicht um diese Uhrzeit. Daher fragte er genervt: „Hat das nicht bis morgen Zeit?"

„Leider nein."

„Warum nicht?", brummte er in den Hörer.

„Ihre Mutter hatte einen Schlaganfall."

Dietmar setzte sich aufrecht hin und erkundigte sich: „Wie geht es ihr?"

„Nicht gut. Ich versuche schon seit Stunden, Sie zu erreichen, um Ihnen mitzuteilen, dass der Notarzt sie ins Krankenhaus bringen ließ."

„Ins Josef-Hospital?"

„Ja."

Ohne sich zu bedanken, beendete er das Gespräch und fuhr los. Beim Betreten des Krankenzimmers der Schock. Gewiss hatte er beruflich hin und wieder mit Schlaganfallpatienten zu tun. Sie litten oft unter den Folgen von Bewegungsstörungen sowie Sprach- und Sprechstörungen. Seine Aufgabe war es dann, diesen Patienten zu helfen, dass sie ihre ursprüngliche Mobilität annähernd wenn nicht sogar vollständig zurückzuerlangen. Dabei vermittelte er ihnen stets Zuversicht.

Nun stellte Dietmar schmerzlich fest, dass, sobald ein Familienmitglied betroffen war, es einen Unterschied gab. Gerne hätte er Judith als moralische Unterstützung an seiner Seite gesehen. Die kommenden Tage wären dann leichter zu verkraften gewesen. Leider war das nicht machbar, denn dafür müsste er sie aus ihrem Versteck holen. Da sie sich jedoch noch nicht auf ihn eingelassen hat, befürchtete er, dass sie jede Gelegenheit für eine Flucht nutzen würde. Deshalb blieb ihm nichts anderes übrig, als alles alleine durchzustehen. Er machte das, was von einem guten Sohn erwartet wurde. Dabei spielte es keine Rolle, dass Dietmar eine Art Hass-Liebe gegenüber seiner Mutter hegte, denn der äußere Schein musste gewahrt werden.

Sie hatte es schwer erwischt und lag im Koma.

Er wich ihr in den kommenden Stunden nicht von der Seite. In der Zeit, in der er darauf wartete, dass sich ihr Zustand besserte, nahm er sich vor, sie nach der Genesung öfters im Heim zu besuchen. Schlagartig veränderte sich die Situation. Am Morgen des dritten Tages erlitt sie einen Herzanfall und in der darauffolgenden Nacht verstarb sie sanft im Schlaf.

Nachdem Dietmar das Krankenhaus verlassen hatte, mussten einige Formalitäten geklärt werden. Er setzte sich mit den verschiedenen Einrichtungen in Verbindung und tingelte zwischen dem Pflegeheim, dem Bestattungsunternehmen und seiner Arbeitsstelle hin und her.

Seit dem Anruf von Stationsschwester Elke bis zur Rückkehr in sein altes Leben vergingen zehn Tage. Zehn Tage, die anstrengend und nervenaufreibend waren – körperlich sowie emotional. Am liebsten hätte er sich in dieser Zeit mit etwas Schönerem beschäftigt, wie zum Beispiel mit Judith und der Intensität ihrer gemeinsamen Beziehung. Der Tag besteht nur aus vierundzwanzig Stunden und er kann sich nicht zerteilen. Aus Dietmars Sicht hatte er keine andere Wahl. Er beschloss schweren Herzens, sein Projekt „Die Zusammenführung zweier Seelenverwandter" vorübergehend auf Eis zu legen. *Aufgeschoben ist nicht aufgehoben!* Zum Glück hatte er beizeiten in Judiths Behausung eine Kamera installiert. So war es ihm möglich, sie wenigstens über den Computer im Auge zu behalten.

Endlich Feierabend, freut er sich und fährt mit dem Rad durch die Innenstadt nach Hause. Kaum ist die Tür hinter ihm ins Schloss gefallen, macht es sich Dietmar am Schreibtisch bequem. „Bald gehörst du mir ganz allein, meine Schöne", sagt er und streichelt Judiths Hinterkopf auf dem Computerbildschirm.

In diesem Moment dreht sie sich um und guckt direkt in die Kamera.

„Na, was spukt denn in deinem hübschen Köpfchen herum?"

Keine Antwort. Stattdessen wendet sie ihm wieder den Rücken zu.

Kurz darauf stutzt Dietmar. „Hä? Was machst du da eigentlich?"

Ihre Hand bewegt sich erst einige Male ruckartig, bevor Judith sie ausschüttelt, so, als hätte sie einen Krampf. Es folgt eine kleine Pause, ehe der Ablauf von Neuem beginnt.

„Du wirst doch wohl nicht … ist es das, was ich denke? So nicht mein Fräulein!" Er springt auf, schnappt sich die Autoschlüssel seiner Mutter und stürmt wütend aus der Wohnung.

So unauffällig wie möglich klaubt Judith den alten Suppenlöffel aus dem Weidenkorb. Kurz darauf versucht sie mit dem Ende des Stils den verrosteten Ring aus dem Gemäuer zu kratzen. Es dauert nicht lange, bis sie sich eingesteht, dass die Wand zu hart und der Löffelstiel zu weich ist. Es ist eben keines der modernen Besteckteile aus rostfreiem Edelstahl. Er ist alt und besteht aus Aluminium, deshalb hat er sich verbogen. „Mist … so funktioniert das nicht." Nur mit großer Mühe lässt er sich zumindest annähernd in seine Ausgangsposition zurückbiegen. „Ich glaube, wenn ich ihn kürzer fasse, dann habe ich eine höhere Chance", überlegt sie.

Gesagt, getan.

„Jetzt verbiegt er sich zwar nicht mehr, aber gut vorankomme ich trotzdem nicht. Es ist zum Verzweifeln. Die Wand ist und bleibt ein harter Brocken. Es hilft alles nichts. Ich will hier raus und deshalb muss die Kette weg! Erst dann kann ich mir Gedanken darüber machen, wie ich die Tür aufkriege." Mit dem Ziel vor Augen, bald frei zu sein, arbeitet Judith unermüdlich weiter, obwohl ihre Finger bereits bluten und fürchterlich schmerzen.

Dieses Mal hat er sich nicht aus dem Haus geschlichen. Ohne einen Gedanken an die übliche Lebensmittelration zu verschwenden, ist Dietmar losgerast. Der Umstand, dass er etwas Ungeheuerliches auf seinem Computer bemerkt hat, zwingt ihn, sofort zu handeln. Alles ist anders als sonst. Nichts ist so, wie er es sich vorgestellt und geplant hat. *Verdammte Scheiße!* Daher bleibt ihm keine Wahl. Er verzichtet auf den Schutz der Dunkelheit. Sein einziger Gedanke gilt Judith. *Irgendetwas führst du im Schilde. Diese ruckartigen Bewegungen deiner Hand …*, grübelt Dietmar und schüttelt nachdenklich den Kopf. „Versuchst du etwa auszubrechen? Wie stellst du das denn an? Indem du dir einen Weg in die Freiheit buddelst? Phä … keine Chance, meine Schöne. Dafür sind die Wände zu dick. Zum Glück! Ich habe nämlich nicht die geringste Lust, dich wieder einzufangen. Also, egal was du da gerade machst, es wird aufhören! Jetzt!"

Um schnell ans Ziel zu kommen, entscheidet er sich heute nicht für die Landstraße, sondern nimmt die Autobahn. Nach den ersten hundert Metern fährt er unter einer Autobahnüberführung durch. Sekunden später geschieht das, womit er am wenigsten gerechnet hat.

Auf der Autobahnbrücke lungert ein Unbekannter, der nichts Gutes im Schilde führt.

Einen Augenblick darauf durchschlägt ein vierzig Kilogramm schwerer Stein die Windschutzscheibe des Autos, in dem Dietmar sitzt. Alles passiert so schnell, dass für den Einundfünfzigjährigen nicht die geringste Möglichkeit besteht, auszuweichen. Instinktiv tritt er aufs Bremspedal und sein Wagen kommt zweihundert Meter nach der Brücke zum Stehen.

Obwohl die Verkehrsteilnehmer hinter ihm den Vorfall mit Entsetzen beobachten, fahren sie weiter. Nur einer hält an. Es ist ein junger Mann, der ohne lange zu überlegen zum beschädigten Fahrzeug läuft. „Ist alles in Ordnung? Oh Gott …" Er findet ein schwer verletztes männliches Unfallopfer vor. Er ist zwar bei Bewusstsein, spricht aber mit einer imaginären Person.

„Judith … was … nein … lass das … keinen Zweck … du gehörst mir … nicht raus … glaub mir."

„Kann ich etwas für Sie tun?"

Dietmar antwortet: „Maria, warum hast du mich verlassen. Wir wollten doch heiraten."

„Wer ist Maria? Meinten Sie nicht gerade, dass Ihre Frau Judith heißt? Oder ist das Ihre Tochter?" Der Mann ist irritiert, fängt sich aber schnell wieder. Er sichert zuerst die Unfallstelle und wählt dann die Nummer 112. „Halten Sie durch. Hilfe ist unterwegs." Bis die Rettungskräfte eintreffen, versucht er, den Verletzten zu beruhigen, denn offensichtlich hat sein Kopf durch den Aufprall etwas abbekommen. „Wo sind Ihre Frau und die Tochter? Saßen sie mit im Auto?" Nachdem er sich versichert hat, dass niemand beim Unfall aus dem Fahrzeug geschleudert wurde, fragt der Mann: „Soll ich jemanden für Sie benachrichtigen?"

„Lydia, du kleine Schlampe. Wer nicht hören will, muss fühlen! Jetzt liegst du drei Meter unter der Erde."

Erschrocken über das soeben Gehörte tritt der Ersthelfer einen großen Schritt vom Unfallwagen weg. „Wow, wie bist du denn darauf? Egal was du angestellt hast, ich will auf gar keinen Fall mit hineingezogen werden."

Dietmar faselt weiter: „Judith, meine Schöne, lass das. Du kommst da nicht raus. Glaub mir doch."

Bis die Einsatzkräfte vor Ort sind, passieren nachfolgende Fahrzeuge die Unfallstelle. Einige Autoinsassen fahren aus lauter Sensationslust im Schneckentempo vorbei. Andere zücken sogar ihre Handys, um Beweisfotos zu knipsen oder Filme aufzunehmen.

Kurz nachdem Polizei und Rettungswagen am Unfallort eintreffen, fällt Dietmar ins Koma. Der Notarzt veranlasst, ihn umgehend ins Krankenhaus nach Delmenhorst zu bringen. Allerdings verstirbt der Patient auf dem Weg dorthin an seinen Verletzungen.

Es vergeht kein Tag, an dem Thomas, Susanne und Darren nicht an Judith denken. Sie fragen sich, wo ihre Schwester, Schwägerin und Freundin jetzt ist. Lebt sie noch? Die Vorstellung, dass sie nicht mehr zu ihnen zurückkommt, ist unerträglich.

Von alldem bekommt Judith in ihrem Bunker nichts mit. Sie sitzt auf der alten Matratze und versucht verzweifelt, sich mit einem Löffelstiel in die Freiheit zu kratzen. Die Gedanken kreisen um das, was ihr Peiniger gesagt hat: „Ich sag's dir. Vielleicht hält es dich ja davon ab, dieselbe Dummheit zu begehen" Er räusperte sich und meinte dann mit leicht zusammen gekniffenen Augen: „Sie war ungezogen. Machte nicht das, was sie sollte. Jetzt liegt sie drei Meter unter der Erde!" Judith hat Angst, dass er ihr dasselbe antun wird, wie ihrer Vorgängerin. Da sie aber genauso wenig davon ausgehen kann, dass ihr nichts geschieht, wenn sie hier sitzt und darauf wartet, dass er wiederkommt, kratzt sie emsig weiter.

Kapitel 24

Um herauszufinden, was genau passiert ist, wird die Autobahn zur Spurensicherung für rund vier Stunden gesperrt. Was zur Folge hat, dass sich unzählige Fahrer aufregen, weil sich ein kilometerlanger Stau bildet.

In dem Moment, in dem das Unfallopfer mit der Trage zum Krankenwagen gebracht wird, stutzt einer der Autobahnpolizisten. *Irgendwie kommt mir das Gesicht bekannt vor. Aber woher nur?* Bevor es ihm einfällt, wird er aus seinen Gedanken gerissen.

„Kann ich jetzt weiterfahren?", erkundigt sich der Ersthelfer.

„Gleich. Können Sie mir sagen, was passiert ist?"

„Puh … das ging alles so schnell", meint der junge Mann. Vollgepumpt mit Adrenalin berichtet er von einer Gestalt, die auf der Autobahnbrücke stand und etwas hinunterwarf. „Erst als ich am Unfallauto ankam, habe ich gesehen, dass es ein Stein war."

Um herauszufinden, ob das Unterbewusstsein mehr registriert hat, als dem Zeugen bewusst ist, fragt der Polizist: „Was sagten Sie, wie viel Personen waren auf der Brücke? Eine oder mehrere? Mann? Frau?"

„Nein, es war definitiv nur einer. Ein männlicher Teenager."

„Wie sicher sind Sie sich?"

„Circa achtzig bis neunzig Prozent."

„Ist Ihnen an der Person etwas Besonderes aufgefallen?"

„Sie meinen, außer dass er einen Stein auf fahrende Autos geworfen hat?"

„Ja. Können Sie ihn näher beschreiben?"

„Nein … bei ihm nicht. Ich war mit 120 km/h unterwegs und …"

„Lassen Sie sich Zeit."

Der Ersthelfer schließt für einen Moment die Augen und antwortet: „Ich setzte zum Überholen an, da bemerkte ich den Teenager auf der Brücke. Er war untersetzt und hatte dunkle Klamotten an. Seine Haare habe ich nicht sehen können. Er trug eine Kapuze … und dann … Rums! Ich dachte, der Wagen vor mir überschlägt sich. Keine Ahnung, wie er es geschafft hat, aber ein paar hundert Meter weiter blieb er stehen. Wenn ich daran denke, dass es mich …"

„Machen Sie das nicht", unterbricht der Polizist den Zeugen.

Der junge Mann schaut ihn fragend an.

„Ja, es hätte jeden treffen können. Sie tun sich jedoch keinen Gefallen, wenn Sie das Spielchen ‚Was, wäre wenn' spielen. Haben Sie jemanden, mit dem Sie reden können? Frau oder Freundin?"

„Verlobte."

„Wunderbar. Setzen Sie sich zusammen und erzählen Sie ihr alles. Außerdem empfehle ich Ihnen, sich professionelle Hilfe zu suchen, zum Beispiel bei der Verkehrsunfall-Opferhilfe Deutschland e.V." Nach einem Moment des Schweigens meint der Polizist: „Ach, da kommt ja der Sanitäter. Er wird Sie einmal durchchecken und …"

„Mir fehlt nichts."

„Es ist nur zu Ihrer eigenen Sicherheit, okay?"

Der junge Mann nickt.

„Vielen Dank für Ihre Hilfe. Hier ist meine Karte. Wenn Ihnen noch etwas einfällt …"

„… dann melde ich mich. Was glauben sie? Wird der Fahrer durchkommen?"

„Keine Ahnung. Ich hoffe es. Aber es sieht nicht rosig aus", antwortet der Autobahnpolizist. Er bemerkt, dass es dem Ersthelfer nahegeht. Kumpelhaft legt er eine Hand auf seine Schulter und fügt hinzu: „Ich weiß, das ist schwer. Versuchen Sie, das Geschehen nicht so nah an sich heranzulassen. Sie haben absolut vorbildlich gehandelt und alles für ihn getan, was Sie konnten, okay?"

Erschöpft stimmt er ihm zu.

„Wenn der Sanitäter fertig ist, kommt meine Kollegin und nimmt Ihre Aussage auf. Anschließend dürfen Sie nach Hause fahren." Gerade als der Polizist sich umdreht, fällt ihm ein Satz ein, den der Ersthelfer geäußert hat. „Ach ja … vorhin sagten Sie: ‚bei ihm nicht'. Was meinten Sie damit?"

„Es hat sicher nichts zu bedeuten, denn immerhin hatte das Unfallopfer eine heftige Kopfverletzung … aber trotzdem", überlegt er. „… irgendetwas war komisch."

Der Autobahnpolizist sieht ihn fragend an und erkundigt sich: „Komisch im Sinne …"

„… na, wie er von den drei weiblichen Personen sprach. Dazu dann sein irrer Blick. Kennen Sie Klaus Kinski? Der hat auch immer so geguckt. Ich sag Ihnen, mir standen regelrecht die Haare zu Berge. Es war so unheimlich, dass ich sofort an die Vermisste aus den Nachrichten denken musste."

Bei dem Polizisten meldet sich nicht nur ein ungutes Bauchgefühl, sondern klingeln sämtliche Alarmglocken. Um herauszufinden, ob beide dieselbe Person meinen, fragt er: „Hat er einen Namen genannt?"

„Ja, aber zuerst war es nur einer und irgendein Kauderwelsch wie ‚lass das … nicht raus … keinen Zweck … Judith du gehörst mir' oder so ähnlich. Dann fing er an, von einer Maria zu erzählen, und fragte laufend, warum sie ihn verlassen hat. Ich glaube, er erwähnte, dass sie heiraten wollten. Das irritierte mich, denn bis dahin war ich der Meinung, dass diese Judith seine Frau oder Freundin wäre und das sagte ich ihm auch. Er ging nicht darauf ein. Also vermutete ich, dass Maria seine Frau ist und diese Judith seine Tochter. Aber dann kam eine weitere Person ins Spiel … eine gewisse Lydia. Sie bezeichnete er als Schlampe und ich zitiere: ‚Jetzt liegst du drei Meter unter der Erde. Wer nicht hören will, muss fühlen.' Wie gesagt, ich hatte eine Gänsehaut, als ich das hörte."

Okay, das klingt tatsächlich merkwürdig, überlegt der Polizist und erkundigt sich dann: „War das alles?"

„So in etwa. Zum Schluss hatte er noch einmal diese Judith erwähnt. Er faselte davon, dass sie ihm glauben soll und nicht rauskommt. Was meint er damit? Ich hoffe, das wirre Gequatsche liegt an seiner Kopfverletzung … oder denken Sie, er hat die drei entführt und irgendwo eingesperrt? Oh mein Gott, dann wäre er ja …"

„Nun mal langsam mit den wilden Pferden. So lange nichts bewiesen ist, Vorsicht mit falschen Behauptungen. Keine Ahnung, was an der Sache dran ist", sagt der Polizeibeamte und gibt der Kollegin zu verstehen, dass es jetzt an der Zeit sei, die Aussage aufzunehmen. „Aber ich werde dem nachgehen. Noch einmal danke schön für Ihre Hilfe."

Er läuft zu seinem Auto und erkundigt sich über Funk in der Zentrale, ob gegen das Unfallopfer etwas vorliegt. Außerdem weist er an, die Namen Judith, Maria und Lydia zu prüfen, ob sie in der Datenbank für Vermisste auftauchen. „Ja klar, das ist nicht viel, aber immer noch besser als gar nichts. Schau mal, was du herausfindest. Erst einmal nur für den Raum Niedersachsen, dann sehen wir weiter."

Ein paar Minuten später meldet sich ein Kollege aus der Zentrale mit der Information: „Dietmar Friese hat keinen Eintrag im Strafregister. Allerdings steht hier ein Vermerk im Zusammenhang mit einer Lydia Meierknopf. Es wurde der Verdacht des Stalkings geäußert. Jedoch konnte er nicht einwandfrei nachgewiesen werden."

Schlagartig macht es klick. *Ich erinnere mich an den Dreckskerl. Es war vor circa ein bis eineinhalb Jahren. Damals war ich noch nicht bei der Autobahnpolizei, sondern Streifenpolizist. Ich hatte die Anweisung, zusammen mit einer Kollegin eine Person zu einem Verdacht zu befragen. Unser Weg führte zur Wohnung des Beschuldigten. Da öffnete niemand die Tür, deshalb fuhren wir zu seiner Arbeitsstelle. In dem Moment, wo wir eintrafen, schloss er die Tür zu seiner Massagepraxis auf.*

„Herr Friese?", fragte die Kollegin.

Dietmar sagte: „Sie sind heute aber früh dran", drehte er sich um und war irritiert. „Oh, Sie sind ja gar nicht Frau Himmelmann. Was kann ich für Sie tun?"

Beide wiesen sich als Polizeibeamte aus.

„Beantworten Sie zuerst die Frage meiner Kollegin! Sind Sie Dietmar Friese?", brummte der männliche Polizist und spannte den Körper an. Er signalisierte die Botschaft „Pass bloß auf, was du sagst! Wenn du lügst, bist du dran! Typen wie dich verspeise ich zum Frühstück."

„Das bin ich. Worum geht's denn?"

„Können Sie sich ausweisen?"

„Natürlich." Er holte den Personalausweis aus der Brieftasche.

Der Polizist nahm das Dokument und schreibt ein paar Anmerkungen auf seinen Notizblock.

Unterdessen erkundigte sich seine Kollegin: „Kennen Sie eine Frau namens Lydia Meierknopf?"

Der Masseur antwortete mit einer Gegenfrage. „Ist der Frau was passiert?"

„Wie kommen Sie darauf, dass ihr etwas passiert sein könnte?"

„Ich nehme an, dass Sie mir die Fragen nicht aus Langweile stellen. Wollen Sie mir nicht endlich verraten, worum's geht?"

„Es steht der Verdacht im Raum, dass Sie der jungen Frau nachstellen", entgegnete der Polizist mürrisch und gab den Personalausweis zurück. „Was sagen Sie zu der Anschuldigung?"

„Definieren Sie nachstellen."

„Nächtliche Anrufe. Blumen vor der Wohnungstür. Fotos im Briefkasten."

„Und diese Frau, wie heißt sie noch mal? Meisentopf?"

„Meierknopf. Lydia Meierknopf."

„Diese Frau Meierknopf behauptet also, ich würde all diese Dinge tun, die Sie gerade aufgezählt haben? Das ist absurd. Warum sollte ich? Ich kenne sie ja nicht einmal", sagte Dietmar Friese entrüstet.

„Sind Sie sicher?", mischte sich jetzt die Polizistin ins Gespräch ein.

„Wie?"

Sie stemmte die Hände in ihre Hüften und wiederholte ihre Frage: „Sind Sie sicher, dass Sie die Frau nicht kennen? Es könnte eine Kundin von Ihnen sein."

„Nein, ist sie nicht. Ich habe ein ausgezeichnetes Namensgedächtnis. Aber, wenn Sie es wünschen, dann sehe ich in der Datei nach", antwortete der Masseur.

„Ja. Bitte."

Zwei Augenpaare sahen ihn erwartungsvoll an. Dietmar sperrte die Tür zur Praxis auf und bat die Beamten mit einer Handbewegung herein.

„Haben Sie etwas dagegen, wenn wir uns ein bisschen umsehen?", erkundigte sich der männliche Polizeibeamte. Ohne auf eine Antwort zu warten, durchstreifte er die Räume.

„Nein", entgegnete der Masseur. „… natürlich nicht. Tun Sie sich keinen Zwang an. Schließlich habe ich nichts zu verbergen."

Noch bevor die Durchsuchung richtig begann, erhielten die beiden Staatsdiener mittels Sprechfunk eine Order. Wenige Augenblicke später verließen sie eilig das Gebäude. In der Zeit, in der die Polizeibeamtin zielstrebig den Streifenwagen ansteuerte, blieb ihr Kollege im Türrahmen stehen. Ein strenger Blick über die Schulter und eine Geste mit der Hand signalisierten deutlich, dass der Polizist Dietmar Friese weiterhin im Auge behalten würde.

Wie heißt es so schön? Man trifft sich immer zweimal im Leben. Dass es auf diese Art sein würde, damit hat der Autobahnpolizist nicht gerechnet. Es hat den Anschein, dass das Unfallopfer in kriminelle Handlungen verwickelt ist beziehungsweise war. Um Klarheit zu bekommen, muss ermittelt werden. Jedoch liegt das nicht in seinem Zuständigkeitsbereich. Er ruft seinen langjährigen Freund an – Kriminalhauptkommissar Ingo Wolfsen. Ihm erzählt der Autobahnpolizist von seinem Verdacht und den inzwischen zusammengetragenen Erkenntnissen.

Unterdessen machen sich einige Polizeibeamte mit mehreren Streifenwagen und zivilen Einsatzfahrzeugen auf die Suche nach dem tatverdächtigen Steinwerfer.

„Danke, mein Bester. Ich werde mich drum kümmern", sagt der Kriminalhauptkommissar, legt auf und erkundigt sich umgehend bei seinem Kollegen Harald Joster. Dieser sitzt in der Dienststelle, der Polizeiinspektion Delmenhorst/Oldenburg-Land/Wesermarsch: „Was wissen wir über Lydia Meierknopf?"

„Sie hat keinen Eintrag im Strafregister. Aber ihre Freundin hatte sie vor circa eineinhalb Jahren als vermisst gemeldet. Einige Monate später ist die Frau wieder aufgetaucht und … ach, das arme Ding."

„Was denn?"

„Sie ist am selben Tag bei einem Autounfall verstorben. Übrigens, das war ganz in der Nähe der Unfallstelle von heute … du weißt doch, die, von der dein Kollege vorhin erzählt hat … auf der Autobahn."

Erstaunlich. Zwei Unfälle an derselben Stelle, die mutmaßlich miteinander verbunden sind. „Was hat die Obduktion ergeben?"

„Sie war übel zugerichtet. Neben dem verdreckten und zerrissenen Brautkleid, das sie trug, hatte sie schwere Verletzungen vom Aufprall auf den Sattelzug. Sie verstarb noch am Unfallort."

„Sexueller Missbrauch?"

„Laut Obduktion wurde keiner festgestellt."

„Und was hatte es mit dem Brautkleid auf sich? Ist da etwas bekannt?"

„Nein, das konnte bisher nicht geklärt werden. Rein spekulativ: Was ist, wenn er sich den sexuellen Akt bis nach der Eheschließung aufheben wollte?"

„Gut möglich … das erklärt das Hochzeitskleid", überlegt Ingo Wolfsen.

„Zum Heiraten braucht man einen Standesbeamten oder Priester und das hieße, es wäre eine weitere Person involviert gewesen. Es gibt aber keinerlei Hinweise, dass er mit jemanden zusammen agiert hatte."

„Ich denke nicht, dass sie zu zweit waren. Er wollte sie für sich alleine und deshalb hatte er vor, sein eigenes Ritual durchzuziehen. Lydia Meierknopf durchkreuzte seinen Plan, indem sie vorher geflohen ist."

„Das klingt schlüssig", stellt Harald Joster fest und fügt hinzu: „Ach ja, die Frau muss über mehrere Monate irgendwo in der näheren Umgebung gefangen gehalten worden sein."

„Wie kam die Rechtsmedizin darauf?"

„Sie meinte: In dem Zustand wäre die Frau nicht weit gekommen. Sie war zu schwach. Die Gegend wurde zwar abgesucht, aber nichts gefunden, was auch nur annähernd wie ein Versteck aussah. Kein Haus. Kein Erdloch. Nichts."

„Trotzdem, mein Bauchgefühl sagt mir, dass es einen Zusammenhang zwischen Lydia Meierknopf und dem heutigen Unfallopfer gibt. Aber welchen?", überlegt der Kriminalhauptkommissar laut, bevor er fragt: „Hat Herr Friese noch Angehörige?"

„Nein. Er hatte eine Mutter. Allerdings ist sie vor einer Woche verstorben."

„Mist. Was ist mit dieser Maria? Irgendwelche Angaben über sie?"

„Nein. Es ist schwierig, etwas herauszufinden, wenn der Nachname nicht bekannt ist."

„Ich weiß. Versuch es trotzdem."

„Ja, wie gehabt. Ich melde mich. Bis später", sagt Harald Joster und legt auf.

Wer ist diese Judith? Und was hat sie mit der ganzen Sache zu tun? Ist sie ebenfalls ein Opfer oder Täterin? Um das herauszufinden, muss er mehr über das Unfallopfer wissen. Ein paar Minuten später fährt er mit einer Kollegin zu Dietmar Frieses Wohnung. Mit dem, was die beiden Polizisten hinter der Tür finden, haben sie nicht gerechnet.

Kapitel 25

Zuerst sah es so aus, als ob ein großer Teil des Sommers verregnet sein würde. Jetzt hat sich das Blatt gewendet. Die Temperaturen sind auf dreißig Grad gestiegen. Seit Tagen schwebt eine feuchtwarme Dunstglocke über der Stadt. In den meisten Geschäften und Wohnungen herrscht eine unerträgliche Hitze. Kein Lüftchen regt sich und der heißersehnte, abkühlende Regen lässt auf sich warten. Nicht einmal die Nächte verzeichnen einen spürbaren Temperaturabfall.

Nur langsam und mit schweren Schritten bewegt sich ein alter Mann den Etagenflur entlang. Unterm Arm klemmt die Tageszeitung, in der Hand trägt er eine volle Einkaufstasche. Kurz vor seiner Wohnungstür bleibt er stehen, um einen Moment zu verschnaufen. Ein Pärchen, das in unmittelbarer Nähe herumlungert, erregt seine Aufmerksamkeit. Er mustert die beiden Gestalten von oben bis unten und bemerkt: „Ich kenne jeden auf dieser Etage. Sie habe ich hier noch nie gesehen. Was machen Sie da? Das ist nicht Ihre Wohnung! Am besten rufe ich die Polizei."

„Nicht nötig", antwortet Kriminalhauptkommissar Ingo Wolfsen und läuft auf ihn zu. „Wir sind von der Polizei."

In aller Ruhe begutachtet der Herr den Dienstausweis,

der ihm entgegengehalten wird. „Trotzdem", meint er und erkundigt sich: „Dürfen Sie die Tür überhaupt öffnen? Brauchen Sie da nicht so einen ... wie heißt das ... ach ja, Gerichtsbeschluss? Weiß der junge Mann, der dort wohnt, Bescheid? Ich glaube nicht. Ihm ist es sicher nicht recht, wenn Sie in seinen Sachen herumschnüffeln."

Eine Kommissarin gesellt sich zu den beiden. Sie reicht ihrem Chef den Schlüssel, der dem Unfallopfer abgenommen und an ihre Abteilung weitergeleitet wurde. „Geh schon, ich mach das hier."

Ingo Wolfsen ist der Kollegin dankbar, dass sie ihm den Rücken freihält, und formt mit den Lippen ein lautloses: „Danke." In der Hoffnung, die Vermisste oder zumindest einen Hinweis auf ihren Aufenthaltsort zu finden, betritt er kurz darauf die Wohnung von Dietmar Friese.

„Wir schnüffeln nicht, sondern schauen uns nur um. Glauben Sie mir, es hat alles seine Richtigkeit", erklärt die Kommissarin. Mit dem Gedanken im Hinterkopf, dass jede Minute zählt, möchte sie so schnell wie möglich ihre Arbeit aufnehmen. Vorher animiert sie den Hausbewohner zum Weitergehen, indem sie fragt: „Wie weit haben Sie es denn noch? Kann ich Ihnen die Tasche abnehmen?"

„Nein danke. Es sind nur ein paar Schritte bis zu meiner Tür", antwortet er und schlurft davon.

Nachdem der alte Mann seine Wohnungstür hinter sich geschlossen hat, betritt auch sie die Wohnung von Dietmar Friese.

Einzeln aber vorsichtig durchsuchen die Polizisten einen Raum nach dem andern.

„Frau Schneeganz?"

„Judith sind Sie hier?"

Niemand antwortet.

Die Kommissarin ist die Erste, die den letzten Raum erreicht. Es handelt sich um das Schlafzimmer. Bestürzt sagt sie: „Ach du heiliger Strohsack", und bleibt einen Moment im Türrahmen stehen.

Eine der Wände ist mit zahlreichen Fotos bestückt – sowohl einzelne als auch zu verschiedenen Collagen zusammengestellt. Einige mit einem roten Herz umrahmt, andere wiederum mit einem dicken schwarzen Stift durchgestrichen. Am häufigsten ist aber ein und dieselbe Frau abgebildet. Sie ist Mitte bis Ende dreißig und circa einen Meter fünfundsiebzig groß. Ihre lange, schwarze Löwenmähne trägt sie offen, wild hochgesteckt oder zu einem Zopf zusammengebunden.

„Das sind ja unzählige Aufnahmen", sagt die Kommissarin mehr zu sich selbst, bevor sie ruft: „Ingo, komm mal. Das musst du dir ansehen."

„Hast du Frau Schneeganz gefunden?", erkundigt er sich und verlässt eilig die Wohnstube.

„Ja", antwortet sie. „... aber nicht so, wie wir es uns vorgestellt haben."

Beim Betreten des Zimmers bleibt er ebenfalls kurz im Türrahmen stehen und meint: „Oh Mann, was für ein kranker Typ."

„Das kannst du laut sagen", erwidert die Kommissarin. Ihr Blick wandert dabei zwischen ihrem Handy und der Wand hin und her.

„Was hast du da?"

„Bevor wir losgefahren sind, habe ich noch schnell das Bild unserer Vermissten aus der Akte abfotografiert. Jetzt vergleiche ich es mit den Fotos an der Wand."

„Ach deshalb musste ich auf dich warten und ich dachte schon, du trödelst wieder."

Sie überhört die Frotzelei ihres Chefs. Stattdessen stellt sie fest: „Das ist sie. Eindeutig", und hält ihm das Handy entgegen.

Nun heißt es herauszufinden, wo Dietmar Friese Judith Schneeganz versteckt hat. Das versuchen die Polizisten, in dem sie das Bildmaterial an der Wand akribisch betrachten.

Dabei fällt dem Kriminalhauptkommissar etwas auf. „Er hat sie scheinbar überallhin verfolgt."

„… und fotografiert", ergänzt seine Kollegin. „Auf der Arbeit. Vor ihrem Haus. Beim Walken. Aber nirgends ist zu erkennen, wo sie jetzt steckt."

„Unser Verdächtiger entpuppt sich als Stalker. Das war keine Gelegenheitstat. Ich hoffe nur, wir finden sie rechtzeitig."

„Schau mal, sogar in der GraftMühle."

„Und wer sind diese Personen? Ich meine, sind ihre Namen bekannt?"

„Das dürfte Thomas Schneeganz sein und das hier seine Verlobte Susanne Franzen", analysiert die Kommissarin. „Was ich absolut nicht verstehe, ist, wie passt der Barkeeper zum Entführungsopfer? Gut, sie kennen sich über die Arbeitsstelle ihres Bruders, aber warum hängen von ihm Bilder an der Wand?"

„Keine Ahnung. Im Gegensatz zu den Fotos von Frau Schneeganz sind seine mit einem schwarzen Stift durchgestrichen. Daher gehe ich davon aus, dass er für unseren Stalker irgendeine Bedrohung darstellt beziehungsweise darstellte. Er ist ja jetzt tot. Erkundige dich doch mal beim Bonsai, ob wir Informationen zu ihm haben."

Harald Joster ist der IT-Forensiker in der Abteilung. Aufgrund der gedrungenen Körpergröße wird er liebevoll Bonsai genannt. Zu seinen Aufgaben gehört das Identifizieren, Lokalisieren und Sichern hinterlassener digitaler Spuren und Beweise. Dazu zählen auch gelöschte Daten. Außerdem hat es sich im Laufe der Jahre ergeben, dass er für seine Abteilung fallrelevante Informationen aus den Polizei-Datenbanken besorgt.

In der Zeit, in der die Kollegin telefoniert, wirft Ingo Wolfsen einen Blick auf den im Zimmer befindlichen Schreibtisch. Er hofft, einen Hinweis zum Aufenthaltsort des Entführungsopfers zu finden. Peinlichst darauf achtend, dass er nichts durcheinanderbringt und vor allem keine Fremdspuren hinterlässt, durchsucht er einen Stapel Papiere. Dabei stößt er versehentlich an die Computermaus, woraufhin der Bildschirm hell erleuchtet.

Einen Augenblick später kommt die Kommissarin, die zum Telefonieren den Raum verlassen hatte, wieder rein und berichtet: „Also, Bonsai sagt … ach du Scheiße. Ist das live?"

Mit nach vorn gebeugtem Oberkörper starren sie zu zweit auf den Monitor.

„Sieht so aus", antwortet Ingo Wolfsen.

Zu erkennen ist ein unbekannter Ort ohne Tageslicht. An der Decke flackert eine Neonröhre und an den Wänden sind zahlreiche Stockflecke zu sehen. Alles zusammen spiegelt die kalte, muffige Atmosphäre, die der Raum ausstrahlt, wider. Eine sanitäre Ausstattung ist nicht zuerkennen, dafür steht unweit der klinkenlosen Tür ein Metalleimer mit Deckel. Ihm schräg gegenüber befindet sich eine Person. Sie hat den Rücken der Kamera zugewandt und kauert regungslos auf einer abgewetzten Matratze. Ihre Haare sind zerzaust. Die Kleidung ist schmutzig. Am linken Fußgelenk ist eine lange Metallkette zu erkennen, die an einem rostigen Ring an der Wand befestigt wurde.

„Ist das Judith Schneeganz?", fragt die Kommissarin.

„Sieht ganz so aus. Aber genau wissen wir es erst, wenn sie sich umdreht oder wir das Versteck gefunden haben. Sag den Leuten von der Spurensicherung Bescheid. Sie sollen herkommen und die Wohnung auf links drehen. Hoffentlich finden sie was."

„Soll die SpuSi den Computer anschließend zu Bonsai bringen?"

„Ja. Nein warte. Am besten, er kommt gleich mit und holt ihn selber ab. Das geht schneller. Vielleicht findet er einen Hinweis in den Dateien. Ich besorge inzwischen einen Gerichtsbeschluss zur Ortung der Kamera und, Kerstin …"

„Ja?"

„Jede Minute zählt. Er soll sich beeilen!"

„Ich sag's ihm", antwortet sie.

„Alles klar. Bin schon auf dem Weg", erwidert Harald Joster, der die ganze Zeit über am Handy der Kollegin mitgehört hat.

Beim Verlassen des Schlafzimmers fügt Ingo Wolfsen hinzu: „Ach ja, noch was Kerstin, wenn die Spurensicherung hier fertig ist, soll sie in der Wohnung von Judith Schneeganz weitermachen. Besorg dir den Schlüssel vom Bruder, der Hausverwaltung oder dem Hausmeister, mir egal. Notfalls ruf den Schlüsseldienst … Hauptsache, du kommst rein."

„Ohne Durchsuchungsbeschluss?"

„Schick ich dir."

„Okay", antwortet sie und macht sich an die Arbeit.

Seit Beginn ihrer Ermittlung sind eineinhalb Tage vergangen. Als die Kommissarin mit dem Team von der Spurensicherung am Vierparteienhaus ankommt, ist es schon spät.

Um die Familie der Vermissten nicht unnötig aufzuregen, hat sie sich dazu entschlossen, den Hausmeister unterwegs zu benachrichtigen.

Ungeduldig erwartet er die Kommissarin. Mit den Worten: „Das muss ja sehr wichtig sein, wenn Sie mich um diese Uhrzeit hierher beordern. Haben Sie einen Beschluss?", hält er ihr und dem Rest der Mannschaft die immer noch defekte Haustür auf.

„Ja", antwortet sie. „Wo wohnt Frau Schneeganz?"

„Erstes Obergeschoss. Worum geht's denn eigentlich, wenn ich fragen darf?", ruft er ihr hinterher und sieht zu, den Anschluss nicht zu verlieren. „Hat sie etwas ausgefressen?"

„Ich werde nichts über eine laufende Ermittlung sagen. Das verstehen Sie doch, oder?"

„Ja", brummt der Hauswart enttäuscht. Aber seine Neugierde lässt ihn nicht los. Kurz darauf wagt er einen weiteren Versuch. „Hat es etwas mit den Nachrichten zu tun? Ich meine, ich habe Frau Schneeganz schon eine ganze Weile nicht gesehen und sie wird ja auch gesucht."

„Wie bereits gesagt. Ich …"

„… werde nichts über eine laufende Ermittlung sagen", beendet der Hausmeister den Satz. „Ich hoffe, Sie finden das arme Ding. Wer weiß, ob sie überhaupt noch lebt und was sie durchgemacht hat."

Der Kommissarin kommt die Bemerkung des Hauswarts merkwürdig vor, deshalb erkundigt sie sich: „Wissen Sie etwas darüber?"

„Ich? Nein", stottert er.

„Würden Sie sich bitte beeilen?!", sagt sie ungehalten.

„Jaaa … ich mach doch schon", entgegnet der Hausmeister. Nach dem Öffnen der Wohnungstür will er der Polizistin, die das Team von der Spurensicherung zuerst in die Wohnung lässt, folgen. Mit den Worten: „Danke schön. Ab jetzt kommen wir alleine zurecht", verdeutlicht sie, dass er unerwünscht ist, und schlägt ihm die Tür vor der Nase zu. Ein paar Minuten lauscht der Hauswart noch mit dem Ohr an der Tür, bevor er verschwindet.

Kapitel 26

Gewiss braucht Kerstin der Spurensicherung nicht zu erläutern, worauf diese ein besonderes Augenmerk in der Wohnung der immer noch verschwundenen Judith Schneeganz legen sollte. Dennoch kann es sich die Polizistin nicht verkneifen. Die Schicht ist lang und sie müde. Mit dem Versprechen, sie zu informieren, wenn das Team etwas gefunden hat, fährt die Kommissarin heim. Zu Hause angekommen, wäre Kerstin am liebsten gleich ins Bett gekrochen. Doch ihre Anspannung hält sie vom Einschlafen ab. Die Bilder der Liveübertragung im Schlafzimmer des Stalkers gehen ihr nicht mehr aus dem Kopf. Fragen wie: „Wo steckt Judith Schneeganz? Lebt sie noch oder haben wir im Verlies ihre Leiche gesehen?" quälen die Polizistin. Um auf andere Gedanken zu kommen, schaltet sie den Fernseher an und kuschelt sich mit einer Wolldecke auf's Sofa.

Am nächsten Morgen steht sie wie gerädert auf und fährt zur Arbeit. „Schenkst du mir auch einen ein?", fragt Kerstin und lässt sich erschöpft auf den Stuhl an ihrem Schreibtisch plumpsen.

Harald Joster reicht ihr eine Tasse dampfenden, köstlich riechenden Kaffee und erkundigt sich verwundert: „Seid ihr schon fertig?"

Sie nimmt einen kräftigen Schluck, genießt: *Mmh, genau das, was ich jetzt brauche* und antwortet: „Nein. Werner von der KTU hat mich auf der Fahrt hierher angerufen. Sie sind noch vor Ort. Es gibt jedoch ein vorläufiges Ergebnis."

„In welcher Wohnung sind sie?"

„Frau Schneeganz."

„Wow, da haben sie sich aber beeilt."

„Ja, das Team hat durchgearbeitet. Ich hingegen habe mich für ein paar Stunden auf's Ohr gehauen", sagt sie, nimmt einen weiteren kräftigen Schluck aus ihrer Tasse und fügt wehmütig hinzu. „Obwohl ich mir das hätte sparen können."

Hauptkommissar Ingo Wolfsen tritt durch die offene Tür in den Raum. Mit der Frage „War etwas auffällig?" lässt er sich auf den neusten Ermittlungsstand bringen.

„Du kommst genau rechtzeitig, dann brauche ich es nicht doppelt zu erzählen. Also, auf dem Wohnzimmertisch lag ein Zettel mit einer Nachricht. Sinngemäß stand dort: ‚Liebe Judith, wir vermissen dich und hoffen, dass es dir gut geht. Bis zu deiner Rückkehr haben wir Lenchen', das ist wohl die Katze, ‚mit zu uns genommen.' Unterschrift ‚Susanne' …, dann wurden einige Fingerabdrücke sichergestellt. Hier gehe ich davon aus, dass die meisten von Frau Schneeganz sind. Ist ja schließlich auch ihre Wohnung. Genaueres wissen wir, wenn sie mit der Familie, den Freunden und Bekannten abgeglichen sind. Ansonsten … nichts. Keine Einbruchspuren, weder an den Fenstern, der Wohnungs- oder Balkontür."

„Okay", sagt Ingo Wolfsen und spielt mit seinem Team ein paar Szenarien durch. „Da nicht bekannt ist, wo Frau

Schneeganz entführt wurde, besteht die Möglichkeit, dass sie Herrn Friese freiwillig die Tür geöffnet hat."

„Wir haben keinerlei Anzeichen gefunden, dass sich die beiden persönlich kannten", erwidert Harald Joster. „Was wiederum den Schluss zulässt, dass wir keine Fingerabdrücke von Judith in seiner Wohnung finden werden. Das Ergebnis dieser Auswertung und der von eventuellen Übertragungsspuren steht aber noch aus."

„Laut Bruder und Schwägerin war Frau Schneeganz eher vorsichtig gegenüber Fremden. Sie meinten, sie können sich nicht vorstellen, dass sie ihm die Tür geöffnet geschweige denn ihn hereingebeten hätte."

„Klingt plausibel", stellt der Kriminalhauptkommissar fest und fährt fort: „Zweite Variante, der Stalker hat sich mittels eines Spezialwerkzeugs Zutritt zur Wohnung verschafft, sie überwältigt und weggebracht."

„Oder drittens, er hat sie woanders, zum Beispiel auf dem Heimweg, abgepasst", ergänzt Harald Joster die Alternativen der Entführung.

„Zwar riskant, weil ihn jemand dabei hätte beobachten können, aber trotzdem ist es eine Möglichkeit. Die müssen wir ebenfalls in Betracht ziehen. Sag der Streife Bescheid, sie sollen sich mal entlang des Arbeitsweges von Frau Schneeganz umhören. Eventuell hat ja ein Anwohner etwas mitbekommen?", sagt Ingo Wolfsen und wechselt das Thema. „Wie weit bist du mit der Ortung der Kamera?"

„Die Rückmeldung vom Mobilfunkbetreiber steht noch aus. Aber ich war nicht untätig und habe mir in der Zwischenzeit den Computer von Herrn Friese vorgenommen."

„Und?"

„Mein lieber Scholli! Ich bin auf allerhand Dateien gestoßen. Es fängt damit an, dass er für Judith Schneeganz, Lydia Meierknopf und eine gewisse Maria, Nachname ist nicht bekannt, eine Art Tagebuch angelegt hat."

„Zusammen oder getrennt?", fragt Kerstin.

„Getrennt. Außerdem habe ich ein weiteres Tagebuch gefunden. Dieses enthält zum einen ein Video. Er hat es sich wohl von YouTube heruntergeladen. Es zeigt den Barkeeper aus der GraftMühle in einem Auto. Eine Gruppe Jugendliche hat den Wagen, der in der Nähe vom Wasserturm verunfallt ist sowie die Rettungskräfte beim Einsatz, gefilmt. Zum anderen enthält das Tagebuch eine Beschreibung über einen nächtlichen Angriff. Wobei deutlich herauszulesen ist, dass Herr Friese der Angreifer war", berichtet Harald Joster.

„Steht da auch, warum er den Barkeeper ... wie heißt er eigentlich?

„Darren so und so."

Ingo Wolfsen sieht seine Kollegin fragend an.

„Ich bin noch dabei, den Nachnamen herauszufinden", rechtfertigt sie sich.

„... angegriffen hat?", beendet er seine Frage.

„Soweit ich es verstanden habe, war er eifersüchtig auf den Mann. Herr Friese war wohl der Ansicht, dass der Barkeeper seiner Herzensdame zu nahe kam. Daher hat er ihm nach der Arbeit aufgelauert und ... zack, eine übergezogen!"

„Wo?"

„In der Graft."

„Hat er das zur Anzeige gebracht?", erkundigt sich der Kriminalhauptkommissar.

„Ja, er war zusammen mit Judith bei uns auf der Polizeiinspektion. Sie hatte den Verdacht wegen Stalking angezeigt und er erwähnte in diesem Zusammenhang, dass er überfallen wurde. Der Kollege, der mit ihnen gesprochen hatte, machte den Vermerk, dass beide glaubten, es sei ein und dieselbe Person. Sie haben dann eine Anzeige gegen unbekannt gestellt", meint Kerstin. Zeitgleich ruft sie die entsprechenden Aufzeichnungen auf ihrem Computer auf und überfliegt gemeinsam mit Ingo Wolfsen die Berichte.

Im Anschluss erkundigt er sich: „Was hat Herr Friese in den Tagebüchern über Maria und Frau Meierknopf dokumentiert?"

„Moment … Gleich hab ich's … Da ist es. Bei Frau Meierknopf sind unzählige Videoaufzeichnungen gespeichert. Hier sieht es so aus, als ob seine Opfer am selben Ort gefangen gehalten wurden, das heißt, Frau Schneeganz ist ja immer noch dort. Dazu kommen einige Zeitungsartikel über einen Unfall. Gemeint ist der, wo ein Sattelzug Frau Meierknopf auf der Autobahn erwischt hatte und sie an der Unfallstelle an den Folgen verstarb."

„Sind das dieselben, die er an seiner Wand hat?", fragt Kerstin.

„Ja. Er hat alles eingescannt und gespeichert."

„In den Aufzeichnungen steht nicht zufällig, wo er sie gefangen hält oder sich die beiden über den Weg gelaufen sind?"

„Ort nein. Dafür aber, wo er sie zum ersten Mal gesehen hat", antwortet Harald Joster.

Zwei Augenpaare sehen ihn erwartungsvoll an.

„Frau Schneeganz ist ihm bei einer Veranstaltung, die in der GraftMühle stattfand, aufgefallen. Seit jenem Abend hatte er versucht, so viel wie möglich über sie herauszufinden."

„Und was ist von Maria ohne Nachnamen bekannt?"

„Unter dem Namen sind lediglich alte Liebesbriefe gespeichert. Die, die er ihr geschrieben hat, und ihre Antworten. Ach ja und wieder Zeitungsartikel über einen Autounfall mit Todesfolge. Dieses Mal nicht auf der Autobahn, sondern auf einer Landstraße. Ich zitiere: ‚Ihr Auto verließ aus unerklärlichen Gründen die gerade Straße und kollidierte ungebremst mit einem Baum auf der anderen Seite der Fahrbahn. Der Wagen hatte einen Totalschaden. Die Insassin war auf der Stelle tot.'"

„Demnach sind zwei Frauen, die Herr Friese kannte, bei einem Autounfall verstorben. Zufall? Oder Scheiß-Karma?"

„Egal was es ist, Kerstin. Zwischen allen Personen gibt es einen Zusammenhang und das ist unser Masseur Schrägstrich Stalker", stellt Ingo Wolfsen fest. „Was ist mit dem Provider? Hat er die Daten schon gemailt?"

„Nein, noch nicht", antwortet Harald Joster.

„Mach Druck! Die Zeit läuft uns davon!"

Irgendjemandem haben offenbar gehörig die Ohren geklingelt, denn kaum hat der Kriminalhauptkommissar zu Ende gesprochen, erhält der IT-Forensiker die heißersehnten Daten. Er macht sich gleich an die Arbeit. Ein paar Minuten später ruft er euphorisch: „Bingo! Ich hab sie gefunden! Frau Schneeganz ist hier", und deutet dabei mit dem Finger auf eine bestimmte Stelle seines Monitors.

Beide Kommissare springen gleichzeitig von ihren Stühlen auf und laufen los.

„Sag dem Rettungsdienst Bescheid!"

„Mach ich. Die Koordinaten habe ich euch auf's Handy geschickt", ruft Harald Joster ihnen hinterher.

Es ist kalt und klamm. Um sich zu wärmen, schlingt Judith die Arme um ihren Körper. In dem Moment, wo ihre Fingerspitzen die Rippen berühren, stellt sie fest: *Oh, ich bin dünner geworden.* Nun ja, *ein Wunder ist es nicht. Immerhin habe ich seit Tagen nichts Vernünftiges mehr gegessen ... oder sind es schon Wochen ... keine Ahnung. Mein Zeitgefühl ist vor Ewigkeiten verloren gegangen.* Ihre Augen schweifen durch den Raum und bleiben beim Weidenkorb hängen. Prompt gibt ihr Magen mit einem lauten Knurren zu verstehen, dass er Hunger hat. Auf allen vieren krabbelt sie zu ihm hinüber und sieht zum x-ten Mal hoffnungsvoll hinein. Aber er ist leer – genauso wie vor fünf Minuten, wie vor ein paar Stunden, wie am gestrigen Tag und ...

Gerade als Judith auf dem Weg ist, um sich wieder auf der Matratze in die Ecke zu kauern, glaubt sie etwas hinter der Stahltür wahrzunehmen. *Sind das wirklich Stimmen, die ich da höre oder halluziniere ich?* Für einen Moment flammt Hoffnung auf, gerettet zu werden. Kurz darauf zweifelt sie. *Was ist, wenn mich der Entführer auf die Probe stellt? Will wissen, ob ich um Hilfe rufe und dann ... Nein, nein, viel zu riskant!* Fieberhaft überlegt Judith, ob es trotz alledem eine Möglichkeit gibt, diese Chance zu nutzen. Aufgrund des Nahrungsmangels arbeitet das Gehirn sehr langsam, bis ihr die zündende Idee einfällt. „Ich brauche einen Gegenstand zur Verteidigung!" Sie sucht ein weiteres Mal das Verlies ab. *Nichts*, bemerkt sie enttäuscht, bevor der Blick auf eine leere Milchflasche fällt. Ein Lächeln huscht über ihre Lippen. Das Wasser, mit dem Beigeschmack von Plastik, hing ihr zum Halse raus. Deshalb hatte sie der Entführer, auf ihren Wunsch hin, dass letzte Mal mitgebracht. Es ist die einzige Glasflasche. Seither ließ er sich nicht mehr blicken.

Judith springt auf und greift nach der leeren Flasche. „Es ist nicht das idealste Werkzeug, um sich zu verteidigen, aber besser als nichts", sagt sie in einem Flüsterton und schlägt das Glasgefäß gegen die Wand. In dem Moment, wo ein Teil abbricht, hofft sie, dass, wer sich auch immer hinter der Tür bewegt, das klirrende Geräusch nicht gehört hat.

„Hallo. Hier ist die Polizei."

Ja genau und ich bin die Königin von Saba! Ihre Hand umklammert fest den Flaschenhals.

„Frau Schneeganz, wo sind Sie?"

Du verarschst mich nicht! Judith postiert sich neben dem Eingang und lauscht.

Schritte nähern sich.

Die Tür wird geöffnet.

Ab jetzt geht alles ganz schnell. Sie holt aus und rammt ihrem vermeintlichen Entführer mit voller Wucht die Glasscherbe seitlich in den Bauch.

Der Typ, der mit Schmerzen zusammengesackt, ist nicht der Stalker, sondern ein wildfremder Mann.

Sie hat panische Angst, dass der verletzte Eindringling nun auf sie losgeht. Nachdem eine weibliche Person im Türrahmen erscheint, ist Judith vollkommen mit der Situation überfordert. Mit der Glasscherbe wild vor ihrem Körper fuchtelnd, versucht sie, die beiden Fremden auf Abstand zu halten. „Keinen Schritt näher! Ich meine es ernst!"

Bevor noch jemand verletzt wird, gibt sich Kerstin als Kommissarin zu erkennen. Mit sanfter Stimme überzeugt sie die verängstigte Frau davon, dass sie die Scherbe fallen lässt. Kurz darauf ist ein klirrendes Geräusch zu hören. „So ist es gut", sagt sie, beugt sich zu ihrem Chef und fragt: „Bist du okay?"

„Ja, alles in Ordnung. Kümmere du dich um Frau Schneeganz. Sie braucht dringend ärztliche Hilfe."

„Du aber auch!"

Mit den Worten: „Ich komme zurecht. Sie hat mich nur
gestreift", versucht Hauptkommissar Ingo Wolfsen, seine
Kollegin zu beruhigen. Dabei drückt er eine Hand auf die
Wunde. Nachdem sie etwas gelüftet wird, stellt er fest: *Oh,
die Verletzung ist wohl doch tiefer, als ich dachte.* Auf seinem
Oberhemd zeichnet sich ein faustgroßer Blutfleck ab.

In dem Moment, in dem Judiths Blick auf das blutige
Hemd fällt, sackt sie ohnmächtig zusammen.

„Sanitäter! Hierher! Schnell!"

Kapitel 27

Die Stahltür öffnet sich quietschend und sie wird geblendet. Obwohl Judith nichts sieht, macht sich Erleichterung breit. Endlich verlässt sie das stille, kalte und feuchte Gefängnis. Sie atmet einige Male tief durch und genießt dabei das fröhliche Vogelgezwitscher und die warmen Sonnenstrahlen auf ihrer Haut. *Mmh herrlich.*

Nach ein paar Minuten blinzelt Judith durch ein Auge und ist geschockt. Egal in welche Richtung sie schaut – ringsherum nur Bäume.

In unmittelbarer Nähe ist ein Knacken zu hören. So, als ob jemand auf einen dünnen Zweig tritt und dieser zerbricht.

Erschrocken zuckt Judith zusammen. *Oh Gott, er ist zurück*, denkt sie entsetzt. Besorgt sieht sie dorthin, wo sie das Geräusch vermutet.

Nichts.

Kurz darauf erklingt der erbärmliche Schrei eines Käuzchens. Panisch vor Angst verharrt sie in der Bewegung und hört für ein paar Sekunden auf zu atmen.

Rascheln im Unterholz.

Jetzt aber nichts wie weg hier, beschließt Judith und setzt zum Loslaufen an, kommt jedoch nicht von der Stelle. Sie schaut an sich herunter und begreift warum. An ihrem linken Fußgelenk hängt eine schwere Eisenkette. Als sie sich bückt, um den Fuß zu befreien, packt jemand fest ihre Schulter und …

Schreiend schreckt sie hoch.

„Tsch…, ganz ruhig. Alles ist gut. Du hattest nur einen Albtraum", sagt ihr Bruder, der auf der Bettkante sitzt.

Es dauert eine Weile, bis Judith begreift, dass sie sich nicht im tiefsten Wald, sondern in einem Krankenhauszimmer befindet. Um ihr Bett herum sind Gesichter, die sie liebevoll ansehen. „Ich kenne euch", stellt sie erleichtert fest.

Um die herunterkullernde Träne vor seiner Schwester zu verbergen, dreht Thomas kurz den Kopf zur Seite und wischt sie weg.

Am Fußende des Bettes steht Susanne. Sie tätschelt die Beine ihrer Schwägerin und freut sich: „Schön, dass du wieder bei uns bist."

„Es ist vorbei. Der Stalker kann dir nichts mehr antun", sagt Darren.

„Was ist dir denn passiert?", erkundigt sich Judith besorgt.

„Ich hatte einen Unfall, aber mir geht es gut."

Mit den Worten „So, meine Herrschaften, die Besuchszeit ist zu Ende. Frau Schneeganz braucht dringend Ruhe" betritt eine Krankenschwester den Raum.

Beim Verlassen des Zimmers sagt Darren: „Wir sehen uns morgen, dann erzähl ich dir alles."

Nachtrag

Die Namen meiner Figuren sind frei erfunden. Bei den Örtlichkeiten hingegen sieht es anders aus, wie zum Beispiel bei der GraftMühle. Sie ist eine restaurierte Wassermühle aus dem 19. Jahrhundert, die ich für mein Buch von „Graftwerk" auf „GraftMühle" umgetauft habe.

Sowohl die nahegelegene Burginsel als auch die angrenzende Parkanlage mit den Gräften gehören auch sie zu den Überbleibseln der im 13. Jahrhundert erbauten Delmenhorster Wasserburg.

Die Burg Delmenhorst, auch Schloss Delmenhorst genannt, befand sich, umgeben von der inneren Graft, auf der Burginsel. Sie wurde 1254 erstmals urkundlich bei der Besiegelung eines Landverkaufs durch Graf Johann I. von Oldenburg erwähnt. In der Zeit von 1440 bis 1482 lag die Herrschaft Delmenhorst bei Raubritter Graf Gerd dem Mutigen. 1547 eroberte Graf Anton I. von Oldenburg die Herrschaft und die Grafschaft zurück. Aufgrund ständiger Überflutungen wurde im 16. Jahrhundert eine zweite – die äußere – Graft gebaut. Außerdem begann der Um- und Ausbau der Burg zu einem Weserrenaissanceschloss mit Lustgarten. Leider verstarb 1647 der letzte Delmenhorster Graf ohne Nachkommen. Aus diesem Grund begann das Schloss im 17. Jahrhundert zu verfallen. Bis dahin war es fast 500 Jahre der Mittelpunkt des Stadtlebens von Delmenhorst.

Seit Anfang des 20. Jahrhunderts kümmert sich die Stadt Delmenhorst intensiv um die Burginsel und den Graftbereich. Nach und nach entstand ein Naherholungsgebiet mit einer Parkanlage, diversen Holzbrücken, die die innere mit der äußeren Graft verbinden und zum Spazierengehen einladen. Neben dem Mini-Golf-Platz, Tret- und Ruderbootfahren, der GraftTherme und vielem mehr finden zahlreiche Veranstaltungen statt, wie zum Beispiel der 24-Stunden-Lauf oder das Mittelalter-Spektakel „Graf Gerds Stadtgetümmel." Natürlich darf ein Besuch im Graftwerk, welches inzwischen ein Restaurant mit internationalen Speisen ist, nicht fehlen.

Ich gestehe: Mir ist nicht bekannt, ob im Graftwerk je eine kulinarische Lesung oder ein Krimidinner stattgefunden hat. Was ich aber mit Sicherheit weiß, ist, dass es im Hotel Thomsen schon das eine oder andere gab. Ich selber bekam von meinem Mann zum 40. Geburtstag eine Eintrittskarte zu einem Krimidinner. Es war ein unvergesslicher Abend.

Sowohl dieses Krimidinner als auch eigene Erfahrungen als Stalkingopfer dienten in groben Zügen als Vorlage für dieses Buch. Die beim Krimidinner erwähnten Speisen sind meine eigenen Kreationen. Die Rezepte befinden sich im Anschluss.

Im Gegensatz zu meinen fiktiven Figuren habe ich mir die Schwarzbrotbrötchen nicht ausgedacht. Es gibt sie wirklich, und zwar hier in Delmenhorst. Allerdings nicht überall, sondern nur in der Bäckerei Krützkamp. Am liebsten hole ich sie mir aus dem Laden in der Syker Straße.

Wer mich kennt oder bereits eines meiner Bücher gelesen hat, weiß, dass ich mir hin und wieder die Freiheit herausnehme, reale Gebäude innerhalb von Niedersachsen zu verschieben.

Nehmen wir beispielsweise die Mietwohnung meiner Protagonistin Judith Schneeganz. In ihren vier Wänden hatte ich tatsächlich vor einigen Jahren gewohnt. Die Wohnung war sehr schön und von der Größe passend. Nur die Lage stimmte nicht. Also zog die Behausung kurzerhand von Schwanewede nach Delmenhorst um. Die von dort aus beschriebene Walkingstrecke hingegen laufe ich wirklich und zwar, wann immer es mir die Zeit erlaubt.

Konnte ich Ihnen mit meinem Thriller die Gefühlswelt eines Stalkers und seinem Opfer verdeutlichen? Gut, denn jeder von uns kann ein Opfer werden. Sollten Sie diesbezüglich einen Verdacht hegen, scheuen Sie nicht den Weg zur nächsten Polizeistelle. Egal ob Sie diese Person kennen oder nicht.

Wissen Sie schon, wo die nächste Urlaubsreise hingeht? Nein? Wie wäre es mit Delmenhorst? Delmenhorst ist eine Stadt mit vielen schönen Seiten, die es wert sind, entdeckt zu werden. Ich verspreche Ihnen, Sie werden es nicht bereuen, denn sie ist eine Reise wert. Neben den bereits genannten Erlebnismöglichkeiten können Sie hier zu einem angemessenen Preis übernachten. Außerdem befindet sich hier ein idealer Knotenpunkt für zahlreiche Ausflugsziele (ob Oldenburg, Bremen oder verschiedene Freizeitparks). Wer weiß, vielleicht laufen wir uns ja über den Weg. In diesem Sinne wünsche ich Ihnen viel Spaß.

Rezepte (vegetarisch / vegan)

Erbsen-Cappuccino

Zutaten:
1 l Gemüsebrühe, 500 g TK-Erbsen, 200 ml Kokosmilch, 1 Chilischote, Butter, Ingwer und Estragon (nach Geschmack), Salz, Pfeffer

Zubereitung:
Zuerst halbiere ich die Chilischote der Länge nach, entkerne sie und hacke sie fein. Anschließend schäle ich die Kartoffeln und schneide sie in ca. 2 cm große Würfel. Jetzt gebe ich Kartoffeln, Chili und die Brühe in einen Topf und lasse alles (zugedeckt) 20 Minuten bei mittlerer Hitze kochen. Nachdem ich den Ingwer geschält und kleingeraspelt habe, lasse ich ihn in der Kokosmilch kurz aufkochen. Nun hacke ich den Estragon und gebe ihn mit den Erbsen in die Brühe und lasse sie weitere 5 bis 8 Minuten kochen. Anschließend wird die Suppe püriert, bevor ich sie durch ein feines Sieb streiche. Nach dem Aufkochen schmecke ich mit Salz und Pfeffer ab.

Für den Milchschaum gieße ich zunächst die Kokosmilch durch ein Sieb ab und erhitze sie erneut (aber nicht kochen lassen!). Anschließend schäume ich die Milch auf (z. B. mit einem Milchaufschäumer). Nachdem die Suppe portionsweise auf Teller, Schüsseln oder in dekorativen Gläsern verteilt wurde, kommt ein Klacks von dem Schaum als i-Tüpfelchen darauf.

Halloumi an Spitzkohl-Curry

Zutaten:
1 Packung Halloumi, 1 kleiner Spitzkohl (ca. 600 g), 250 ml Gemüsebrühe, 200 ml Kokosmilch, 100 g rote Linsen, 3 mittelgroße Kartoffeln, 3 Möhren, 2 EL Öl, 1 EL Curry (scharf), 1 EL Schwarz-Kümmel, 1 Chilischote, Ingwer nach Geschmack, Pfeffer und Salz

Zubereitung:
Zuerst halbiere ich den Spitzkohl, entferne den Strunk und schneide ihn dann in Streifen. Ich schäle Kartoffeln und Möhren, um anschließend alles in Würfel zu schneiden. Die entkernte und ebenfalls klein geschnittene Chilischote sowie das Gemüse gebe ich mit dem Öl in eine Pfanne und dünste es an. Curry und Schwarzkümmel kommen nun dazu und werden kurz mitgedünstet. Jetzt gieße ich Kokosmilch und Brühe hinzu. Das Ganze lasse ich zugedeckt 10 Minuten köcheln. Anschließend füge ich die Linsen zu und lasse es weitere 10 Minuten köcheln. Zum Schluss mit Salz, Pfeffer und geriebenem Ingwer abschmecken.

Den Halloumi in Scheiben schneiden und mit etwas Öl in einer Pfanne goldbraun von beiden Seiten anbraten.

Süßer Tod

500 g Soja-Quark, 100 g Puderzucker, 30 g Kakaoraspel, 2 saftige Birnen, 2 EL Zitronensaft, 2 TL Vanillezucker, frischen Ingwer nach Geschmack

Zubereitung:
Zuerst wasche und schäle ich die Birnen. Dann entferne ich das Kerngehäuse, schneide sie in kleine Würfel und beträufele sie mit dem Zitronensaft. Den Soja-Quark vermenge ich mit Puder- und Vanillezucker sowie den Kakaoraspeln und geraspeltem Ingwer. Nach dem Abschmecken schichte ich abwechselnd Birnenstücke und Quarkmasse in ein dekoratives Glas.

Danksagung

Als Erstes danke ich meinem Mann Peter und meiner Mutter. Immer wieder und zu unmöglichen Zeiten durfte ich euch mit Fragen nerven.

Ich bedanke mich ebenfalls bei Leni. Ihr Überlebenswille war die Inspiration, ihre Geschichte in diesem Buch zu erzählen. Meiner Tochter danke ich für ihre Hilfsbereitschaft. Nicht zum ersten Mal hat sie sich einem kleinen, halb verhungerten und vor Kälte zitterndem Knäuel angenommen, um es aufzupäppeln. Neben Lenchen haben auch Marie und Miley ihren festen Platz in einer liebevollen Familie von Zweibeinern gefunden.

Daniela Meyer, Martina Birke und Ela Bluhm bin ich dankbar für die Anregungen, Anmerkungen und ehrlichen Kritiken sowie die unendliche Geduld bei einer aus Krankheitsgründen ungewollten Schreibpause.

Der Fotografin Kerstin Glacer danke ich dafür, dass sie mich mit Bildmaterial bei der Recherche unterstützt hat.

Für den Glauben an meine Fähigkeit und die aufmunternden Worte gebührt ein großes Dankeschön meiner Familie, meinen Freunden sowie meinen Leserinnen und Lesern.

Vita

Katy Buchholz wurde 1968 in Ueckermünde geboren. Im Alter von zwei Jahren zog sie mit ihrer Familie in die Universitätsstadt Greifswald, wo sie die gesamte Kindheit verbrachte.

Sie entdeckte spät das Schreiben für sich. Merkte aber schnell, dass dies eine Möglichkeit war, der Zwangsjacke „Schüchternheit" ein Stück weit zu entfliehen. So entstanden die ersten Gedichte und Kurzgeschichten sowie Krimi/Thriller und Sachbücher/Ratgeber.

Weitere Bücher der Autorin

„Rendezvous mit dem Fettnäpfchen / Kurzgeschichten die das Leben schreibt!"

Den meisten Menschen gelingt es, mit Leichtigkeit durch die Welt zugehen. Und dann gibt es mich – der Tollpatsch, der kein einziges Malheur auslässt.

„Rendezvous mit dem Fettnäpfchen" ist eine Art Tagebuch. Es beinhaltet einen kleinen Querschnitt meines Lebens mit einigen privaten Fotos.

Diese Kurzgeschichten sind für jeden geeignet, der vor hat, seinem Alltags-stress für ein paar Minuten zu entfliehen. Deshalb sind sie nicht nur für zu Hause die ideale Lektüre, sondern ebenso für unterwegs.

Seitenzahl: 148
Print ISBN: 978-3-740-75348-1
E-Book ISBN: 9783740775810
Preis: 7,99 €
Verlag: TWENTYSIX

„Katys süße Verführung:
Eingekochtes & Co"

Dieses Buch spricht nicht nur Neulinge an, sondern auch Liebhaber/Freunde des Einkochens. Wer selbstgemachte Marmeladen, Konfitüren, Gelees und Cremes sowie Liköre, Sirup-, Zucker- und Honigkreationen zu schätzen weiß, wird auf seine Kosten kommen. Einige Beispielrezepte runden das Konzept des Selbermachens ab, denn die ausgefallenen Produkte von Katy Buchholz gibt es nicht im Handel zu kaufen.

Seitenzahl: 144 Print
Print ISBN: 978-3-7407-4572-1
E-Book ISBN: 978-3-7407-0103-1
Preis: 14,90 €
Verlag: TWENTYSIX

„Endometriose – der Feind in meinem Körper! Erfahrungsbericht einer Betroffenen"

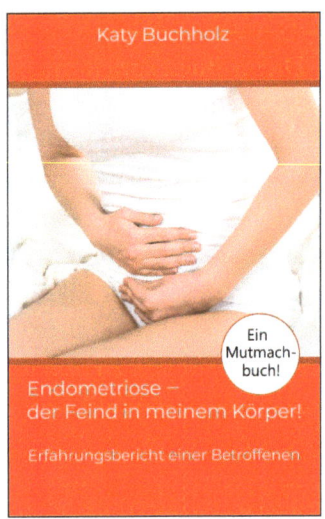

Mit dem zwölften Lebensjahr begann ihr Leidensweg. Doch Ignoranz und Unwissenheit der behandelnden Ärzte trugen dazu bei, dass es mehr als zwanzig Jahre dauerte, bis bei ihr Endometriose diagnostiziert wurde. In diesem Buch berichtet Katy Buchholz über ihre Erfahrungen mit dieser Krankheit. Neben dem Thema Empathie bzw. was Angehörige tun können, um ihren Lieben dabei zu helfen, mit den chronischen Schmerzen besser umzugehen, verrät die Autorin einige Tipps und Rezepte, die ihr behilflich sind, den Tag etwas beschwerdefreier zu überstehen.

Seitenzahl: 188
Print ISBN: 978-3-7407-4851-7
E-Book ISBN: 978-3-7407-1996-8
Preis: 22,99 €
Verlag: TWENTYSIX